Markus Feldenkirchen · Was zusammengehört

MARKUS FELDENKIRCHEN

WAS ZUSAMMENGEHÖRT

ROMAN

KEIN & ABER

Coverbild: Leif Trenkler
Covergestaltung: Nicholas Ditzler
Satz: Fotosatz Amann, Aichstetten
Druck und Bindung: CPI – Ebner & Spiegel, Ulm
ISBN 978-3-0369-5575-9

www.keinundaber.ch

ERSTES KAPITEL

Ich hätte den Brief fast übersehen. Er versteckte sich zwischen all den Rechnungen und Werbesendungen, die nicht nur unsere Briefkästen verstopfen, sondern auch unsere Leben, und die ich meistens, ohne sie gesehen zu haben, einfach wegschmiss. Wer es ernst meint, dachte ich, schreibt auch ein drittes oder viertes Mal.

Ich kannte die Adresse, es gab eine Zeit in meinem Leben, da hat sie mein Herz um den Verstand gebracht. Kaum las ich sie, klopfte es wie verrückt, vier Zeilen, die es ausrasten ließen: *114 Ardshanavooly, Killarney, Co. Kerry, Ireland.* Vier Zeilen, die mich glücklich machten.

Es war viele Jahre her, seit ich diese Adresse zuletzt gelesen hatte, aus dem Nichts war sie nun aufgetaucht, lag da wie ein altes Gemälde, dessen Wert nur ich kannte, blauer Kugelschreiber auf braunem Grund. Die Briefumschläge waren immer braun gewesen, mit einem Stich ins Eierlikörige. Daran hatte sich nichts geändert.

Ich las die vier Zeilen noch etliche Male, nun suchte ich nicht nach dem, was geblieben war, sondern nach Veränderung. Zunächst blieb ich bei den Zahlen hängen. Die Eins war auch damals nur ein Strich gewesen, war ohne Haken ausgekommen; die Vier hingegen kam mir heute untersetzter vor. Als Nächstes untersuchte ich die Buchstaben, gewissenhaft wie ein Arzt, der Muttermale kontrolliert. Ich fuhr sie mit dem Finger nach, die Bögen, die Schleifen und Querstriche. Das L hatte ich so schwungvoll in Erinnerung, wie es vor mir lag, gleich einem Looping. Diese L aber waren sachliche L, Reife-Leute-L.

Vieles sprach dafür, dass es sich um ihre Schrift handelte, aber eben nicht alles. Auch das A und das Ypsilon kamen mir anders vor, schlampiger, nicht so gemalt wie früher. Das Gleiche ließ sich über das große B von Benjamin sagen, meinem Vornamen. Es war die Schrift einer Frau, keine Mädchenschrift.

Und war sie nicht, wenn sie es denn war, mit den Jahren nach links gekippt, zurückgefallen? In meinem Kopf hatte ich sie strebender gespeichert, vornübergebeugt wie ein Hundert-Meter-Läufer. Aber womöglich wurde ich jetzt auch kleinlich.

Der Name fehlte natürlich. Wie früher.

Ich erschrak vor der Kraft, die diese Zeilen noch besaßen; in Sekunden legten sie frei, was ich all die Jahre zu verschütten versucht hatte. Ich meinte plötzlich, wieder den brennenden Torf riechen zu können, den feinen Regen in meinem Gesicht zu spüren, der sich nie entscheiden konnte, ob er nässen oder nur erfrischen wollte, sah mich im Schutz der Dunkelheit vor diesem Haus sitzen, 114 Ardshanavooly, Killarney, Co. Kerry, verzweifelt auf ein Zeichen wartend. Plötzlich war ich wieder eingetaucht in jene Zeit, als ich eine erste Vorstellung von Glück und von Traurigkeit bekam. In mir pochte das Geschehene einem zweiten Herz gleich.

Ich saß am Tresen meiner Küche, umzingelt von Leere. Ich wohnte bereits ein Dreivierteljahr in dieser Wohnung, doch seit den Tagen des Einzugs war ich mit der Einrichtung nicht wirklich weitergekommen. Die Räume sahen noch immer so lieblos aus, wie die Leute von der Umzugsfirma sie hinterlassen hatten, was ich ihnen natürlich nicht vorwerfen konnte; sie wurden fürs Schleppen bezahlt, nicht fürs Design.

Mir selbst hatte die Zeit gefehlt, auch nur ein einziges Bild an die Wand zu nageln oder nageln zu lassen. Mir fehlte sogar das Bild, das ich hätte aufhängen können. Der einzige Schmuck in meiner Wohnung waren jene Quietscheentchen, die ich aus diversen Hotelzimmern befreit hatte, wo sie auf dem Rand der Badewanne saßen, um den Gästen eine Freude zu bereiten. Nun standen sie zu zwölft am Krater meiner eigenen Wanne, wie eine große gelbe Familie. Ich selbst habe meine Wanne noch nie benutzt, ich bade lieber im Stehen, das geht schneller.

Einen richtigen Esstisch, wie ihn die meisten Menschen in meinem Alter besitzen, um zu zeigen, dass sie Wert aufs Kochen legen und über einen großen Freundeskreis verfügen, hatte ich nie besessen. Mich nervten diese Runden, wo junge Menschen bei mittelteuren Weinen und gepflegten Gesprächen sich freuten, endlich wie ihre Eltern zu sein. Außerdem konnte ich gerade zwei Gerichte selber kochen, Rührei mit Tomaten und Rührei mit Speck. Für einen großen Freundeskreis fehlte mir sowieso die Zeit. Was also sollte ich mit einem Esstisch?

Die Kunst des Wohnens hatte sich mir bislang ebenso wenig erschlossen wie die Kunst, glücklich zu sein, und ich fragte mich manchmal, ob beides miteinander zusammenhing.

Hinter dem Panoramafenster lugte die morgendlich errötete Sonne über den Schornsteinen hervor und verhieß einen heiteren Freitag, der noch dazu ein Feiertag war. Es blieb ein wenig Zeit, ehe der Taxifahrer klingeln würde.

Ich konnte den Brief nicht gleich öffnen, etwas sträubte sich in mir. Erst wusste ich nicht, was genau es war, aber dann spürte ich Angst in mir aufsteigen, ich fürchtete mich vor seinem Inhalt. Natürlich war ich auch neugierig, aber noch größer war meine Angst.

Ich stand auf, steckte mir eine Zigarette an, ärgerte mich, als die Flamme aus dem Feuerzeug schoss, dass ich mit dem Mist wieder angefangen hatte, stellte das Radio eine Vierteldrehung lauter, goss Wasser nach, obwohl das Glas noch fast voll war, drehte noch eine Runde auf den kalten Fliesen der Küche, setzte mich wieder auf den weißen Barhocker und musste feststellen, dass das Aufstehen keinen Sinn gehabt hatte. Nur dass jetzt eine Zigarette zwischen meinen Fingern qualmte und das Radio etwas lauter lief, was ich gar nicht beabsichtigt hatte. *»Sie hören gleich die Ansprache der Bundeskanzlerin anlässlich der zentralen Festlichkeiten zum Tag der Deutschen Einheit. Dazu schalten wir in wenigen Augenblicken ins Kurhaus zu Wiesbaden.«*

Erst jetzt erkannte ich, dass im leicht verschwommenen Poststempel die gälische Sprache überlebt hatte, der Brief wurde also immer noch in Cill Airne aufgegeben, wie Killarney auf Irisch heißt. Die Marke hingegen war konsequent mit der Zeit gegangen. Statt der früher üblichen 32 irischen Pence wies sie nun 82 Cent als Transportkosten aus.

Ich klemmte die Kippe in den Aschenbecher und ließ den Umschlag zwischen meinen Fingern gleiten, drehte ihn auf den Kopf, kippte ihn vor und zurück, strich mit den Kuppen beide Seiten ab. Verschlossene Umschläge können ein neues Leben in sich bergen, geöffnete oft nur eine Stromrechnung. Das ziellose Herumfummeln ging allmählich in den ernsten Versuch über, den Inhalt zu ertasten, vielleicht ließe sich der Charakter des Briefes erahnen, vielleicht ließe sich die Angst vor dem Inhalt so verjagen.

Das Kuvert hatte ein herkömmliches Maß, jene Größe, mit der normale Briefe verschickt werden, Mahnungen, Geburtstagskarten, Trauerkarten. Für eine Trauerkarte fehlte der schwarze Rand, und mein 36. Geburtstag lag schon vier Monate zurück. Ich hatte ihn mit mir selbst an der Bar eines Moskauer Hotels gefeiert und mich unendlich einsam gefühlt. Weder die Blicke der aufgebrezelten Damen noch Wodka und Zigaretten, die ersten seit zweieinhalb Jahren, hatten mich trösten können. Nicht nur mein Job, der mich an diesen Ort gezwungen hatte, der ganze Verlauf meines Lebens war mir an diesem Geburtstagsabend wie ein Irrtum vorgekommen. Der Umschlag war bescheiden gefüllt, zwei DIN-A4-Seiten, sauber gefaltet, vielleicht auch nur eine.

Eher kein neues Leben.

Damals, als ich wöchentlich Post aus Killarney erhielt, waren die Umschläge meist üppiger gewesen, prall gefüllt mit der Sprache des Herzens. In diesem aber war noch Luft. An der Rückseite, dort, wo die Adresse des Absenders stand, *114 Ardshanavooly, Killarney, Co. Kerry, Ireland*, spürte ich nun den Rand eines härteren Stück Papiers. Es fühlte sich an wie dünner Karton, ein Foto vielleicht, oder eine Visitenkarte.

Die Radioleute hatten ins Kurhaus zu Wiesbaden geschaltet. Man hörte einen langsam sterbenden Applaus, es folgten Sekunden der Stille, dann der trockene Klang der Kanzlerin.

»Sehr geehrter Herr Bundespräsident, sehr geehrter Herr Bundestagspräsident, sehr geehrter Herr Bundesratspräsident, sehr geehrter Herr Präsident des Bundesverfassungsgerichts …«

Meine Mutter hatte den Brief – ungeöffnet, was bei ihrer Neugier nicht selbstverständlich war – in einen größeren Umschlag gesteckt und an mich weitergeleitet. Nie zuvor hatte sie mir etwas nach Frankfurt geschickt. Sie wusste offenbar noch, wie glücklich mich die Briefe aus Killarney einst gemacht hatten.

Dieser hier war am 26. September 2008 abgeschickt worden, das verriet der gälische Stempel, vor einer Woche also, und bei der Weite des Weges, den er zurücklegen musste, konnte der Tag der Ankunft vom Absender kaum geplant gewesen sein. Trotzdem fragte ich mich, ob es sich wirklich um einen Zufall handeln konnte, dass er gerade jetzt in meine Hände geriet, da diese seltsame Reise bevorstand.

»So sind wir an diesem so besonderen Tag dankbar für das große Glück, welches das Schicksal für unsere Nation bereitgehalten hat.« Es musste so etwas wie einen Festtagsredenratgeber für Bundeskanzler geben, eine Broschüre, in der alles steht, was man nicht vergessen darf, die ganzen Phrasen, die an solchen Tagen wie Hagelkörner auf das Volk niederprasseln. Immerhin verlieh der Umstand, dass die Kanzlerin selbst aus Ostdeutschland stammte und mit dem Untergang der DDR aus einem, wie sie es nannte, geistigen Gefängnis befreit worden war, ihrer Rede eine gewisse Würde, die selbst durch die

Hölzernheit, mit der sie vorgetragen wurde, nicht ganz zerstört werden konnte. »*Ich denke gerade an diesem heutigen Tage ganz intensiv an jene Zeit des Umbruchs, die für mich wie für viele meiner Landsleute große Augenblicke des Glücks bereithielt.*«

Seit Wochen hatte ich mich auf diesen Feiertag gefreut, auf ein verlängertes Wochenende, das erste seit Monaten. Ich wollte nur schlafen, nichts erschien mir gerade köstlicher. Vielleicht würde abends Bianca vorbeischauen, oder Deborah, das würde sich ergeben. Doch dann hatte mich Edzatt, mein Boss, am Vortag in sein Büro bestellt und mir diesen »Spezialauftrag« gegeben. Die Sache sei ihm nicht geheuer, sie dulde keinen Aufschub, hatte er gesagt, ich solle mich gleich auf den Weg machen, es stehe viel auf dem Spiel.

Meine Tasche der Marke Tumi stand gepackt im Flur. In meinem ersten Jahr war ich noch mit herkömmlichen Taschen und Koffern verreist, bis mir die Kollegen bedeutet hatten, dass eigentlich nur zwei Hersteller in Frage kommen, Prada oder eben Tumi. Inzwischen weiß ich, dass die Taschenfrage eine Entscheidung fürs Leben ist. Genau genommen ist meine Tumi seit Jahren meine einzige treue Begleiterin.

In den vergangenen Jahren hat die Globalisierung mich in alle Ecken der Welt geweht, ich bin ein Korn im Treibsand der Zeit. Seit ich für die Bank arbeite, führe ich jedenfalls kein normales Leben mehr. Das Kapital darf nicht schlafen, das haben sie mir oft genug eingebläut, und da ständig jemand aufpassen muss, dass es nicht einschläft, komme ich selbst auch viel zu selten dazu. Ich bin der Wachhund des Kapitalismus. Und seit diese ärgerliche Krise am

Kapitalismus nagt, ist meine Aufgabe nicht gerade leichter geworden.

Ich sollte mich eigentlich nicht beklagen, mit Nichtschlafen habe ich einen Haufen Geld verdient. Für meine Tätigkeit als Wachhund zahlen sie mir mehr, als ich ausgeben kann, zumindest in dem Leben, das ich führe, das eigentlich kein Leben ist, aber das habe ich erst in letzter Zeit begriffen. *»Die soziale Marktwirtschaft ist und bleibt das Fundament unserer bundesrepublikanischen Grundordnung, eine Errungenschaft, an der wir auch im wiedervereinigten Deutschland nicht …«* Manchmal, wenn wir im Büro spätnachts nach einem gewonnenen Pitch oder einer siegreichen Übernahmeschlacht beisammensitzen, jeder etwas Perlendes im Glas, dann dauert es nie lange, bis einer das Thema Urlaub in die Runde wirft. Es purzeln dann Fernziele durch den Raum, Seychellen, Saint-Tropez, Malediven, Barbados, Orte, in deren Namen das Versprechen auf Glück eingebaut ist. Wir können uns diese Orte leisten, Leute wie wir können sich in jedes Paradies einkaufen. Das Schwierige ist nur, dem Paradies einen Inhalt zu geben.

Ich schweige meist in diesen Nächten. Aber wenn die Kollegen mich löchern, wo ich mein Paradies bauen möchte, oder besser, in welchem Paradies ich bauen möchte, dann sage ich gerne: in Irland. Ich habe auch schon Albanien, Weißrussland oder Nordkorea gesagt, aber wenn ich ehrlich sein möchte, dann sage ich Irland. *»… und so habe ich mich nicht erst als Kanzlerin begeistert für ein Land, das gelernt hat, dass erst aus dem Bewusstsein für die immerwährende Verantwortung gegenüber unserer Geschichte, auch der dunkelsten, die Kraft zur Gestaltung der Zukunft erwächst.«* Es gefällt mir, die verunsicherten Gesichter meiner Kollegen zu sehen, wenn das Wort »Irland« fällt, ich genieße es sogar. Es sind kleine Attentate gegen jene Welt, in der ich lebe, ohne darin zu Hause zu sein. Irland irritiert meine Kollegen, es gilt nicht als hip, es liegt nicht wirklich auf der Achse des Jetsets.

Ich brauche bisweilen solche Boykottaktionen. So versuche ich, mir zu beweisen, dass ich noch nicht wie die anderen geworden bin. Dass ich mir die Gabe der Melancholie bewahrt habe in diesem Tempel des Zynismus. Ich habe mal gelesen, es gebe keine melancholischen Investmentbanker. Ich bemühe mich, diese These zu widerlegen.

»Und wohin soll es gehen?«, hatte ich meinen Chef in dessen Büro nach seiner geheimnisvollen Begrüßung gefragt. Edzatt, auf seinem Türschild stand »Dr. Edzatt«, umwehte stets etwas Konspiratives, er wirkte oft, als würde er gerade verfolgt. Sein Lieblingssatz hieß »Ist mir nicht geheuer«, wahlweise ergänzt um den Zusatz »diese Geschichte«, »der Typ« oder »das Ganze«. Ihm war im Grunde gar nichts geheuer.

Gestern aber war Edzatt mir besonders schräg vorgekommen. Er war mit seinem Stuhl näher an den Schreibtisch gerollt, war mir mit dem Kopf entgegengeruckelt wie eine Schildkröte und hatte einen prüfenden Blick zur Tür geworfen.

»Nach Irland«, Edzatt hatte den Namen nicht geflüstert, sondern gehaucht.

»Irland?«

»Pssst«, er hatte den Zeigefinger auf die Lippen gelegt.

Meine bisherigen Dienstreisen hatten mich nach London, New York, Moskau oder Tokio geführt, und jetzt sollte ich plötzlich in die Provinz? Ich musste ihn ähnlich erstaunt angestarrt haben wie meine Kollegen mich anstarrten, wenn ich dieses Land nannte. »Was soll ich denn in Irland?«

»In Dublin, um genau zu sein.« Er wurde noch einmal zur Schildkröte. »Ich will wissen, was die Jungs da oben treiben. Sind mir nicht geheuer, die Typen.«

»Gibts denn Probleme?«

»Sieht so aus. Wir haben die Zahlen vom letzten Quartal noch nicht bekommen, angeblich gibts Probleme mit dem Betriebssystem. Ist mir nicht geheuer, die Geschichte. Sie wissen doch, dass die drüben auf der Insel nicht ganz sauber sind.« Ich hatte schlau genickt, als verstünde ich, was er mit »nicht ganz sauber« meinte, dabei ärgerte mich, wie respektlos Edzatt über die Iren sprach. Noch während mein Kopf hündisch wackelte, ekelte mich meine beflissene Unterwürfigkeit.

Edzatt wurde bei uns der Fünfzehn-Minuten-Mann genannt. Er hatte eine Regel aufgestellt, wonach jeder seiner Anrufe und jede Nachricht binnen fünfzehn Minuten beantwortet werden musste. Nur wer im Flugzeug saß, war entschuldigt, musste dies aber bei Bedarf nachweisen. Wer in Edzatts Abteilung arbeitete, hatte sein Leben ganz auf seinen Takt auszurichten.

Die Kanzlerin hatte es hinter sich gebracht, sie war bis zum Ende ihrer Rede vorgedrungen. *»Gehen wir ins Offene, sehen wir die Chance vor dem Risiko. Dann wird der 3. Oktober immer das bleiben, was er für mich seit 1990 ist: ein Tag der Freude und ein großes Geschenk.«* Die Menschen im Kurhaus von oder zu Wiesbaden klatschten wieder in die Hände, was sich im Radio anhörte, als prassle Regen auf ein Wellblechdach.

Es ließ sich nicht erkennen, ob die Leute aus Artigkeit applaudierten oder weil sie tatsächlich begeistert waren von der Rede ihrer Kanzlerin. Erfahrungsgemäß traf Ersteres zu. Als das Prasseln verklungen war, spielte ein Orchester irgendetwas von Weber. Bei derartigen Anlässen wird früher oder später immer Carl Maria von Weber gespielt.

Als ich das erste Mal einen Brief mit diesem Absender in den Händen gehalten hatte, war Deutschland noch geteilt und die Globalisierung noch nicht erfunden, die Dinge waren übersichtlich. Der FC Bayern war im Sommer 89 zu meinem großen Ärger wieder Meister geworden, Boris Becker ging noch mit Karen Schultz, und der freundliche Russe mit dem Blutfleck auf der Stirn herrschte noch über den östlichen Teil der Welt, vor dem sich meine Großmutter so herrlich fürchten konnte. Die E-Mail war noch nicht erfunden, weil das Internet fehlte, die Kurznachricht hieß noch Telegramm und Didi Hallervorden galt als lustig.

Während die achtziger Jahre ihrem Ende entgegenstrebten, wartete ich noch immer auf jenes Mädchen, das mir die Gnade erwies, es endlich mit mir zu tun. Bis es so weit war, tröstete ich mich mit den Mädchen von *Tutti Frutti*, die der Sender RTL dankbarerweise für Fälle wie mich übertrug. Von jenem Jahrzehnt, das allgemein als ziemlich langweilig empfunden wurde, war nichts mehr zu erwarten, da waren sich die Experten einig, und auch ich hatte meine Erwartungen ganz auf die Neunziger gerichtet. Neues Jahrzehnt, neues Glück.

Wir sollten uns alle täuschen.

Ich legte den Brief auf die Tischplatte, vorsichtig, als könnte er zerbrechen. Ich musste an die blaue Mappe denken, in der ich damals die Briefe aus Irland gesammelt hatte. In der ersten Zeit hatte ich oft darin gelesen, aber dann hatte der Blick in mein Liebesarchiv mich nur noch traurig gemacht. Irgendwann hatte ich sie ganz dem Staub überlassen.

Ob sich die Mappe überhaupt noch auffinden ließ? Ich stand auf und ging ins Arbeitszimmer, wo noch immer drei volle Umzugskartons herumstanden. Ich öffnete die Schranktüren auf der Suche nach jener Kiste, in der ich sie einst gehütet hatte, und fand sie schließlich zwischen dem Bügeleisen und einem Kochtopf, zwei Produkten, denen gemeinsam war, dass ich sie noch nie benutzt hatte.

Ich zog die Kiste aus dem Regal, einen schwarzen Karton mit Plastikgriffen und eingestanzten Löchern, die auf ihr frühes Dasein als Transportmittel für Schildkröten verwiesen. Im Innern befanden sich zwei Schuhkartons, einer mit Briefen, der andere mit Postkarten, dazwischen eine Schneekugel, die ich ihr eigentlich hatte schenken wollen, wozu es aber nicht mehr kam. Ins Innere der Kugel hatte ich ein Foto von uns montieren lassen, es war ein Aktionsangebot eines kleinen Geschäfts gehandelt, das sich auf »Geschenke für Verliebte« spezialisiert hatte. Ich nahm die Kugel in die Hand und schüttelte sie, alsbald verschwanden unsere aneinandergeschmiegten Köpfe hinter dichten Schnee treiben.

Unter dem Schuhkarton mit den Postkarten fand ich schließlich, wonach ich gesucht hatte. Die blaue Mappe hatte meinem Vater einst als Schutzumschlag für das Betriebshandbuch seines VW Passat gedient. »Volkswagen Hülpert. Bergisch Gladbach« stand in die Außenhaut gestanzt. Mit einem Kugelschreiber hatte ich in großer, krakeliger Blockschrift acht Buchstaben darübergeritzt:

»Victoria«.

Weber wurde langsam ausgeblendet, sie schalteten jetzt nach Berlin, zu einem Reporter, der, wie mehrfach betont wurde, mitten auf der zentralen Festmeile stand, ganz in der Nähe des Brandenburger Tores. An solchen Tagen, erzählte der Reporter, könne man hören und sehen, wie glücklich die Deutschen, trotz aller Probleme, auch heute noch über ihre Wiedervereinigung seien. Dann lallten ihm ein paar betrunkene Frauen aus dem Hunsrück ein Lied ins Mikrofon, irgendwas mit nackten Friseusen.

Vor zwei Jahren war ich selbst am 3. Oktober in Berlin gewesen. Am nächsten Morgen sollte ich an einem Meeting mit Gasleuten aus Russland teilnehmen, und weil es sich, wie heute, um einen Feiertag handelte, war ich schon am Tag zuvor in die Hauptstadt geflogen. Vom Hotel Adlon, wo ich wohnte, war ich durch das Brandenburger Tor zur Straße des 17. Juni spaziert, dorthin, wo der Radioreporter jetzt stand. Ich hatte mich dem Strom der Deutschen hingegeben und mich bis hinunter zur Siegessäule schubsen lassen, vorbei an Ständen mit Russenmützen, Nackensteaks, Gewürzgurken, Indianerschmuck, Knoblauchbaguette, Rostocker Rauchwurst, Seife und Rennsteig-Steaks im Brötchen. Es gab alles, was ein Volk benötigt, um seinen Nationalfeiertag angemessen zu begehen.

Die Einheitsfeier war mir vorgekommen wie ein kilometerlanges Buffet mit schwer verdaulichem Essen. Überall dampfte, zischte und brutzelte es, es roch nach zerlaufenem Käse, angebrannten Därmen und nach Bratfett. Deutschland erschien mir an diesem Tag wie eine riesige Frittenbude. Auf einer Bühne sang die Band Juli »Es war 'ne geile Zeit, uns war kein Weg zu weit«.

Am besten hatte mir an jenem Nachmittag der Kümmerling-Stand gefallen. Man hatte ihn direkt vor einem Gedenkstein geparkt, mit dem, so seine Inschrift, »Den Opfern der Mauer. 13. August 1961« gedacht werden sollte. Bei den Menschen vor dem Stand handelte sich um eine Reisegruppe von Rentnern aus der Uckermarck, die schon mehr Magenbitter zu sich genommen hatten, als es einem Magen guttut. Die Kümmerling-Leute hatten Stehtische aufgestellt, gelbe Kümmerling-Schirme, an denen Deutschland-Wimpel baumelten, sollten vor der Sonne schützen. Die Rentner aus der Uckermark hatten sich untergehakt und stapften Füße und Beine schwingend um die Stehtische, tranken Kümmerling und sangen *Griechischer Wein.*

Nach der Reportage von der Festmeile kündigte der Moderator ein Interview mit Helmut Kohl an, dem Kanzler der Einheit, wie er in drei Sätzen viermal genannt wurde. Jedes Jahr brachten sie am 3. Oktober Interviews mit Helmut Kohl, in der Zeitung, im Fernsehen, im Radio, Kohl auf allen Kanälen. Er soll dann von früher erzählen, wie er das hinbekommen hat mit der Wiedervereinigung. *»Meine Landsleute und ich sind bis zum heutigen Tag zu Recht froh darüber, dass die Geschichte uns Deutschen ein so wunderbares Geschenk gemacht hat.«*

Seit Jahren mussten wir uns Kohls immer gleichen Heldengeschichten anhören, er hat auch mehrere Bücher darüber geschrieben, aber das störte niemanden, am wenigsten ihn selbst. *»… und wenn ich eine persönliche Anmerkung machen darf: Es war ja eine wunderbare Zeit, dieses Jahr 89/90, eine ebenso aufregende wie glückliche Zeit, wie ich im Rückblick sagen muss.«* Ich konnte nicht erkennen, ob das Interview gerade live geführt wurde oder ob es sich um ein altes handelte, das schon vor Jahren aufgezeichnet worden war, aber im Grunde machte es auch keinen Unterschied. Als ich kleiner war, hatten die Leute vom Fernsehen sogar seine Neujahrsansprache vertauscht, ohne dass es meinen Eltern aufgefallen wäre. Ich kann mich noch gut an ihr höhnisches Lachen erinnern, als der Fehler später aufgeflogen war. Birne, so hieß der Kanzler bei uns zu Hause, sorgte oft für gute Stimmung.

Das Klingeln des Taxifahrers hallte durch den kahlen Flur. Hektisch überprüfte ich, ob ich meine Grundreisemittel beisammenhatte, Schlüssel, Jacke, Sonnenbrille, Kredit- und Vielfliegerkarte. Ich hatte inzwischen Übung in plötzlichen Aufbrüchen und war in fünf Minuten versandfertig.

Ich steckte die Mappe mit den alten Briefen aus Killarney sowie den neuen, ungeöffneten in die Innenseite meiner Tasche. Ich beschloss, den Brief erst in Dublin zu lesen, ohne Hektik, in aller Ruhe. Die Angst vor dem Inhalt überstieg nach wie vor meine Neugier. Immerhin legte ich mir eine gute Begründung zurecht, warum es angemessen sei, den Brief nicht gleich zu lesen: Schließlich, so sagte ich mir, gebe es keinen würdigeren Ort, um ihn zu öffnen, als Irland.

»Zum Flughafen, bitte.«

»Sie hams gut«, brummte der Taxifahrer, ein älterer Herr in dunkelgrünem Leinenanzug, der seinen Dienst, anders als ich, mit Krawatte versah.

»Wieso hab ich es gut?«

»Na, geht doch sicher in den Urlaub, oder?«

Ich war mir nicht sicher, was ich antworten sollte. Ein

Urlaub würde es gewiss nicht werden, so viel stand fest, aber über den genauen Charakter meiner Reise war ich mir seit der Ankunft dieses Briefes auch nicht mehr sicher.

»Sieht so nach Urlaub aus, wegen der Sonnenbrille«, fuhr der Fahrer fort. »Oder ists am Ende geschäftlich?«

»Ist geschäftlich«, antwortete ich, dankbar, dass er mir einen Begriff angeboten hatte. Der Fahrer nickte zufrieden, die Dinge waren jetzt eingeordnet. Draußen zogen die Türme Sachsenhausens an uns vorbei. Frankfurt an Feiertagen macht mich noch trauriger als Frankfurt an Werktagen. Es gibt viel zu viel Beton für viel zu wenig Menschen. Meine Bankkollegen, vor allem die älteren, verkriechen sich an den Feiertagen in ihren Villen draußen im Hochtaunuskreis, in Kronberg, Königstein oder Bad Homburg, 600 Quadratmeter Wohnfläche inklusive Springbrunnen, Spießerparadiese mit Hanglage. Ihr Autokennzeichen »HG« fahren sie wie eine Trophäe mit sich herum, im Volksmund heißt es: »Habe Geld«.

Das Schlimmste an meinem Beruf sind diese Einladungen: ... *dürfen wir Sie und Ihre Begleitung zu einer Gartenparty in unserem bescheidenen Hause* ... Ich kriege meist schon schlechte Laune, wenn ich nur den ersten Satz lese, allein diese affige Formulierung *bescheidenem Hause*, wo doch jeder weiß, dass diese Häuser alles Mögliche sind, aber gewiss nicht bescheiden. *Dürfen wir Sie und Ihre Begleitung in unserem protzigen, geschmacklosem Hause ...,* das würde es treffen.

Ich käme nie auf die Idee, meine Abteilung einzuladen, erst recht nicht zu mir nach Hause, aber die meisten meiner Kollegen sind da schmerzfrei. Jeden Sommer verschicken sie diese Einladungen, ... *um in ungezwungener Atmosphäre ...,* und natürlich darf auch *das eine oder andere Gläschen* in ihren Schreiben nicht fehlen. Eigentlich müsste es für die Teilnahme an solchen Gartenpartys Bonuszahlungen geben. Der einzige Zweck dieser Einladungen bestand darin, das eigene Glück zur Schau zu stellen, oder das, was meine Kollegen dafür halten: Frau, Kinder, Hund und Kunst. In dieser Reihenfolge.

»Sie haben hoffentlich nichts dagegen, wenn das Radio läuft?«, fragte der Taxifahrer. »Dort spielen sie nämlich den ganzen Vormittag schon Weber. Ich liebe Weber, müssen Sie wissen, ich habe alles zu Hause, die Sonaten, die Symphonien.«

»Kein Problem«, sagte ich, gedanklich leicht abwesend. »Weber ist gut. Weber ist immer gut.«

»Finden Sie auch, ja?« Er lächelte glücklich. »Das Ärgerliche ist nur, dass sie den Weber die ganze Zeit mit Politikergequatsche unterbrechen. Völliger Mumpitz, wenn Sie mich fragen. Braucht kein Mensch. Aber mich fragt ja keiner.«

Helmut Kohl war gerade bei seiner Lieblingsstelle angekommen, dem Besuch Gorbatschows in Bonn, Juni 1989. Er erzählte, wie er damals, nach Mitternacht, mit seinem Gast hinunter ans Rheinufer spaziert war, wie sie sich auf eine Mauer gesetzt und auf den Rhein geblickt hatten. In diesem Moment habe er Gorbatschow etwas Grundsätzliches erklärt, erzählte Kohl: *»Schauen Sie sich, lieber Michail, den Fluss an, der an uns vorbeiströmt. Er symbolisiert die Geschichte, sie ist nichts Statisches.«* Das Wort Geschichte sprach Kohl mit doppeltem »ch«, dadurch hörte es sich ziemlich putzig an, weniger mächtig und wuchtig, als es gemeint war. *»Sie können den Fluss stauen, technisch ist das möglich. Doch dann wird er über die*

Ufer treten und sich auf andere Weise den Weg zum Meer bahnen. Und so ist es auch mit der deutschen Einheit.«

Von dieser Nacht an habe beim Russen ein Umdenken eingesetzt, behauptete Kohl. Vermutlich hat Gorbatschow schon vorher gewusst, dass man Flüsse nicht aufhalten kann, doch Kohl erzählt die Geschichte immer wieder so, als habe er seinem russischen Freund etwas völlig Neues beigebracht. Alter Flusserklärer.

Ich war zehn Jahre alt, als Kohl zum Kanzler gewählt wurde. Die Freunde meiner Eltern, die uns zum »Wahl gucken« besucht hatten, tranken an jenem Abend derart viel Kölsch, dass sie irgendwann – die eine Hand als Faust in die Luft gereckt, die andere in der Schüssel mit Erdnussflips versunken – Arbeiterlieder anstimmten, was jedoch albern klang, weil sie Teile des Textes vergessen hatten und diese durch »lalala« ersetzten. Es war einige Jahre her, dass sie an der Universität die *Internationale* oder die *Arbeiter von Wien* gesungen hatten. Das Kölsch hatte ihrem Gedächtnis nun den Rest gegeben. Es war meine erste richtige Begegnung mit der Politik und ein trostloser Abend.

Den Kommentaren der Erwachsenen hatte ich an jenem Abend entnommen, dass dieser Kohl entweder peinlich oder gefährlich sei, genau schienen sie das auch nicht zu wissen. Auf mich hatte er im Fernsehen jedenfalls keinen gefährlichen Eindruck gemacht. Trotzdem blieb von diesem 6. März 1983 ein merkwürdiger Eindruck von diesem Kanzler in meinem Kinderkopf hängen.

Ich hatte eine lupenreine Helmut-Kohl-Jugend, das ist nicht schön, aber es lässt sich nicht leugnen. Als ich eine Ahnung davon bekam, was Politik überhaupt ist, war Kohl bereits Kanzler, und er sollte es bleiben, bis meine Jugend wieder verblüht war. Sechzehn lange Jahre, von denen es heißt, sie seien die schönsten im Leben, war er immer irgendwie da gewesen. Er hat mich durch alle wichtige Phasen begleitet, auch durch jene Liebe, die nicht nur meine erste, sondern leider auch die einzig wahre war.

Jetzt gerade war es angenehm, Kohl zuzuhören. Wenn man so will, gehörte seine Stimme zu dem Brief in meinem Koffer. Beides weckte in mir die Erinnerung an jenes wundervolle Jahr, als die Ereignisse Polka tanzten und meine Gefühle sich ihnen anschlossen. Ich denke oft an mein Jahr mit Victoria und Helmut Kohl, jene Zeit zwischen zwei Herbsten, als die Geschichte der Welt in meine eigene Geschichte floss und jenes Gemisch erzeugten, das man Glück nennt.

Wenn ich darüber nachdenke, wann ich zuletzt euphorisch war, lande ich in diesem Jahr, in dem Deutschland sich wieder vereinte und die Zukunft am Horizont leuchtete wie ein voller Mond. Ob es je wieder so sein wird?

ZWEITES KAPITEL

Sie stand in der Abfertigungshalle des Düsseldorfer Flughafens und kaute laut schmatzend Kaugummi. Gerade hatte sie ihren Koffer auf das Gepäckband gewuchtet, nun zog sie den Pass der Republic of Ireland aus der Tasche, die sich über ihren stolzen Hintern spannte, das heißt, sie versuchte es, denn der Pass schien trotz des lockeren Stoffes ihrer Jogginghose fest eingeklemmt zu sein.

»Heidewitzka«, sagte ich. »Da siehst du, was uns erwartet.«

»Heidewitzka«, antwortete Bruno. »So 'ne fette Kröte.«

Ich hatte nie zuvor ein solch dickes Mädchen in unserem Alter gesehen. Auf ihrem wuchtigen Körper saß ein Gesicht, dessen Haut sich den Eiterpickeln geschlagen gegeben hatte. Zwischen den Pickeln versteckten sich unsichere Augen.

Plötzlich platschte etwas auf die Fliesen der Abfertigungshalle. Sie hatte so fest an ihrer Gesäßtasche gezogen, dass der Stoff gerissen und der Pass hinausgeflogen war. Nun lag er aufgeklappt vor meinem rechten Schuh. Ich bückte mich und las ihren Namen: Eileen O'Sullivan. Ein schöner, klangvoller Name eigentlich, er konnte unmöglich dieser Kröte gehören.

Sie war in Dublin geboren, offenbar wohnte sie auch dort, in einer gewissen Church Street, aber es konnte auch die Adresse des Amtes sein, das ihren Pass ausgestellt hatte. Ich hob ihn von den Fliesen und stieß beim Hochkommen fast mit meiner Nase gegen ihre.

Sie sagte »Thank you«, ich sagte »Please«.

»You are welcome«, korrigierte sie mich. Während sie redete, sah ich den zerkauten und ausgesaugten Kaugummi zwischen ihren Zähnen kleben. Sie lächelte, freundlich, nicht belehrend. Für einen Moment war die Kraft ihres Lächelns stärker als die Kraft meines Ekels. »You have to say: You are welcome.« Ich wollte noch »You too« sagen, aber da hatte sie sich schon umgedreht und ihre Dokumente auf den Schalter gelegt.

In Bruno hatte sich ein Kichern gestaut, war zu einem Prusten herangewachsen und wartete darauf, sich endlich entladen zu können. Als es so weit war, konnte auch ich nicht länger an mich halten, und so prusteten wir, eine kleine Gehässigkeitssinfonie.

Heute, gut neunzehn Jahre später, kann ich nicht mehr verlässlich sagen, was an diesem armen Mädchen so lustig war. Wir waren damals sechzehn, ich denke, dass ihr Anblick ein kleiner Triumph für uns gewesen ist. Es gibt nicht viele Quellen fürs Selbstbewusstsein, wenn man von der Pubertät heimgesucht wird, und die ergiebigste unter ihnen ist wohl der Vergleich. Der Vergleich kann grausam sein, wenn er einen als Verlierer zurücklässt, aber er kann es auch gut mit einem meinen. Bruno und ich hielten uns nicht gerade für Schönheiten, und damit hatten wir recht. Wir trugen unsere eigenen Pickel mit uns herum, mal mehr, mal weniger, in jedem Fall aber zu viele. Bruno litt zudem an einem Haarproblem, es war dick wie Meerschweinchenfell, was es unmöglich machte, es zu bändigen, erst recht nicht zu einer Frisur. Bruno sah aus wie ein schlecht frisiertes Monchhichi.

Ich hegte die Hoffnung, besser auszusehen als Bruno, aber ganz sicher war ich mir nicht. Wir unterhielten uns nicht über solche Fragen, aber ich spürte, dass sie ihn ebenso umtrieben wie mich. Vermutlich hatte uns der Anblick dieses Mädchens deshalb so übermütig werden lassen. Sie war eine Tankstelle für unser Selbstwertgefühl.

Die Wirkung solcher Tankstellenbesuche würde rasch nachlassen, das kannten wir schon. So zweifelten wir ständig an unserem Äußeren, vor allem zweifelten wir an unserer Wirkung auf das andere Geschlecht. Die Welt der Mädchen hatten wir bislang nur von der Ersatzbank beobachtet, und mit jedem Tag war es unerträglicher geworden, zum Zuschauen verdammt zu sein. Wir wollten endlich eingewechselt werden, die Frage war nur: Wie?

»Heidewitzka«, sagte Bruno erneut, als wir unser Prusten beendet hatten. »Man sollte nach Frankreich fahren, um schöne Mädchen zu sehen.«

Oder nach Italien, sagte ich.

»Aber wir Hornochsen fahren nach Irland, in ein Land, wo die Mädchen nicht mal in Jogginghosen passen.« Unter Gewichtsproblemen litten wir nicht, dazu hatten wir zu viel Zeit auf dem Fußballplatz verbracht. Über Fett ließ sich somit leichter lästern als über Mitesser.

Es war etwas schiefgelaufen, das wurde uns nun klar. Drei Ziele hatten zur Auswahl gestanden: Frankreich, Italien, Irland. Warum bitte standen wir jetzt mit fünfzehn anderen

Schülern und mit Boell, unserem Lehrer, vor dem Check-in nach Dublin? Warum saßen wir jetzt nicht im Bus nach Frankreich? Oder im Zug Richtung Rom, unterwegs in einen Ort, der so herrlich nach Urlaub klang: Santa Maria di Salungo. Der Name schmeckte nach Stracciatella-Eis, viel köstlicher als Cork, Kerry, Killarney oder wie das Kaff genau hieß, das auf uns wartete und wo die Mädchen noch schlimmer aussahen als wir selbst.

Der Austausch der zehnten Klassen mit den Partnerschulen war der ganze Stolz unseres Gymnasiums. Die Direktion hatte sich nach dem Krieg um Partner aus ganz Europa bemüht, schon in den Fünfzigern, als die Deutschen noch als Monster galten, auch wenn ihr Land längst in der kleinen, beschnittenen Form auftrat, als Bundesrepublik. Irland war erst vor kurzem zum Programm gestoßen. Angeblich hatte sich unser Direktor gesträubt, weil die Iren »ziemlich hinter dem Mond« lebten und es dort zugehe »wie im Mittelalter«, aber schließlich hatte sich Boell, der die Idee gehabt hatte, durchsetzen können. Oberstudienrat Boell, Geschichte und Deutsch, war unser Lieblingslehrer, allein deshalb hatten Bruno und ich in Erwägung gezogen, mit ihm zu reisen.

Hinzu kam, dass Irland das einzige der vier Reiseziele war, zu dem man fliegen musste. In der Liste meiner Prioritäten folgte der Wunsch, das erste Mal zu fliegen, gleich hinter dem Wunsch nach dem ersten Geschlechtsverkehr. Ich wollte endlich spüren, wie es ist, wenn die Maschine den Boden verlässt, jenes Gefühl, über das mein Onkel gesagt hatte, es sei, als kitzele jemand die Bauchdecke von innen.

Mein Wissen über Irland war überschaubar. Die Iren hatten rote Haare, das war klar, sie hatten 1988 bei der Fußballeuropameisterschaft in Deutschland überraschend gut mitgespielt, und alle paar Wochen ging in Irland eine Bombe hoch, das wusste ich aus den Nachrichten, wo sie jedes Mal Bilder von weinenden Frauen zeigten, die immer im Regen standen.

Es war nicht klar, was am Ende den Ausschlag gegeben hatte, Boell oder das Fliegen, klar war nur, dass wir unsere Entscheidung schon jetzt bereuten.

»Wollt ihr nebeneinandersitzen?«, fragte die Frau in der grünen Uniform der Fluggesellschaft.

Bruno nickte. »Und am Fenster bitte.«

»Es kann nur einer am Fenster sitzen«, sagte die Frau. »Der andere muss in die Mitte.«

Es war klar, dass Bruno den Fensterplatz bekommen würde, er hatte in unserer Freundschaft die Führung übernommen. Bruno war einer jener Bestimmertypen, denen man sich gerne anschließt, weil sie den Eindruck vermitteln, genau zu wissen, was richtig ist und was falsch. Diese Fähigkeit sicherte ihm ein paar Privilegien. Typen wie Bruno sind deshalb Fensterplatzsitzer.

Im Flugzeug verteilte die Stewardess deutsche und irische Zeitungen an die Passagiere. Auf der Titelseite der deutschen Zeitung prangte ein riesiges Foto, das Menschenmassen im Scheinwerferlicht zeigte, die Leute hielten Regenschirme und Transparente in die Luft, auf denen »Pharisäer, Lügner, Volksbetrüger« oder einfach nur »Freiheit« stand. Über dem Foto schrie eine Schlagzeile: »Halbe Million bei Montagsdemo in Leipzig: ›Die Mauer muss weg!‹« Die irische Zeitung brachte das gleiche Foto ebenfalls auf Seite eins, nur weiter unten und wesentlich kleiner.

»Weißt du eigentlich, was genau die da drüben machen?«, fragte mich Bruno, mehr gelangweilt, als dass es ihn wirklich interessierte.

»Na, demonstrieren, dachte ich, für mehr Freiheit und so.«

»Meinetwegen«, murmelte er und steckte die Zeitungen in das Netz vor unseren Knien, zwischen Bordmagazin und Kotztüte. Er holte den *Kicker* aus seinem Rucksack, und ich faltete die Hände vor meinem Bauch und wartete darauf, dass mich jemand von innen kitzelte.

Mein Onkel hatte nicht zu viel versprochen, es war ein herrliches Gefühl. Obwohl ich inzwischen jede Woche fliege, liebe ich noch heute jenen Moment, wenn die Maschine die Erde verlässt. Ansonsten war Aer-Lingus-Flug 832 eher eine Enttäuschung. Zu sehen gab es nichts, weil die Wolken an diesem Novembertag besonders tief hingen und es früh dunkel wurde. Bemerkenswert war nur eine Dame, die eine gute Stunde lang in Thrombosestrümpfen den Mittelgang auf und ab wandelte, weil der Arzt ihr gesagt hatte, dass Bewegung bei Langstreckenflügen wichtig sei, wie sie unserer Sitznachbarin lautstark erläuterte.

Die Nacht in Dublin verbrachten wir in einem vergreisten Hotel, nicht weit von der Marlborough Street, im Bauch der Stadt. Der Eingang lag in einer finsteren Gasse, nur das Schild über der Tür warf einen Fetzen Licht in die neblige Dunkelheit und ließ das vom Regen nasse Pflaster schimmern. In Filmen werden in solchen Straßen gewöhnlich Frauen vergewaltigt oder Agenten ausgetauscht.

Hinter der Rezeption saß eine Frau mit Kopftuch und schob uns übellaunig die Zimmerschlüssel über den Holztresen. Die Zeit hatte an diesem Hotel genagt wie eine hungrige Ratte. Sie hatte Löcher in den Läufer der Treppe gekratzt, hatte die Farbe vom Geländer genascht und auch die Messingleuchter nicht ausgespart, deren Arme von dunklen Flecken übersät waren. Die Stofftapete, die einst grün gewesen sein musste, atmete Zigaretten, Schweiß und Essen aus. Das Hotel wirkte wie ein älterer Herr, der es irgendwann aufgegeben hatte, sich zu pflegen und schön zu machen.

Wir teilten uns ein Zimmer im dritten Stock. Die Betten waren an den Fußenden zusammengestellt, so dass Bruno und ich einander sehen konnten. Im schummrigen Licht der Gasse sah Brunos Gesicht viel besser aus als sonst, wenn der Tag seine problematische Haut beleuchtete. Sogar das Monchhichi-Haar wirkte plötzlich, als gehöre es auf seinen Kopf. Ich wollte ihm gerade eine gute Nacht wünschen, als Bruno etwas flüsterte.

»Bist du noch wach?«

»Ja. Wieso?«

»Ich wollte dich noch was fragen.«

»Was denn?«

»Na ja, also …« Er stotterte noch ein paar Füllwörter, dann brach er ab.

»Was denn? Was wolltest du fragen?«

»Ich weiß nicht, wie ich's sagen soll.«

»Nun frag doch einfach.«

»Na ja, also im Prinzip, nun ja, genau genommen, also, ob du schon mal eine Muschi berührt hast?«

»Eine was?«

Ich erschrak. Ich konnte nicht glauben, dass Bruno mich tatsächlich danach gefragt hatte. Ein solches Wort passte nicht in seinen Mund. Es gehörte auch nicht zu jener Welt, die wir uns über die Jahre gezimmert hatten. Bislang hatten wir in der Welt des Fußballs gelebt, und dort gab es keine Muschis. Unsere Welt hielt andere Wunder bereit, den Fallrückzieher oder die Bananenflanke, aber nichts davon war nur annähernd so geheimnisvoll wie jenes Ding, das Bruno gerade erwähnt hatte.

»Was soll ich bitte schön angefasst haben?«

Ich versuchte, Zeit zu gewinnen, ich schämte mich, über so intime Dinge zu reden, sie gehörten zwar zu unseren eigenen Träumen, aber nicht zu unserer Freundschaft. Von mir aus konnte das auch so bleiben. Ich atmete schwer. Die Luft roch nach kaltem Zigarettenrauch. Die Betten quietschten bei der sanftesten Bewegung.

»Eine Muschi«, wiederholte Bruno. Er war also nicht gewillt, uns das Thema zu ersparen. »Nun sag schon: Hast du mal eine angefasst?«

»Was soll denn das, Bruno?«

»Hast du oder hast du nicht?«

»Nein, Mensch, hab ich nicht. Gehts dir jetzt besser?«

»Schon gut«, sagte Bruno. »Wollts eben wissen.«

Dann war es still, viel zu still, ich glaubte, Bruno könne meine Scham hören. Das Bett quietschte unter meinem Atem, obwohl ich versuchte, mich nicht zu regen.

Wir spielten seit Jahren im selben Verein, Bruno im Mittelfeld, als Regisseur natürlich, alles andere hätte nicht zu ihm gepasst. Es gab keinen, dem der Ball so gehorchte wie ihm. An guten Tagen kam es uns vor, als sei das Leder ein Sklave und Bruno sein Meister. Bei uns anderen stellte sich der Ball viel zickiger an, rutschte vom Fuß, prallte gegen das

Schienbein, traf Ohr statt Stirn, ließ uns zurück als Tölpel. Während wir jeden Tag neu gegen die Gemeinheiten des Balls kämpften, wirkte bei Bruno alles ganz selbstverständlich. Fast wie Zauberei.

Wenn er den Ball aus der Abwehr gespielt bekam, wartete Bruno gern, bis ein Spieler des Gegners auf ihn zustürmte, ließ ihn mit einer Täuschung ins Leere rennen und passte dann in aller Gelassenheit in die Spitze. Fast immer suchte er dabei mich, seinen Mittelstürmer, das heißt, er musste gar nicht suchen, er wusste, wo ich war. Seit fünf Jahren spielten wir nun in einem Team, er als Zehner, ich als Neuner, Bruno wusste inzwischen, ob ich links oder rechts gehen würde, ob ich den Ball flach oder hoch haben wollte. Er wusste, was gut für mich war. So hatten wir in fünf Jahren 107 Tore geschossen. Wir führten Buch.

Für Außenstehende musste es aussehen, als würden unsere Körper aus demselben Kopf gesteuert. Unsere Mannschaftskameraden mochten uns nicht sonderlich, aber sie mochten den Sieg und deshalb respektierten sie uns.

Die Fußballschuhe hatten wir auch auf die Reise mitgenommen. Es werde ein Match geben, hatte Boell uns versprochen, eine Art Länderspiel gegen unserer Partnerschule. Es war so ziemlich das Einzige, worauf wir uns bei diesem Austausch noch freuten.

Bruno und ich waren nicht zu trennen. Wir gingen zur selben Schule, waren in derselben Stufe, spielten in derselben Mannschaft, und wenn noch Zeit vom Tage übrig blieb, tauchten wir ein in unsere Fantasieleben. In diesen Leben waren wir Präsidenten von Fußballvereinen. Wir verpflichteten Spieler aus der ersten und zweiten Liga, dichteten ihnen Charakterzüge an und ließen sie auf einem Tipp-Kick-Feld gegeneinander antreten.

Weil zum Profifußball auch Verletzte gehörten, kam von Zeit zu Zeit ein Würfel zum Einsatz. Zunächst würfelten wir aus, welchen Spieler die Verletzung ereilen würde. Dann gab es mehrere Optionen: Würfelten wir eine Eins, bedeutete dies Schnupfen und ein Spiel Pause; die Zwei hieß Kreuzbandriss, zwei Wochen Pause. Die Sechs hingegen stand für Autounfall. Unsere totgewürfelten Spieler wurden sogar von uns bestattet. Wir steckten eine Tipp-Kick-Figur in eine alte Filmdose, die als Sarg herhalten musste, gruben ein Loch im Garten und ritzten Namen und Todestag des Spielers in einen Stein. Im Anschluss gingen wir Streuselkuchen essen. Das gehörte sich so nach Beerdigungen.

Bisweilen fiel es uns wirklich schwer, Fantasie und Realität auseinanderzuhalten. Ich hatte immer ein blödes Gefühl, wenn ein Spieler samstags in der *Sportschau* herumlief, der in unserer Fantasiewelt längst bestattet war. Das alles führte dazu, dass wir zwar den Ersatztorwart von Rot-Weiß Oberhausen kannten oder den Konditionstrainer des SV Meppen, aber keine Ahnung hatten, wie sich eine Muschi anfühlt.

Der Druck, endlich das Geheimnis der Mädchen zu erkunden, war in den letzten Monaten erheblich gewachsen. Er wuchs mit jedem Jungen aus unserer Schule, dem es gelungen war, mit einer zu schlafen. Es sprach sich schnell herum, weil der Betroffene meist ein Interesse daran hatte, seinen Triumph nicht alleine zu feiern. Was Bruno und mich betraf, machte inzwischen eine böse Abkürzung die

Runde: Man zählte uns zum CDU, zum »Club der Ungefickten«.

Das einzige Mädchen, für das ich zum damaligen Zeitpunkt immerhin geschwärmt hatte, war Mona gewesen, Brunos ältere Schwester. Sie hatte mich zwar jederzeit spüren lassen, dass ich in ihren Augen ein kleiner Junge war, ansonsten blieb sie aber freundlich. »Na, müsst ihr heute wieder Fußballspieler beerdigen?«, fragte sie, wenn sie mir die Tür öffnete, und sie lachte dabei, als sei ihr der Witz gerade neu eingefallen. So gerne ich Mona beim Lachen zusah, so klein und dumm fühlte ich mich in diesen Momenten. Ich schämte mich dann für unsere Tipp-Kick-Welt.

Als ich einmal bei Bruno übernachtet hatte, konnte ich Mona in ihrer vollen Schönheit bewundern. Es war nicht meine Absicht gewesen, sie zu beobachten, sie war spät von einer Party zurückgekommen und hatte vergessen, die Tür zum Badezimmer abzuschließen. In einem rosafarbenen Slip stand sie vor dem Spiegel und tupfte sich, während sie auf den Zehenspitzen auf und ab wippte, die Schminke von den Augen. Für einen kurzen Moment hatte ich das Spiegelbild ihrer Brüste sehen können, dann schloss Mona die Tür.

Mit Bruno konnte ich nicht besprechen, was mich nach dieser Nacht beschäftigte. Für ihn war Mona die fiese Schwester, die ihn ständig ärgerte. Für ihn war sie nicht die Frau seiner Träume, sondern eine dumme Fotze. So nannte er sie meist.

Fast jeden Abend, wenn ich im Bett lag und das Licht löschte, sah ich Mona im Badezimmer vor dem Spiegel stehen, sah den knappen Slip, wie er sich an ihren Po schmiegte, sah die Hüftknochen, die über dem Saum der Unterhose herausragten wie stolze Klippen. Vor allem aber sah ich ihre Brüste mit den kleinen blassen Warzen, die schönsten der Welt, da war ich mir sicher, auch wenn mir die Vergleichsbrüste fehlten. Monas Brüste verfolgten mich geradezu, ich sah sie überall, im Bus, im Unterricht, im Schnellrestaurant, im Bett, wo immer ich die Augen schloss. Manchmal sah ich sie sogar bei offenen Augen. Mona war die erste Frau, die mir viele schöne Momente geschenkt hat.

Das Bett quietschte nicht mehr. Bruno atmete gleichmäßig, er schien zu schlafen. Ich war erleichtert. Es war vermutlich kein Zufall gewesen, dass unsere Freundschaft bis zu diesem Zeitpunkt ohne Gespräche über diese Sache ausgekommen war, über die Lust, das Fleischliche, wie immer man es nennen mochte. Vielleicht hatten wir beide Angst davor gehabt, dass die Mädchen unsere Freundschaft gefährden könnten. Vielleicht hatte mich Brunos Frage nach der Muschi so geschockt, weil ich ahnte, dass eine Zeit, die schön gewesen war, sich langsam dem Ende zuneigte.

»Gute Nacht«, flüsterte Bruno. Er hatte doch noch nicht geschlafen. Ob er sich die gleichen Gedanken gemacht hatte?

»Gute Nacht«, sagte ich. Ich schloss die Augen und träumte von Monas Brüsten, nicht ahnend, dass ich bald schon von anderen träumen würde.

Für den nächsten Morgen hatte Boell eine Stadtbesichtigung angesetzt; erst am Nachmittag sollten wir in unsere Partnerstadt weiterfahren. Er hatte sich einen orangefarbenen Regenschutz aus Plastik über sein Cordsakko gestülpt und wartete vor dem Tresen der Rezeption. Die Vorfreude ließ seine Augen leuchten. Durch Boells Gesicht liefen zwei tiefe Falten, sie frästen sich quer über die Wange hinab zu den Mundwinkeln. In jedem anderen Gesicht hätten sie furchterregend gewirkt, bei Boell aber waren sie Siegel der Liebenswürdigkeit.

Wer ihn weniger mochte, wie Brunos Vater, der schimpfte ihn einen Gutmenschen. Ich wusste noch nicht, was an Gutmenschen schlecht sein sollte; vermutlich fürchtete Brunos Vater, Boell könne lauter kleine Kommunisten aus uns machen. Das hatte er jedenfalls beim Abendbrot zwischen zwei Gewürzgurken gemurmelt. Ich selbst hatte da weniger Sorgen. Der einzige Kommunist, den ich näher kannte, hieß Erich Honecker, und so wie ihn würde mich niemand machen können, da war ich mir sicher.

Boell nannte sich selbst einen »unverbesserlichen Altachtundsechziger«, er lachte dabei, halb schelmisch, halb stolz. Ich war mir damals noch nicht sicher, was genau einen Altachtundsechziger ausmachte, aber es gab gewisse Indizien. Nach allem, was ich gehört und gesehen hatte, handelte es sich um Menschen, die sich merkwürdig kleideten und die Partei »Die Grünen/Alternative Liste« wählten.

Die Grünen kannte ich aus dem Fernsehen und der Fußgängerzone. Dort hatten sie keinen guten Eindruck auf mich gemacht. Sie trugen ausgebeulte Cordhosen und selbst gestrickte Pullis, die so geräumig waren, dass man darunter eine Flüchtlingsfamilie verstecken konnte. Darüber hinaus schienen Altachtundsechziger nur ungern Schuhe zu tragen, und wenn sie es doch taten, dann Sandalen oder gut belüftete Schuhe mit vielen Löchern drin.

Die Elvira, eine Freundin meiner Mutter, zog immer gleich die Sandalen aus, wenn sie unser Haus betrat, im Sommer wie im Winter, und wenn ihr Mann, der Rüdiger, mitkam, dann zogen sie sich gemeinsam die Sandalen aus, wobei sie sich gegenseitig stützten, um beim Öffnen der Schnallen nicht das Gleichgewicht zu verlieren. Danach streiften sie auch ihre Socken ab und bewegten demonstrativ ihre Zehen rauf und runter, als seien sie Jahrzehnte gefangen gewesen.

»Auch Füße wollen atmen«, sagten Elvira und Rüdiger.

Die Sache mit den Füßen schien ein großes Anliegen der Altachtundsechziger zu sein, so anklagend, ja fast beleidigt, wie sie es vortrugen, wobei dieser Eindruck auch täuschen konnte, weil eigentlich alles, was Elvira und Rüdiger sagten, irgendwie beleidigt klang. Wenn die beiden gegangen waren, lüftete mein Vater erst mal die Wohnung.

Oberstudienrat Boell mochte jeden einzelnen von uns Schülern mögen, als Generation aber war er ziemlich enttäuscht von uns. Er fand, dass wir uns stärker engagieren müssten, einfach mal demonstrieren gehen, gegen die Dinge, die uns störten. »Leute, Leute«, sagte er dann und schüttelte den Kopf. Ihn störte, dass uns so wenig störte.

Boell selbst hatte sein halbes Leben lang protestiert, am liebsten im Sitzen. Wenn irgendwo ein Atomkraftwerk gebaut werden sollte, oder eine Startbahn oder eine neue Rampe für Raketen, dann war Boell gekommen und hatte sich mit seinen Freunden auf die Baustelle gehockt. Blockaden waren seine Spezialität gewesen, niemand konnte energischer sitzen als er. Leider waren irgendwann immer die Polizisten gekommen und hatten ihn weggetragen. Am Ende wurde dann meistens doch gebaut.

Boell beharrte jedoch auf der Ansicht, dass sich jede einzelne Demonstration gelohnt habe. »Wer nicht kämpft, hat gleich verloren«, sagte er. Niemand aus unserer Klasse hatte sich bislang vor eine künftige Raketenabschussrampe gesetzt, was nicht nur daran lag, dass solche Rampen schon länger nicht mehr gebaut wurden.

Bei Boell und seinen Achtundsechziger-Kumpels musste alles politisch sein, selbst das Essen. Er hatte es eine Zeit lang als Vegetarier versucht, musste sich aber eingestehen, dass das Leben ohne »so 'nen richtig schönen rheinischen Sauerbraten von Zeit zu Zeit« weit weniger Spaß machte. Ihren Kaffee kauften die Boells in Dritte-Welt-Läden, in denen es immer nach trockenem Meerschweinchenfutter roch. Auch der Sex, so hieß es, sei bei den Achtundsechzigern politisch gewesen, wobei mir bis heute die Fantasie fehlt, wie man die Welt besser ficken könnte.

Auf dem Tresen der Hotelrezeption faltete Boell einen Stadtplan von Dublin auseinander. Er warf einen Blick darauf, nickte, als sei er zufrieden, dass alles noch so war, wie er es in Erinnerung hatte, faltete den Plan wieder zusammen und räusperte sich. Er räusperte sich immer, wenn er etwas Wichtiges mitzuteilen hatte. Dublin sei eine großartige Stadt, sagte er, voller Melancholie, schön wie ein junges Mädchen und traurig wie eine alte Witwe. »Und an jeder Ecke winkt die irische Geschichte.«

Er hatte eine Neigung, alles eine Oktave feierlicher auszudrücken, als es angemessen war. Boell glühte förmlich vor Zuständigkeit. In den siebziger Jahren war er mehrfach durch Irland gereist, mit dem Fahrrad, einem Zelt und irgendwann auch mit Derina, einem jungen Mädchen aus Cork, das ihm, nach eigener Aussage, »das Herz für die irische Seele geöffnet hat«. Die Art, wie er von Derina sprach, ließ uns ahnen, dass sein Herz nicht nur für die irische Seele schlug.

Ende der siebziger Jahre war Boell dann mit seiner späteren Frau auf die Insel gereist, der Helga, über die wir Schüler praktisch alles wussten, obwohl wir sie noch nie gesehen hatten. Im Prinzip waren wir mit Helga Maternus-Boell sogar per Du, wir hatten sie ja immer nur als »die Helga« kennengelernt und nie als »meine Frau« oder als Frau Maternus-Boell.

»Die Helga schwärmt noch heute von Irland«, sagte Boell. Wir hatten in unseren Jahren mit ihm herausgefunden, dass »Helga« oft nur eine Chiffre für »ich« war, und im Falle von Irland war schon lange klar, dass sich Boell während seiner Reise hoffnungslos in das Land verliebt hatte. Auf seiner alten Ledertasche, mit der er zum Unterricht kam, klebte ein abgewetztes grünes Kleeblatt.

Boell und Helga waren nicht die Einzigen, die sich mit dem Irland-Virus infiziert hatten, das habe ich in der Zwischenzeit oft genug erfahren. Viele von denen, die 1968 für ein besseres Deutschland demonstriert hatten, erholten sich ein Jahrzehnt später in Irland von den Strapazen. Die Insel kam ihnen reiner, schöner, wahrhaftiger vor als die eigene Heimat. In Irland waren die Flüsse noch sauber und die Konzerne noch fern, alles wirkte ursprünglicher als im Wirtschaftswunder-Deutschland, irgendwie zumindest, denn »irgendwie« war ihr Lieblingswort.

Einen Monat vor unserer Abreise hatte Boell »eine kleine Abänderung des Lehrplans« angekündigt und sich diebisch über diesen Satz gefreut, so, als habe er dem Schweinesystem ein Schnippchen geschlagen, wie einst mit seinen Sitzblockaden. Eigentlich hatte der Lehrplan für das zehnte Schuljahr Grass' *Blechtrommel* vorgesehen. Wir aber sollten nun das *Irische Tagebuch* lesen. Der Schriftsteller Heinrich Böll war schon 1954 auf die Insel gereist und hatte sich bei dieser Gelegenheit so gründlich in sie verguckt, dass er fortan immer wiederkehrte und seine Geschichten über die Landschaft und ihre Bewohner schrieb, die später als Buch erschienen. Alle Deutschen, die seither nach Irland fuhren, hatten Bölls *Tagebuch* im Gepäck, für viele war es sogar der Anlass ihrer Reise gewesen. Sie wandelten auf Bölls Spuren und verehrten sein Buch wie andere die Bibel.

Unser Lehrer war ziemlich stolz auf seinen Nachnamen. »Boell, fast wie der Nobelpreisträger«, hatte er sich am Tag seiner ersten Unterrichtsstunde vorgestellt und dann, »der Ehrlichkeit halber« ergänzt, dass er – anders als der Nobelpreisträger – nicht mit ö, sondern mit oe geschrieben werde. Gesprochen käme es aber aufs Gleiche raus.

Es gebe weitere Parallelen, hatte er stolz hinzugefügt, ohne dass jemand nach ihnen gefragt hatte. Beide seien sie in Köln geboren, im Schatten des Domes sozusagen, Heinrich 1917, er, Hubert, fast dreißig Jahre später. Beide seien sie leidenschaftlich gerne demonstrieren gegangen. Und dann hätten sie sich, wenn auch zeitversetzt, beide in Irland verliebt. Dass ihn einige Kollegen als »unseren Gutmenschen« verspotteten, wenn er mal wieder eine Sammelaktion für psychisch kranke Kinder in Hanoi startete, störte ihn nach eigenem Bekunden nicht. Schließlich sei der Heinrich wegen seiner Ästhetik des Humanen »der gute Mensch von Köln« genannt worden.

Das *Irische Tagebuch* war glücklicherweise nicht dick. Es hatte etwas mehr als hundert Seiten, große Schrift, viel Luft an den Rändern, kein Vergleich zur viel zu fetten *Blechtrommel*. Der Eingriff in den Lehrplan blieb ohne Widerspruch.

Es gibt dieses Irland: wer aber hinfährt und es nicht findet, hat keine Ersatzansprüche an den Autor. So fing es an. Mir gefiel dieses Buch, das merkte ich schon nach den ersten Seiten. Böll hatte eine bittersüße Liebeserklärung an jene Insel verfasst, die *so viel Bodenfläche wie Bayern, aber weniger Einwohner hat, als zwischen Essen und Dortmund wohnen.* Die Iren, schrieb er voll staunender Zuneigung, seien Weltrekordhalter im Teeverbrauchen, im Kinobesuchen, Whiskeytrinken, Zigarettenrauchen, im Priesternachwuchs erzeugen und, wenn man so will, im Am-Leben-Bleiben, denn Irland habe die geringste Selbstmordrate der Welt. Das alles war so poetisch und so liebenswürdig erzählt, dass ich verstehen konnte, warum so viele Deutsche nach Irland gereist waren, um dort nach einem anderen Leben zu fahnden.

Es war ein Tagebuch aus einer armen, aber intakten Welt, einem Land, in dem sich das Traurige mit dem Schönen verbündete, das Gebet mit dem Fluch, in dem die Poesie so wild wucherte wie die Resignation, und das sich trotz Hunger und Auswanderung und der Strenge der Katholischen Kirche die Menschlichkeit bewahrt hatte. Es war, so hatte uns unser Lehrer erklärt, ein Gegenentwurf zum rauen, zerstörten Deutschland der Nachkriegszeit. Er sei jetzt brennend interessiert, hatte Boell vor der Abreise gesagt, ob sich in der Zwischenzeit viel geändert habe.

»So, liebe Leute, ab zur Hauptpost«, rief er nun.

Es war ein nebliger Morgen, die Straße glänzte vor Nässe wie am Abend zuvor. Mein erster Eindruck von diesem Land war noch trüber, als ich es befürchtet hatte. Vom Hotel wanderten wir zunächst in die Lower Abbey Street, auf deren Bürgersteig Boell das Kinn zum Himmel reckte und genüsslich einen tiefen Atemzug in sich hineinsog. »Ach Kinders, es geht doch nichts über klare irische Luft.«

Von der Lower Abbey Street bogen wir auf die Hauptstraße ein, die O'Connell Street, einen Boulevard, der einst zu den schönsten Europas gehört haben soll. Müll schmiegte sich an die Bordsteinkante, Bettler streckten sich quer über den breiten Bürgersteig, viele Geschäfte standen leer. In manchen Schaufenstern standen nackte Puppen, die seit Jahren nichts anderes trugen als ein Gewand aus Staub.

Boell folgte der O'Connell Street auf dem Mittelstreifen in nördlicher Richtung, überquerte die Straße und verlangte räuspernd nach unserer Aufmerksamkeit. »Genau hier«, sagte er und klopfte mit seinem Regenschirm auf den Beton. »Genau hier hat der wohl wichtigste und brutalste Kampf um das Schicksal Irlands stattgefunden.« Wir standen zwischen den wuchtigen Säulen des Hauptpostamtes.

»Macht aber 'nen ganz friedlichen Eindruck«, rief Bruno und wies auf die Eingangspforte, durch die zwei ältere, huttragende Damen traten. Bruno liebte es, feierlichen Momenten das Feierliche zu nehmen, weshalb ihn Boell gern »unseren Komiker« nannte. Jetzt aber ließ unser Lehrer sich nicht irritieren. Er war an diesem Tag angetreten, um uns die leidvolle Geschichte seines geliebten Irlands nahezubringen, und er würde sich nicht mal von Wasserwerfern davon abbringen lassen, geschweige denn von Komikern.

Wir folgten den Damenhüten ins Innere. Sie reihten sich vor einem Schalter in die Schlange ein, über dem das Wort »Overseas« stand. Unter dem Arm trugen sie schwere Pakete, die nun in ferne Länder reisen sollten, zu ihren Kindern oder Enkeln, die Irland längst verlassen hatten, um in der Ferne, in England oder Amerika, das Glück zu suchen.

Ich mag die Idee von Postämtern, aus dem gleichen Grund, weshalb ich Flughäfen mag. Es sind Orte, die mit der Ferne in Verbindung stehen, Verbündete der Sehnsucht. In den Filialen der Deutschen Bundespost war das leider schwer zu erkennen, sie sahen alle gleich aus: hellgraue Plastikfußböden, Neonröhren an der Decke und kniehohe Tische, auf denen poröse orangefarbene Schwämme in grünen Gummischalen steckten, mit denen man seine Briefmarken befeuchten sollte, und auf denen der Kugelschreiber immer von einer silbernen Kette gesichert war. Es waren schwierige Orte, um von der großen weiten Welt zu träumen.

Diese Post aber wirkte wie die Eingangshalle eines Barockschlosses. Von den hohen weißen Stuckdecken hingen Lampen an langen Seilen. Die Schalter waren vor Hunderten Jahren aus dunklem Holz gezimmert worden, das noch immer glänzte, als sei es jugendlich frisch. Sie wirkten wie Beichtstühle, hinter denen Postbeamte wie Priester klemmten, getrennt nur durch ein vergoldetes Gitter. Die Beamten nahmen die Wörter der Sehnsucht entgegen, tausende Briefe für die Lieben hinter dem Meer, in denen man sich gegenseitig der Nähe versicherte und die Ferne beklagte.

Ich beobachtete all das und sehnte mich nach einem Mädchen, mit dem auch ich verliebte Briefe austauschen dürfte. Ich konnte nicht wissen, wie nahe ich diesem Ziel war, und erst recht nicht, dass unsere Briefe bald über dieses Postamt versandt würden.

Der ganze Raum war erfüllt vom Knallen der Stempel und vom Rattern der Kassen. Über jedem Schalter stand geschrieben, was hier erledigt werden konnte: Auszahlung, Briefannahme, Erspartes, Sozialhilfe, Rechnungen, Lotto, Briefmarken. Dies war mehr als nur ein Postamt, es war eine Mehrzweckhalle für Staatsbürger, für all ihre Verpflichtungen, Sorgen und Süchte. Tausende Geheimnisse wechselten hier am Tag den Besitzer, die Beamten nahmen alles an, was die Menschen ihnen entgegenschoben, die Briefe, die Schuldscheine, die Anträge auf Sozialhilfe, die Zeugnisse ihrer Armut.

Am Rande dieses Gewusels ließ Boell sein Räuspern ertönen. Wir sollten uns in zwei Gruppen aufteilen, die Katholiken links von ihm, die Protestanten gegenüber. Als wir uns sortiert hatten, standen zwölf Katholiken fünf Protestanten gegenüber. Boell nickte zufrieden, er schien sehr stolz auf seine Idee, die Schicksalsfrage Irlands mitten im Dubliner Hauptpostamt am Beispiel einer Schülergruppe aus Bergisch Gladbach zu verdeutlichen.

»Stellt euch bitte Folgendes vor«, sagte er zu uns Katholiken. »Wie fändet ihr es, wenn dieses Häuflein dort drüben von jetzt an über euer Leben bestimmen dürfte? Wenn sie euch Vorschriften machen, euer Geld einziehen und euch wegsperren könnten, obwohl ihr eindeutig in der Mehrheit seid? Wie würde euch das gefallen?«

»Gar nicht«, rief Eugen, einer der Katholiken. Auch zu Hause im Unterricht antwortete er immer als Erster, und wir hassten ihn dafür. Eugen! Mit lang gezogenem e. Schon der Name machte uns aggressiv. »Aber so weit kann es ja gar nicht kommen«, sagte Eugen noch. »Wir sind ja viel mehr.«

»In Irland konnte es so weit kommen«, erwiderte Boell, er klang jetzt sehr bewegt. Er erzählte uns, wie die englischen Könige sich schon früh für die grüne Insel vor ihrer Haustür interessiert hatten, wie die Briten Irland eingenommen und versucht hatten, sich nicht nur das Land, sondern auch seine Menschen gefügig zu machen. »Nach Jahrhunderten der Demütigung aber erhob sich das irische Volk am Ostersonntag des Jahres 1916 endlich gegen das protestantische England. Und zwar hier, genau hier.« Er deutete auf den Boden. Und nun erzählte er uns die blutige Geschichte vom Osteraufstand in Dublin, von der irischen Unabhängigkeitserklärung, die vor dem Postamt verlesen wurde, und von den britischen Soldaten, die später alles in Schutt und Asche bombten, ehe sie die Aufständischen festnahmen, ins Gefängnis sperrten und zum Tode durch Erschießen verurteilten.

Boell sprach dabei das so leidenschaftlich, als habe er selbst für die Unabhängigkeit Irlands gekämpft und als handle es sich bei den Revolutionären um alte Kollegen. »Einer von ihnen, der Poet Joseph Plunkett, hatte als letzten Wunsch angegeben, seine Verlobte heiraten zu dürfen. In den frühen Morgenstunden wurden sie in der Gefängniskapelle wunschgemäß getraut. Danach gestatteten die Briten dem Paar zehn Minuten Eheleben, wobei ein Wärter neben ihnen stand und laut die Minuten runterzählte. Nach der zehnten Minute wurde Joseph Plunkett abgeholt und zur Stätte seiner Hinrichtung gebracht. Kurz darauf hörte Frau Plunkett die Salve, die ihren Bräutigam tötete.«

Wir schwiegen. Irgendwann sagte jemand leise, aber so, dass alle es hören konnten: »Dann war ja alles umsonst.«

»Eben nicht«, rief Boell und reckte den Zeigefinger in die Luft. »Als das irische Volk erfuhr, wie grausam die Briten mit den Aufständischen umgegangen waren, da wurden diese zu Märtyrern, die sich für ihr Land und seine Unabhängigkeit geopfert hatten, wie Jesus sich einst für die Menschheit geopfert hatte. Beides übrigens an Ostern.«

Etwas Triumphales steckte nun in Boells Stimme. »Eine Welle der Empörung schwappte durch das Land, der Hass auf die Briten, der Wunsch nach Unabhängigkeit, beides wuchs ins Unermessliche. Der radikale Funke sprang auf das ganze Land über, es sollte nichts mehr geben, was ihn wieder löschen würde. Fünf Jahre später war die Irische Republik unabhängig.«

Ich musste an das Foto in der Zeitung denken, an die Demonstranten in Leipzig mit ihren Transparenten, den Schreien nach Freiheit, und ich fragte mich, ob »drüben, hinterm Zaun«, wie meine Eltern es nannten, gerade etwas Ähnliches passierte wie damals in Dublin. Auch in der DDR gingen die Leute bevorzugt an Montagen auf die Straße. Der Montag scheint ein guter Tag für Demonstranten zu sein.

»Warum gibt es denn eigentlich noch immer zwei Irlands?«, fragte Eugen in Boells feierliche Stille hinein.

»Gute Frage!« Boell nickte zufrieden. Wieder hassten wir Eugen.

Es gebe nur wenige Länder auf der Welt, die zweigeteilt seien, erklärte Boell. Korea falle ihm ein, Deutschland und natürlich Irland, das geteilt sei in die größere Republik und die sechs Grafschaften im Norden, die noch immer zu Großbritannien gehörten. Die Teilung von Ländern sei immer etwas Grausames, sagte Boell, er sprach von schlechten Scherzen der Geschichte.

»Gibt es in Irland denn auch so einen Honecker?«, fragte Bruno.

»Oh Mann, das kann man doch nicht vergleichen« krähte Eugen, der grundsätzlich keine Witze verstand.

So direkt vielleicht nicht, sagte Boell, aber es gebe durchaus Parallelen zwischen der Situation in Deutschland und jener in Irland. Hier sei das Trennende die Religion, in Deutschland sei es die politische Ideologie. An beides müsse man glauben. Den Beweis, dass der protestantische Glaube besser sei als der katholische, gebe es ebenso wenig wie den Beweis, dass der Kommunismus glücklicher mache als der Kapitalismus. Es gebe nur Menschen, die das eine oder das andere predigten. »Solche Radikale, egal ob evangelisch oder kommunistisch, sind schuld an den Teilungen dieser Welt. Doch während die Mauern andernorts immerhin wanken, stehen sie hier noch fest und unerschütterlich.«

Als Nächstes hatte Boell den Besuch einer Kirche vorgesehen. Auf dem Weg dorthin hielt mich Bruno an der Schulter fest. »Schau dir die an.« Er zeigte auf ein Mädchen, das in einer Fußgängerzone Zettel an Passanten verteilte. »Mann, ist die klasse. Mann, ist die schön«, stammelte er. Sie hatte große, klare Augen und volle, fein geschwungene Lippen. Das braune glatte Haar lag wie ein Tuch auf ihren Schultern.

Sie lächelte die Menschen, denen sie ihre Zettel in die Hand drückte, so umwerfend an, dass ich auch einen Zettel von ihr haben wollte. Ich reihte mich ein in den Fluss der Massen, bis ich irgendwann direkt vor ihr stand. Sie überreichte mir ihren Zettel mit einer Anmut und Würde, als handle es sich um den Leib Christi.

»Du sollst nicht töten«, stand auf dem Zettel.

Ich erschrak. Die Ernsthaftigkeit der Botschaft passte nicht zu der Süße ihres Gesichts. Ich hatte den letzten Zettel bekommen. Sie benötigte Nachschub und lief hinüber zu einer Gruppe von Menschen, die am Rand der Fußgängerzone hinter Tapeziertischen standen.

Auf den Tischen lagen Listen aus, davor hingen Pappen, groß wie Filmplakate, auf denen Fotos von abgetriebenen Föten klebten. Ich sah kleine, zerquetschte Köpfe, meist verriet nur ein einzelnes Auge oder ein Nasenflügel, dass es sich einst um einen Menschen gehandelt hatte. Ich sah schwarze Flecken der Verwesung auf winzigen Körpern und blutige Fleischklumpen in glänzenden Blechschalen. Auf einem Foto war der Inhalt einer Tonne zu sehen, Gebeine von Säuglingen lagen kreuz und quer übereinander, es erinnerte an die Leichenberge, die ich auf den Fotos von der Befreiung des Konzentrationslagers Auschwitz gesehen hatte. Daneben stand geschrieben: »Stop Abortion! Stop the Holocaust!«

Über Simone, die Tochter unserer Nachbarn, hieß es zu jener Zeit, sie habe sich ein Kind wegmachen lassen, weil der Typ, mit dem sie geschlafen hatte, sie erst verprügelt und dann sitzengelassen hatte. Ich konnte verstehen, dass Simone von diesem Kerl kein Kind haben wollte. Wie ein Nazi war sie mir jedenfalls nicht vorgekommen, auch wenn sie immer etwas arrogant wirkte.

Neben dem Foto mit der Abfalltonne hing ein weiteres Plakat, es zeigte drei lachende Kinder mit Sonnenblumenhüten. Der Betrachter sollte selbst wählen können, was ihm besser gefiel: die blutigen Fleischknäuel oder die goldigen Kleinen.

»Seid ihr auch gegen Abtreibungen?«, fragte eine ältere Frau hinter dem Tapeziertisch und reichte uns einen Kugelschreiber. »Dann könnt ihr hier unterschreiben.« Bruno und ich sahen uns irritiert an.

»Seid ihr Christen?«, hakte die Frau nach. »Seid ihr katholisch?« Auch sie lächelte uns an, wie das Mädchen mit den Zetteln, wenngleich es bei ihr nicht so natürlich wirkte. Man sah ihr an, wie sehr es sie anstrengte, milde und gütig zu sein.

Ihr drängender Blick nötigte uns zur Wahrheit. Wir nickten, wir waren nun mal katholisch, das ließ sich nicht leugnen. »Na, dann ist es ja ganz einfach«, sagte sie. »Wir Katholiken sind nämlich gegen Abtreibung, und wir wollen, dass sie in Irland verboten bleibt. Wir dürfen mit den kostbaren Geschöpfen des Herrgotts nicht so grausam umgehen.« Sie zeigte auf das Bild mit der Abfalltonne.

Es konnte schon sein, dass »wir Katholiken« das so sahen, aber irgendwie kam mir alles plötzlich so unheimlich vor, dieser Stand, die Fotos, die Bilder aus Auschwitz, das gespenstische Lächeln der Frau.

»Na fein, dann könnt ihr ja hier unterschreiben.« Sie versuchte, mir den Stift zwischen Daumen und Zeigefinger zu schieben, und die Entschiedenheit, mit der sie dies tat, ließ sie noch unheimlicher werden. Es ärgerte mich, dass ich der Frau nicht erklären konnte, was sich in mir sträubte. Ich beugte mich schließlich dem Druck ihres Blickes und unterschrieb. Bruno unterschrieb nicht. Sogleich schämte ich mich für meine Feigheit.

Als wir zurück zu unserer Gruppe eilten, stießen wir fast mit dem schönen Mädchen zusammen. Sie hatte sich neue Zettel besorgt und strahlte immer noch, aber ihr Strahlen hatte seinen Zauber verloren.

Boell wollte uns nun die größte katholische Kirche der Stadt zeigen. Wir bogen von der O'Connell Street in eine Seitengasse ab, in der die Mülltonnen schon länger nicht mehr geleert worden waren. »Da wären wir«, sagte Boell und zeigte mit dem Daumen über seine Schulter auf das Portal in seinem Rücken. Man hätte hier Penner oder Bordelle vermutet, aber keine Kathedrale, nicht die beliebteste Kirche Dublins. Sie stand eingepfercht zwischen Mietshäusern, die ihre Schönheit schluckten. Eigentlich hatten die Katholiken ihre Kathedrale auf dem großen Boulevard bauen wollen, erklärte Boell, die Pläne seien schon fertig gewesen, aber dann hätten die protestantischen Briten die Kathedrale in die Hinterhöfe der Stadt verbannt. »Eine der vielen Demütigungen.«

Im Inneren der Kirche wimmelte es von Gold, Samt und Kerzenschein. Die Deckengemälde, die Kanzel für die Predigten, das große Kreuz auf dem Altar, das alles wirkte so festlich, als hätten sich die Gläubigen bei ihrem Gott für den schäbigen Ort mit einem besonders prachtvollen Inneren entschuldigen wollen, als sei das Gold auch Wiedergutmachung.

Im Seitenschiff der Kirche setzten wir uns in eine der Holzbänke. Links von uns waren die Menschen in ihr Gespräch mit Gott vertieft, oder sie lauschten dem Klang der

Orgel, der von der Empore auf sie herabströmte. Rechts ruhten zahlreiche Erzbischöfe in ihren Steinsärgen. Es war früher Nachmittag, die Abendmesse noch ein paar Stunden entfernt, trotzdem war die Kirche gut gefüllt mit Betenden. Drei Reihen hinter uns hatten es sich zwei Penner gemütlich gemacht, sie schliefen mit dem Kopf auf der Ablage für die Gebetsbücher und schnarchten.

In die Bank vor uns waren goldene Plaketten eingelassen, mit denen verstorbener Mitglieder der Gemeinde gedacht wurde. »+ In loving memory +« stand auf meiner Plakette. »Betet für die Seelen von James und Mary Browne.«

Boell setzte zu einem Grundsatzreferat über die Kraft des Katholischen an. Er erzählte, dass Irland das katholischste Land Europas sei, der Einfluss der Kirche sei bis heute ungebrochen. Noch immer sei etwa Abtreibung streng verboten, und er könne sich nicht vorstellen, dass sich daran je etwas ändern werde. Kondome dürften in Irland nur Verheiratete kaufen, und das auch nur in der Apotheke, was den meisten zu peinlich sei. Scheiden lassen dürfe man sich in Irland ebenfalls nicht, selbst dann nicht, wenn es beide so wollten. Ein uraltes Gesetz verbiete es, schwul oder lesbisch zu sein, beides sei strafbar. Einer der Penner schnarchte laut auf, es schien, als habe Boell ihn geweckt. Er blinzelte, dann versank er wieder im Schlaf.

Der Klerus habe alles im Griff, fuhr Boell fort, vor allem im Westen des Landes, dort also, wo unsere Reise uns hinführen werde. Schon der gute Heinrich habe in seinem *Irischen Tagebuch* beschrieben, dass in den Dorfkinos die Filme erst dann beginnen, wenn alle Priester vollzählig versammelt sind. Mehr müsse man wohl nicht sagen.

Ich betrachtete die Menschen um mich herum, sah das Andächtige in ihren Gesichtern, das Zucken auf ihren Lippen, hörte ihr Murmeln, das lauter war als das Schnarchen hinter uns. Sie sprachen zu jemandem, von dem ich bis heute nicht weiß, ob es ihn gibt. Ich war getauft, gefirmt, war zur Beichte gegangen, hatte den lieben Gott sogar ein paar Jahre als Messdiener unterstützt, aber dann hatte ich irgendwann die Lust am Katholizismus verloren. Die Frage, ob es Gott wirklich gibt, hatte ich auf einen späteren Zeitpunkt verschoben. Nach allem, was ich gehört hatte, reichte es, wenn man rechtzeitig vor dem Tod wieder fromm wurde. Man durfte nur nicht den richtigen Moment verpassen.

Eine alte Frau mit schwarzem Kopftuch hatte ihre Ellenbogen in die Bank gebohrt und spreizte ihre Finger für einen Rosenkranz in die Luft. So arbeitete sie Perle für Perle ab, Ave Maria für Ave Maria, 59 Perlen, für jede einzelne ein Gebet. Ihre knittrige Haut sah schön aus im Schein der Teelichter. Sie wirkte glücklich.

Schräg vor ihr schritten zwei Mädchen in Schuluniform den Kreuzweg ab, sie waren zehn oder zwölf, und doch trugen ihre Gesichter bereits die fromme Aura künftiger Ordensschwestern. Betend folgten die Töchter Gottes dem Leidensweg von Gottes Sohn, und ich fragte mich, wer eigentlich die ganzen Worte entgegennahm die allein in diesem Kirchenraum gerade über unzählige Lippen kamen, falls es Gott gar nicht gab? All die Danksagungen und Wünsche, die Flüche und das Flehen, würde das alles im großen Mülleimer des Nichts landen?

Plötzlich rumpelte es hinter uns. Einer der Trinker war im Schlaf aus der Bank gekippt, er lag nun im Mittelgang und strampelte erschrocken mit den Füßen, wie ein Maikäfer, der auf den Rücken gefallen ist. Als wir die Kirche wieder verließen, ahnte ich nicht, dass ich die wahre Wucht der Religion in den nächsten Wochen erst kennenlernen sollte.

DRITTES KAPITEL

Die Iren steigen nicht einfach in den Zug ein. Sie sammeln sich vor der Abreise in einer langen Schlange am Bahngleis, wie eine Schicksalsgemeinschaft. So standen wir an diesem Novembernachmittag hinter Boell an Gleis 5 der Dubliner Heuston Station und warteten mit Hunderten Iren darauf, jenen Zug besteigen zu dürfen, der uns an die Westküste bringen sollte. Der Schaffner lief die Schlange ab und knipste die Fahrkarten, dann erst öffnete sich das Tor zum eigentlichen Bahnsteig. In Sekunden löste sich die Schicksalsgemeinschaft auf, alle stürmten nun auf die Waggons und Abteile zu. Ein Pfiff aus der Trillerpfeife, und bald schon ruckelten wir durch die Vororte Dublins, vorbei an Parkplätzen und Schutthalden. Es dauerte ein wenig, ehe wir den Schmutz der Stadt überwunden hatten.

Wir fuhren durch ein Land ohne Menschen. Es wirkte, als erlaube die Erde an diesem Flecken nur den Schafen und Kühen, ihr Gesellschaft zu leisten. Die Schafe sahen aus, als wären sie eins geworden mit den Wiesen, sie klebten am Hügel wie Flusen an einem Anzug. Träge grasten sie vor sich hin, sie hoben nicht mal den Kopf, als unser Zug vorbeidonnerte. Die Kühe fläzten sich auf dem irischen Boden wie auf einer gemütlichen Matratze.

Über ihnen hingen dicke Wolken, der Himmel zeigte nur selten Risse in seinem grauen Gewand, aber wenn er es tat, nutzte die Sonne gleich die Gelegenheit und richtete ihre Strahlen auf die Kostbarkeiten der Landschaft: einen Baum, der wie ein Gespenst in der Landschaft stand, die knochigen Glieder von sich gestreckt; auf die Ruine einer Burg, die am Fuße eines Hügels verwitterte; auf den Bach, der seinen Weg durch die Wiese bahnte.

Ich hatte das Wort zu diesem Zeitpunkt schon oft gehört, ohne etwas damit anfangen zu können, aber als Boell beim Blick aus dem Fenster plötzlich von »Melancholie« sprach, da ahnte ich, was es bedeuten könnte.

Der Bahnhof von Killarney war ein Sackbahnhof. Er bestand aus einem Gleis und einer kleinen Halle aus fleischfarbenen Backsteinen. Cill Airne stand in gälischer Sprache auf dem Stationsschild, und daneben, in gleicher Größer, ein Bibelspruch:

Ich bin der Weg, die Wahrheit und das Leben. Niemand kommt zum Vater außer durch mich. Johannes, Kapitel 14, Vers 12

Der Bürgermeister, das wurde erzählt, hatte den Vers auf Wunsch des Bischofs am Bahnsteig anbringen lassen. Vielleicht sollte er den Fahrgästen erklären, dass die wichtigen Reisen des Lebens nicht mit der Eisenbahn gemacht werden.

Die Lok zischte erschöpft. Vier Stunden hatte die Fahrt von Dublin gedauert, es dämmerte bereits. Es schien, als sei der ganze Ort auf den Bahnsteig gekommen, um uns zu begrüßen. Auf einem Podest standen zwei ältere Herren, eine weniger alte Dame im wallenden Kleid sowie zwei Mädchen, die eine mit roten, die andere mit blonden Haaren. Sie mussten etwa in unserem Alter sein. Ich zupfte an Brunos Ärmel.

»Schau mal, die zwei auf dem Podest. Sehen doch nicht alle grottig aus, die Irinnen.« Nun trat die Frau im wallenden Kleid vom Podium, ging auf Boell zu und stellte sich als Miss O'Donoghue vor, Derina O'Donoghue, die irische Leiterin des Austausches. Es sei ihr eine große Ehre, uns in Killarney zu begrüßen, lange habe man auf diesen Augenblick gewartet. Sie sage dies auch im Namen des Bürgermeisters und des Schuldirektors, die extra gekommen seien, um uns willkommen zu heißen. Die älteren Herren auf dem Podest nickten, die anderen Iren klatschten.

»Welche meinst du, die Rote oder die Blonde?«, fragte Bruno.

»Vor allem die Blonde.« Während ich das sagte, versuchte ich ihre Aufmerksamkeit zu erlangen, aber sie sah mich nicht in der dampfenden Masse.

»Nicht mein Geschmack«, brummte Bruno. »Kannst du haben.« Er tat so, als genieße er das Privileg, wählerisch sein zu dürfen.

Boell war gerührt, vom Applaus, von den festlichen Worten und offensichtlich auch vom Anblick der Miss O'Donoghue. Seine rechte Augenbraue hatte einen Freudentanz aufgeführt, als sie sich als Fräulein und nicht als Frau O'Donoghue vorstellte.

Die Freude sei ganz seinerseits, erwiderte Boell und zwinkerte ihr zu. Er stand unter einer Bahnsteiglaterne und räusperte sich. Er wolle nicht übertreiben, begann er übertrieben feierlich, aber man dürfe mit Fug und Recht von einem historischen Tag für die deutsch-irische Freundschaft sprechen. Gut sechzig Jahre nachdem deutsche Flugzeuge Dublin bombardiert hätten, sei nun eine sehr viel freundlichere Abordnung aus Deutschland rübergeflogen. Wieder applaudierten die Iren.

Dann begann Boell der Reihe nach unsere Namen aufzurufen, auf dass Fräulein O'Donoghue uns unserer Gastfamilie vorstellen konnte. Ich stand vor einem schwarzen Brett, das an der Wand des Bahnhofsgebäudes befestigt war, und suchte das Mädchen mit den blonden Haaren, aber ich sah sie nicht mehr. Enttäuscht wandte ich mich den Aushängen zu: *Haben Sie ein Alkoholproblem?*

Ich hatte noch nie bei fremden Menschen gewohnt und fürchtete nun, an die falschen zu geraten. *Die Alcoholics Anonymous treffen sich montagabends um 20.30 Uhr im Nebenraum der Kirche.* Was etwa, wenn es sich um eine Trinkerfamilie handelte? Was, wenn sie ganz weit draußen auf dem Land wohnten, im Vorhof der Zivilisation? *Anmeldung nicht erforderlich. Schäm dich nicht, der Herr liebt auch seine trinkenden Schäfchen.* Immerhin ging es um gute drei Wochen. *Bete zum Herrn!,* riet der Aushang. Boell rief meinen Namen.

Neben ihm standen die Moloneys, Maria, eine Frau in mintgrüner Windjacke, mit zerstrubbeltem, ohrlangem Haar und einem Gesicht, das nicht schön war, aber lustig. Und Shawn, ein Mann mit dunklen Haaren, einem humorlosen Schnauzer und Fünftagebart an Wangen und Kinn. Seine leicht verwilderte Erscheinung wurde durch einen grobmaschigen Strickpullover, wie ihn Seemänner tragen, noch verstärkt. »Nice to meet you«, sagte Shawn, und ich war erleichtert. Keine Alkoholfahne. Kein trinkendes Schäfchen.

Maria und Shawn waren kinderlos, obwohl sie, wie Maria

mir gleich im Auto erzählte, sich immer einen Jungen gewünscht hatten. Als sie vor einiger Zeit gehört hätten, dass Gasteltern gesucht würden, hätten sie sich gleich beim Direktor gemeldet.

In ihrem Lieferwagen, Shawn war Handwerker, fuhren wir zum Haus der Moloneys. Nach wenigen Minuten hielten wir vor einem Reihenhaus, an dessen Eingang ein Schild prangte: »B&B«. Im Sommer würden sie die beiden Zimmer unter dem Dach vermieten, sagte Maria, im November aber kämen kaum Touristen nach Killarney, und daher sei ich für die nächsten drei Wochen der einzige Gast. Solange sie den Eindruck hätten, dass ich keinen Unsinn mache, könne ich tun und lassen, was ich wolle.

Ich bedankte mich und überreichte Maria und Shawn meine Marzipanbrote, die Boell uns als Mitbringsel dringend empfohlen hatte: »Auf nichts sind die Iren so heiß wie auf Marzipanbrote.« Das Gesicht meines Gastvaters verriet nun, dass Boell etwas falsch verstanden haben musste. Shawn jedenfalls kannte keine Marzipanbrote.

Für den frühen Abend war eine Willkommensfeier an der Schule vorgesehen, Boell hatte um Pünktlichkeit gebeten, es gehöre sich nicht, zu spät zu kommen. Am allerwenigsten gehöre es sich, wenn man nicht nur sich selbst, sondern ein Land repräsentiere, auf das die Welt in diesen Tagen gebannt schaue. Er sage nur: Leipzig. »Also bitte, liebe Leute, macht mir keine Schande.« Liebe Leute nannte Boell uns dann, wenn er eine Sache zwar ernst meinte, aber nicht streng klingen wollte. Er hatte sein ganzes Leben gegen das Autoritäre gekämpft, nun gab er sich Mühe, nicht selbst autoritär zu werden.

Der Saal brummte bereits. Man hatte ihn in zwei Hälften geteilt, rechts die Stuhlreihen für die Jungen, links für die Mädchen. Eingeladen war die gesamte zehnte Stufe, sowohl der Jungen- als auch der benachbarten Mädchenschule. Gemischte Veranstaltungen seien hier eine Rarität, hatte Boell uns erklärt, Mädchen und Jungen würden strikt getrennt, getrennter Unterricht, getrennte Schulhöfe, getrennte Freizeit. Sie schienen in verschiedenen Gehegen zu leben, wie Tiere im Zoo.

Am Kopfende des Saales stand eine Bühne, auf der fünf Männer saßen und ihre Instrumente stimmten, Gitarre, Flöte, Banjo, Akkordeon, Schlagzeug. Ich sah Bruno in der zweiten Reihe und setzte mich zu ihm. Er hatte es weniger gut getroffen, seine Familie wohnte weit draußen auf einem Bauernhof, und sein Gastbruder war eine Schlaftablette. Wir machten uns gerade daran, die Mädchen, die uns gegenübersaßen, etwas genauer zu betrachten, da trat der Direktor der irischen Schule ans Mikrofon, hauchte hinein und erschrak über sein eigenes Röcheln. Er trug einen schwarzen Priestertalar und eine Kette, an der ein goldenes Kreuz baumelte. Die katholische Kirche hatte gleich nach Gründung der Irischen Republik darauf geachtet, dass sie nicht nur in ihren Gemeinden das Sagen hatte, sondern in der ganzen Gesellschaft, vor allem in der Schule. In den Statuten der St. Brendan's School von Killarney stand, dass die Hälfte der Lehrer katholische Priester sein mussten.

»Oh, welche Freude, Sie in Killarney willkommen zu heißen«, sagte der Priester-Direktor. »Leute wie Sie muss der Herrgott geschickt haben.« Stolz erzählte er von der langen Geschichte der Schule, die seit 1861 gut 15 000 junge

Männer moralisch gerüstet ins Leben entlassen habe. Als er gerade auf den hohen Wert der Tugend zu sprechen kam, ereilte ihn ein Schluckauf, über den Bruno sagte, dass ihn ebenfalls der Herrgott geschickt haben müsse. Jedenfalls endete die Rede früher als vorgesehen. »Sie werden jetzt, hick, ein, hick, Konzert mit irischer, hick, Musik hören«, brachte er gerade noch heraus, dann nickte er hickend den Musikern zu.

Die Band begann mit einem langsamen, traurigen Lied, es handelte vom »Großen Hunger« vor 150 Jahren, als eine Million Iren starben, weil die Kartoffelfäule die Ernte vernichtet hatte. Das Lied endete mit einem Dank an Gott, dafür, dass er das Land nie im Stich gelassen hatte. Der Direktor im Talar nickte zufrieden, der Abend schien auf das rechte Gleis gesetzt, und weil er seinen Schluckauf auch während des Großen Hungers nicht losgeworden war, verließ er nun die Feier, nicht ohne den Saal noch schnell mit einem Kreuzzeichen zu segnen, zur Sicherheit.

»Es darf getanzt werden«, rief der Akkordeonspieler, kaum war die Tür ins Schloss gefallen. »Ladies first.« In Sekunden verwandelte sich der Saal in einen Jahrmarkt der Sorglosigkeit. Die Mädchen schoben ihre Stühle an die Wand, um eine Tanzfläche zu schaffen, sie stellten sich auf in Formation und warteten auf den Treibstoff, der ihre Körper in Bewegung setzen würde. »Yeeeeeehhaa«, rief der Mann am Akkordeon, dann zuckten seine Tasten und gleich darauf die Beine der Mädchen. Bruno und ich staunten, wie ausgelassen, wie selbstbewusst diese eben noch ehrfürchtigen, fast verschüchtert wirkenden Mädchen jetzt tanzten. Sie waren plötzlich nicht nur da, sie waren präsent, stemmten ihre

Hände in die Hüften und hüpften, streng dem Rhythmus folgend, auf uns Jungen zu, blieben kurz vor uns stehen, hüpften zurück, klatschen dreimal, stampften zweimal, hakten sich unter, hielten sich an ausgestreckten Armen, drehten sich wie Karussellpuppen. Es war ein riesiges Durcheinander, und doch schien alles einem größeren Plan zu folgen, einer Choreografie der Lebenslust. Immer schneller flitzte der Bogen der Geige auf und ab, immer schriller wurde das Jauchzen, immer lauter die Tritte gegen das bebende Parkett. Kaum hatte der Priester den Saal verlassen, schien das Land seinen Rhythmus zu finden.

»Nicht schlecht für den Anfang«, sagte der Akkordeonspieler, ein älterer Herr, der sein gelbes Hemd bis oben zugeknöpft hatte. Seine Haare waren glatt nach vorne gekämmt, so dass sie seine Augen halb verdeckten. Er sah nicht unbedingt aus wie jemand, der einen Saal verhexen konnte. Nun wandte er sich der linken Hälfte zu. »Die Gentlemen haben lange genug gewartet – Ladies, ihr habt die Wahl.«

Dieser Satz änderte alles. Die Mädchen quiekten, Stühle fielen, Jungen flüchteten, wurden gestellt oder stürzten auf der Flucht über fallende Stühle. Viele von uns waren dem Andrang der Mädchen nicht gewachsen. Hinter mir hörte ich Benedikt aus unserer Stufe vor Aufregung rülpsen, wie immer, wenn ihn eine Situation überforderte. Es war kein bewusster Akt des Protests, mehr ein unfreiwilliges Aufbäumen von Körper und Geist.

Ich selbst schwankte. Es gab gute Argumente, mich den Flüchtenden anzuschließen. Den Grundkurs in der Tanzschule hatte ich lange vor seinem offiziellen Ende abgebrochen. Ich beherrschte Grundschritte in den Disziplinen

Diskofox, Cha-Cha-Cha, Langsamer Walzer, Foxtrott und Wiener Walzer, aber dieses Repertoire half hier nicht weiter.

»Wollen wir gehen?«, fragte ich Bruno.

»Ist besser«, sagte er, doch da war es bereits zu spät. Gleich zwei Vogelscheuchen standen vor seinem Stuhl und reichten ihm die Hand. Die große Zahl der Flüchtenden hatte das Angebot an Jungen so verknappt, dass die Nachfrage gewaltig war.

»Willst du mit mir tanzen?«

Ich hatte die Frage kaum gehört, zu sehr faszinierte mich, wie Bruno auf das doppelte Angebot reagieren würde. Es dauerte, bis ich bemerkte, dass auch vor mir jemand stand. Und dass die Frage an mich gerichtet war.

Das Erste, was ich von ihr sah, war ihr Kinn. Sie hatte ein weiches Kinn, ein harmonischer Schwung ohne Kanten, kräftig, ohne aufdringlich zu sein. Ich glaube, dass Kinne gemeinhin unterschätzt werden. Sie können den perfekten Sockel abgeben für ein perfektes Gesicht, ein verunglücktes Kinn aber zerstört selbst makellose Gesichter, weil es alle Aufmerksamkeit auf sich zieht. Es kann größeren Schaden anrichten als Segelohren oder O-Beine.

Mein Blick tastete sich weiter an ihr hoch. Sie lächelte, ein wenig verlegen, aber nicht verkrampft. Ihre Unterlippe verlief in einem ähnlich schönen Bogen wie das Kinn, sie war stark und kräftig. Die Oberlippe verhielt sich weit bescheidener, sie hatte sich ganz in den Dienst der Unterlippe gestellt, ohne selbst zu verkümmern. Ihr Lächeln zauberte zwei Grübchen auf ihre Wangen, die so sanft und einladend aussahen, dass ich am liebsten meine Fingerkuppen hineingeschmiegt hätte.

Ihre Nase musste ich überspringen, und das lag weniger an der Nase selbst als an den Augen und ihrer Anziehungskraft. Sie waren einen Tick zu groß für ihr Gesicht, aber das machte nichts, denn sie strahlten aus sich selbst und brauchten keinen Kontext.

Erst jetzt erkannte ich sie wieder, es war das blonde Mädchen vom Bahnsteig. In diesem Rudel aus Rothaarigen kam ihre Haarfarbe einem Wunder gleich. Sie hatte ihr Haar mit einem Gummi nach hinten gebändigt, eine Strähne aber war ausgebrochen und hing sichelförmig über dem linken Auge. Erst sie, die Widerspenstige, die sich nicht haarkonform verhielt, machte ihren Anblick vollkommen.

Aus der Nähe sah sie noch schöner aus als aus der Ferne am Bahnhof. Es musste sich um ein Missverständnis handeln. Nach allem, was ich wusste, konnte es dieses Mädchen nicht geben. Jedenfalls nicht hier. Sie konnte keine Irin sein, nicht Schülerin in dieser Stadt, und wenn das alles doch stimmte, dann konnte es unmöglich sein, dass sie ausgerechnet vor *mir* stand und *mich* zum Tanzen aufforderte.

»Nun sag schon: Möchtest du?«

Vor Staunen hatte ich vergessen zu antworten. Ich stand auf und griff nach ihrer Hand. Mir war schwindelig.

Der Akkordeonmann zählte den Takt runter. One. Two. One, two, three, four. Um uns herum drehten sich alle. Ich stand auf der Tanzfläche und suchte nach einer Haltung. Dankenswerterweise übernahm sie die Verantwortung für uns. Sie streckte ihren rechten Arm in die Luft und bot mir ihre gespannte Handfläche zur Berührung an. Erleichtert hielt ich meine Linke dagegen. Dann legte sie den anderen Arm um mich, und ich tat es ihr gleich. Nun zeigte sie mir, wie ich mich bewegen sollte. Es handelte sich um eine einfache Schrittfolge, unkomplizierter als das, was die anderen Paare mit ihren Beinen machten. Sie meinte es gut mit mir.

»Wie heißt du?«, fragte ich, als ich mich ein wenig sicherer fühlte.

»Victoria.«

Langsam wiederholte ich ihren Namen und freute mich über den Klang der vier Silben. Eigentlich wollte ich gar nicht mit ihr reden, es hätte mir genügt, sie einfach anzusehen. Ich hatte sogar Angst, zu sprechen. Bisher war ich überzeugt gewesen, dass mein Englisch ganz passabel war, jetzt aber fürchtete ich mich vor ihren Fragen. Ich hatte Angst, mein geringer Wortschatz und mein deutscher Akzent könnten mich hässlich machen.

»Woher kannst du so gut Englisch?«, fragte sie und lächelte mich an.

Sie machte sich also schon lustig über mich. Sie hatte gerade mal drei Worte von mir gehört, die Minimalbesetzung für eine Frage, und fragte mich, warum ich so gut Englisch könne. Schönen Dank.

»Ich weiß, dass du das nicht ernst meinst«, sagte ich. Mir fiel auf, dass ich auf den Boden sah, während ich sprach, und ich schämte mich für meine Scham. Ich wusste, welch jämmerliches Bild ich gerade abgab, und konnte doch nicht anders sein.

Langsam tastete sich mein Blick nach oben, von ihren Doc-Martens-Schuhen über die schwarze Wollstrumpfhose, den blauen Rock der Schuluniform, die Bluse, die sich über ihre Brüste spannte, schließlich zu ihrem Kinn. »Ich weiß, dass mein Englisch nicht wirklich gut ist«, sagte ich. Es sollte der Auftakt zu einer kleinen Offensive sein. »Aber ich hoffe, dass es ausreicht, um dir verständlich zu machen, dass ich dich wunderschön finde.« Meine Worte zitterten. Ich bangte ihrer Reaktion entgegen.

»Wenn du es wirklich so meinst, würde ich es bestimmt verstehen.« Sie lachte wieder, und während sie lachte, blickte ich tief in ihre Augen. Erst jetzt fiel mir deren Farbe auf: Es war kein herkömmliches Augenblau, es war klarer als die anderen, ein Bergseeblau. Natürlich war es ihre Schönheit, die mich verzauberte. Ich kann die Diskussionen über die Relativität der Schönheit bis heute nicht verstehen. Die Leute wünschen sich immer, dass das Aussehen keine Rolle spielt, und dann funktioniert es am Ende doch nicht. Es ist, als wolle man, dass das Wetter keine Macht über die eigene Laune erhält, aber dann freuen sich doch alle, wenn die Sonne scheint.

»You are beautiful«, sagte ich.

Ich spürte, wie mehr Blut in meinen Kopf schoss. Auch Victoria erschien mir plötzlich verlegen, ihr Hals fleckte sich rot, sie lächelte und bedankte sich, indem sie einen Knicks in ihren Tanz einflocht.

»Bist du von hier?«, fragte ich. Mir fiel spontan nichts Gescheiteres ein.

»Ja«, sagte sie, »ich bin in Killarney geboren.«

Wir bekamen nicht mit, dass das Lied verklungen war, wir tanzten weiter, und als die Band mit einem neuen Song einsetzte, da passte der Schritt, den Victoria mir gezeigt hatte, noch immer zum Rhythmus. Sie führte mich in die geheime Wissenschaft des irischen Volkstanzes ein. Wir walzten im Takt der Trommel, die stur durch die Lieder stampfte, während ihre flinkeren Begleiter, Geige, Akkordeon und Banjo, den Stücken die Heiterkeit schenkten.

»Ich habe schon vor Monaten gehört, dass ihr kommen würdet«, sagte Victoria. »Mein Vater hat es mir erzählt. Er weiß immer, was in der Stadt los ist.«

»Und, hast du dich darüber gefreut?«

Sie zuckte die Schultern. Eigentlich habe es sie nicht interessiert. Auch deshalb, weil ihre eigene Schulklasse nicht Teil des Austausches sei, sondern die Stufe unter ihr.

»Warst du schon mal in Deutschland?«, fragte ich.

Sie schüttelte den Kopf. »Ich war noch nie in einem anderen Land. Immer nur in Irland. Mein Vater sagt, ich sei noch zu jung für die Gefahren der Welt.«

»Wie alt bist du denn?«

»Siebzehn«, sagte sie. »Und Du?«

»Auch siebzehn.« Ich betete, dass sie mir meine Lüge nicht würde ansehen können. Es war eine Notlüge, ich hatte Angst, in ihrem Ansehen zu sinken, wenn sie erfuhr, dass ich der Jüngere von uns beiden war. Ich hätte vermutlich alles gesagt, um sie nicht aus meinem Arm lassen zu müssen. Wenn sie mir erklärt hätte, dass sie Deutsche nicht möge, hätte ich mich sogar als Grieche ausgegeben.

Wir tanzten und schwiegen eine Weile.

»Und warum wolltest du nach Irland?«, fragte sie schließlich. »Gab es kein anderes Ziel?« Sie hatte einen Blick aufgesetzt, der signalisierte, dass sie eine besondere Antwort erwartete.

»Doch, es gab Alternativen«, sagte ich. »Attraktive sogar.«

»Aber?«

»Ich wollte mit dir tanzen.« Endlich eine schlagfertige Antwort. Wieder bedankte sie sich mit einem Knicks. Ich hatte plötzlich keine Sorge vor falschen Schritten mehr, es war ihr gelungen, mich in Sicherheit zu tanzen. Ich hatte gehört, dass Frauen davon träumten, von einem starken Mann über das Parkett geführt zu werden, und so versuchte ich, mehr Kontrolle über unseren Tanz zu bekommen, drückte den Rücken durch, setzte die Muskeln in Armen und Schultern unter Spannung, vorsichtig, nicht ruckartig, die Führung unseres Tanzes sollte sanft wechseln, es sollte selbstverständlich wirken. Die Musiker halfen, indem sie ein neues Lied anstimmten. Ich spürte, wie Victoria langsam ein Teil von mir wurde, Arme und Blicke hielten uns zusammen.

Normalerweise dürfe sie abends nicht ausgehen, erzählte sie, erst recht nicht zum Tanzen, aber heute habe ihr Vater eine Ausnahme gemacht, schließlich handle es sich ja in gewisser Weise um eine repräsentative Aufgabe. Ich versicherte ihr, dass sie eine ausgezeichnete Repräsentantin sei.

Wir durchtanzten ein Märchen. Ärgerlich waren nur jene Lieder, bei denen man von seinem eigenen Partner in die Arme des nächsten gleiten musste. Ich wollte Victoria eigentlich nicht weiterreichen, vor allem nicht in die gierigen Hände anderer Typen. Zu meiner Beruhigung sah ich, dass Bruno gar nicht tanzte. Er saß am Rande des Raumes, versunken in ein Gespräch, und soweit ich das erkennen konnte, handelte es sich um keine der Vogelscheuchen.

Boell hatte sich von Miss O'Donoghue auffordern lassen. Ich vermute, dass es dazu keiner Überredungskunst bedurft hatte. Nun wirbelte er wie ein Derwisch über das Parkett.

Ich fand, dass er es, bei aller Liebe zur Völkerverständigung, ein wenig übertrieb. Er jauchzte lauter als alle Iren, sein nicht vorhandenes Taktgefühl versuchte er mit Sprüngen um die eigene Achse zu kompensieren, dazwischen warf er die Knie so hoch in die Luft, als sprinte er übers Wasser. Die Jugend war für einen langen Moment zu ihm zurückgekehrt. Vielleicht fühlte er sich an jene Zeit erinnert, als er als junger Mann durch die Pubs der Insel getanzt war und sich nichts leichter angefühlt hatte als das Leben. Die Band spielte nun *The Irish Rover.* Wieder jauchzte unser Lehrer, sein Gesicht glühte wie das eines Jungen.

Ein Stoß gegen den Oberarm beendete meine Mutmaßungen über Boell. Ständig knallte an diesem Abend ein fremdes Knie, ein Ellenbogen oder eine Schulter gegen einen, das gehörte offenbar dazu. Erst als der Schmerz tiefer drang, begriff ich, dass dies kein zufälliger, dem Feuer des Tanzes geschuldeter Rempler gewesen war, sondern eine gezielte Attacke. Ich drehte mich um.

Ein kantiger Kerl stand einen Meter von mir entfernt, er hatte die Arme vor der Brust verschränkt und starrte mich an, nichts an ihm tanzte. Er hatte einen riesigen Schädel, der so breit war wie lang. Die kräftigen Knochen waren von einer dünnen, vor Wut erröteten Haut überspannt. Seine Augen schienen Gift zu speien.

»Beachte ihn nicht«, sagte Victoria.

Sie legte ihre Hand auf meine rechte Wange und drehte meinen Blick zurück zu ihr.

»Wer ist das?«, fragte ich.

»Ist nicht wichtig«, sagte sie. »Lass uns tanzen, das ist wichtig, hörst du, dass wir tanzen, du und ich.«

»Wie heißt er?«

»Seamus.« Ihre Stimme klang jetzt nicht mehr so sanft.

»Und was will Seamus von mir?«

Wir waren längst aus dem Takt geraten. Zum Glück endete der *Irish Rover* gerade, der Schlagzeuger zählte mit seinen Stöcken den Countdown für das nächste Lied herunter und wir konnten uns wieder einreihen in die Gemeinschaft der Tanzenden. Es war ein ruhigeres Lied. Ich nahm Victoria noch fester in den Arm, als ich es vorher getan hatte. Sie schmiegte ihren Kopf in die Mulde zwischen meinem Hals und meiner Schulter.

»Was will dieser Seamus von mir?«, hakte ich nach. »Ich kenne ihn doch gar nicht.«

Ich spürte an meinem Hals, wie sie tief Luft einsog und wieder ausatmete. »Es ist wirklich besser, wenn du ihn nicht beachtest. Er ist ein betrunkener Spinner. Und betrunkene Spinner sind es nicht wert, beachtet zu werden.«

»Er will was von dir, stimmts? Es geht gar nicht um mich, sondern um dich.«

»Können wir jetzt weitertanzen?«, sagte sie, es war mehr Aufforderung als Frage. »Sieht doch gar nicht so schlecht aus, dieser Seamus«, bemerkte ich spöttisch. Ich konnte ihn über ihre Schulter hinweg beobachten, er stand noch immer regungslos auf der Tanzfläche. Erst jetzt, beim zweiten Blick, war mir die verwachsene Gestalt seiner Ohren aufgefallen. »Wobei, ich sehe gerade, er hat …« Ich wollte Blumenkohlohren sagen, kannte aber das englische Wort für Blumenkohl nicht. Ich suchte nach einem anderen Gemüse und sagte schließlich: »Karottenohren.«

Das Aussehen sei ihr egal, sagte Victoria. Sie tat so, als

wisse sie, was Karottenohren sind. Sie empfinde rein gar nichts für ihn. Ganz einfache Kiste. Seamus sei einfältig. Und dann trinke er zu viel. Jetzt gerade sei er auch wieder hacke.

Ich legte die rechte Hand um ihren Hinterkopf wie einen Schutz vor Seamus' stechendem Blick. Gerade wollte ich über ihre Schulter hinweg prüfen, ob er wirklich einen betrunkenen Eindruck machte, doch er stand plötzlich nicht mehr, wo er eben noch gestanden hatte. Ich suchte den ganzen Saal nach ihm ab, aber er war verschwunden. Er musste den Saal fluchtartig verlassen haben.

Es folgten noch ein paar Lieder. Nach dem engsten Tanz des Abends sagte Victoria, dass sie jetzt gehen müsse. Es war halb zehn. Eigentlich hätte sie um halb zehn bereits zu Hause sein müssen, erklärte sie mir. Ich begleitete sie vor die Tür.

»Sehen wir uns morgen Abend wieder?«, fragte ich und legte meine Hand auf ihren Arm.

»Morgen ist Freitag«, antwortete Victoria, es klang fast vorwurfsvoll, als hätte ich Trottel vergessen, dass man sich in Irland an jedem Tag verabreden kann, nur nicht an Freitagen – so wie man in Deutschland an Montagen nicht zum Friseur gehen kann.

»Ich glaube nicht, dass ich dich morgen sehen kann«, schickte sie noch hinterher, aber das machte es nicht tröstlicher. Konnte sie nicht? Oder wollte sie mich nicht wiedersehen? Hatte ich den Abend etwa so falsch interpretiert? Die Fragen überschlugen sich in meinem Kopf, da umfassten ihre Finger mein Handgelenk und leiteten die Zweifel ab wie einen Blitz.

»Also, was spricht dagegen, dass wir uns morgen treffen?«

Sie nahm meine Hände in ihre. »Ich kann dir das jetzt nicht erzählen, ich bin viel zu spät dran. Ich fürchte nur, es wird schwierig, dich wiederzusehen. Du kannst mir aber glauben, dass ich viel darum geben würde.« Ihre Stimme klang wieder so weich und warm wie am Anfang des Abends.

»Ich werde um sieben Uhr morgen Abend vor dem Laurels Pub auf dich warten«, sagte ich, ein wenig stolz, dass ich mir den Namen der Kneipe im Vorbeifahren gemerkt hatte. »Ich werde dann ja sehen, ob du kommen konntest.«

Das, sagte sie, sei ein zum Küssen schöner Vorschlag. Ihre Finger umklammerten meine Hände noch fester, mit einem Ruck zog sie sich an ihnen hoch, wippte auf die Zehenspitzen und küsste mich. Ihre Lippen berührten halb meinen Mund, halb meine Wange. Ein unentschiedener Kuss. Es war sicher ein Versehen gewesen, sie hatte sich so sehr strecken müssen, dass ihr Kuss seine Präzision verloren hatte. Zurück blieb die Frage, was ihr eigentliches Ziel gewesen war.

Ich stand da und sah ihr nach. Es hatte zu regnen begonnen, Tropfen nässten die Pyjamas und Röcke an den Leinen der Vorgärten und verwandelten sie in triefende Säcke. Ein Schornstein schickte weißen Rauch in den finsteren Himmel. In der Ferne röhrte ein Auto, jemand musste falsch geschaltet haben; ein nasser Hund trottete vorbei und bellte böse die Schultür an, als habe er den Auftrag, die Reste der Tanzgesellschaft ins Bett zu schicken. Ich spürte, wie der Regen die Laterne hinunterlief, an der mein Rücken Halt gefunden hatte, wie das Wasser sich oben auf meinem Kopf staute, ehe es sich zu beiden Ohren hin verteilte.

Vorsichtig tastete ich mit meiner Zunge zu jener Stelle, die sie gerade geküsst hatte, und beobachtete, wie das Rücklicht ihres Fahrrades schrumpfte, erst Lampe war, dann kleines Licht, am Ende nur noch ein Funke, bis die Nacht Victoria ganz verschluckt hatte. Wieder war mir schwindelig. Diesmal vor Glück.

Nach ein paar Minuten kam auch Bruno aus dem Saal. Er grinste. Sie hieß Kathleen und hatte ihn glücklich geküsst, nicht halb, wie Victoria, sondern richtig. Er legte seinen rechten Arm um mich, und wir liefen hinein in die Gassen der Stadt. Ich glaube, die Welt hatte uns beide noch nie so fröhlich erlebt. Das hier war sogar besser als Tore schießen.

Als wir an einem kleinen Geschäft vorbeikamen, in dem noch Licht brannte, bat mich Bruno, einen Moment zu warten, er sei gleich wieder da. Als er wiederkam, hielt er zwei Dosen Bier in der Hand. Wir hatten bisher nie zusammen Bier getrunken, was vor allem an Bruno gelegen hatte, aber jetzt schien der richtige Moment dafür zu sein. Es handelte sich um einen großen Abend, da waren wir uns einig.

Wir öffneten die Dosen, kalter schwarzer Saft schäumte heraus, es schmeckte bitter, aber das machte jetzt nichts. Bruno griff nach dem Fahrrad, das mein Gastvater mir geliehen hatte, und sagte, ich solle mich auf den Gepäckträger setzen. Dann trat er in die Pedale. Wir fuhren auf die Kathedrale am Ende der Straße zu, deren Turm im orangegelben Licht der Scheinwerfer strahlte und deren Kreuz den finsteren Himmel piekste. Der Vorplatz war mit einem alten Eisenzaun abgeriegelt, doch wir fanden ein kleines Tor, das offen stand. Bruno strampelte jetzt wie ein Irrer, in einem Affentempo kurvten wir um die Kathedrale. Wir jauchzten hinein in die dunkle irische Nacht, als würde die Band noch immer spielen, wir schämten uns nicht länger für unsere

Emotionen. Hin und wieder nippten wir an unseren Dosen, um unseren Überschwang zu kühlen. In dieser Nacht, als wir wie die Jecken um den Kirchturm kreisten, wurden Bruno und ich Freunde fürs Leben. Das dachte ich jedenfalls.

VIERTES KAPITEL

Ich musste billig fliegen. Nicht günstig, sondern billig. Meinem Sekretariat war die Sache furchtbar unangenehm, aber es war die einzige Möglichkeit, um an diesem Feiertagsmorgen nach Dublin zu kommen. Es gebe leider keine andere Option, sie hätten alles probiert, ob ich denn nicht abends oder am nächsten Tag fliegen könne? Da hätten sie Alternativen. Aber das ging nicht. Die Sache dulde keinen Aufschub, hatte Fünfzehn-Minuten-Edzatt gesagt.

Die Fluggesellschaft hatte uns für alles extra bezahlen lassen: fürs Gepäck, fürs Einsteigen, fürs Fliegen. Selbst fürs Bezahlen mussten wir bezahlen. Egal, was man wählte, ob Bankeinzug, Kreditkartenzahlung oder Überweisung, für alles verlangten sie eine Gebühr. Sie würden uns im Falle einer Notlandung sogar den Sauerstoff aus den Atemmasken in Rechnung stellen, meinte mein Sitznachbar, ein freundlicher Ire mit rotem Gesicht. Ich war mir nicht sicher, ob das als Witz gemeint war.

Die Flugzeugkabine erinnerte an Legebatterien aus Hühnermastbetrieben. Die Rückenlehnen ließen sich nicht verstellen, mein Vordermann beschwerte sich, ich solle meine Knie aus seinem Kreuz nehmen. Das Kabinenpersonal machte auf mich den Eindruck, als sei es selbst noch nie geflogen; so wie Ein-Euro-Jobber, die das Arbeitsamt am Morgen zur Abwechslung nicht in den Park, sondern zum Flughafen geschickt hatte.

Alle liefen mit äußerst starkem Parfüm durch den Gang, was man ihnen aber nicht übel nehmen dürfe, wie mein Nachbar erklärte, weil die armen Leute den ganzen Tag von Flughafen zu Flughafen hetzten. Kaum hätten sie den Müll der Ausgestiegenen in ihre gelben Plastiksäcke gestopft, müssten sie schon die nächsten Einsteigenden begrüßen, die Schwimmwesten vorführen und ihren Bauchladen mit Käse-Schinken-Baguettes und Zigarettenstangen umschnallen. Da bleibe keine Zeit zum Waschen, nur zum Nachsprühen.

Noch penetranter als das Parfüm waren die Bordlautsprecher. Von jenem Moment an, als ich die Maschine betreten hatte, schwiegen sie nie länger als neunzig Sekunden. Ständig wurde aufs Neue für ein Eau de Toilette geworben, das nur in diesem Monat einen ganzen Euro günstiger sei als im Vormonat. Sie hätten einfach sagen können: »Alle Parfüms einen Euro günstiger.« Aber das taten sie nicht.

Ich musste daran denken, wie Heinrich Böll nach Irland gereist war. Im *Irischen Tagebuch* hatte er seiner Anreise ein ganzes Kapitel gewidmet, so reich an Erlebnissen war sie verlaufen. Damals, in den Fünfzigern, als die Menschen noch ein Gefühl für Zeit und Entfernung besaßen, als Reisen noch etwas Besonderes und die Welt noch nicht so nervös war, hatte Böll den langen Weg mit Fähre, Eisenbahn und Bus zurückgelegt. Es dauerte drei Tage, bis er am Ziel war, aber er wollte es so, denn am Ende war nicht nur sein Kopf voller Eindrücke, sondern sein Block voller Geschichten.

Die Reise war für ihn ein Akt der Annäherung, er hätte sich nie in einen Mediamarkt-Bomber wie diesen gesetzt. Böll hätte keinen Billigflug ins Paradies gebucht.

Kurz vor der Landung, das Fahrwerk brummte bereits, wurden wir über die Bordlautsprecher noch schnell auf die Hotel- und Mietwagenangebote der Partnerfirmen hingewiesen, auch die seien nämlich gnadenlos günstig. Unter uns tauchte jetzt Irland aus der grauen See auf, ein dünner Streifen Sand, dem ein dünner Streifen Grün folgte, der schon bald von einem Teppich aus Einfamilienhäusern abgelöst wurde, Straßen, gekringelt wie Zimtschnecken, Siedlungen, wie ich sie aus amerikanischen Vorabendserien kannte. Dann setzten wir auf.

Der Qualm der Reifen stieg gerade hinter den Bordfenstern auf, da tönte schon eine Trompetenfanfare aus den Lautsprechern: »Und schoooon wieder eine pünktliche Landung«, jubelte eine Männerstimme vom Band. »Vergessen Sie nie: Wir sind die pünktlichste Airline Europas.« Meine Nachbarn applaudierten. Ich verstand nicht, dass der ganze Zirkus im Namen der Harfe geschah, dem Wahrzeichen Irlands, das bei dieser Airline auf dem Heckflügel prangte. Ich hoffte, dass es sich bei der Tatsache, dass diese Fluggesellschaft einem Iren gehörte, um einen dummen Zufall handelte. Dass nicht das ganze Land wie diese Fluglinie geworden war.

Am Flughafen wartete ein Fahrer, der ein Schild mit meinem Namen wie ein Baby im Arm hielt. Im Wagen schaltete ich meinen Blackberry ein. Er war mir inzwischen unentbehrlich geworden. Einen Festanschluss hatte ich beim letzten Umzug erst gar nicht beantragt. Schon lange hatte niemand mehr versucht, mich in meiner Wohnung zu erreichen, ich war sowieso nie zu Hause. Im Grunde hatte ich gar kein Zuhause.

Es dauerte eine Weile, ehe Kontakt zum irischen Anbieter bestand und das Display verkünden konnte, was ich in den vergangenen zweieinhalb Stunden verpasst hatte: 2 Kurzmitteilungen. 17 Anrufe in Abwesenheit. 16-mal kam der Anruf von derselben Nummer: »Bianca Handy«.

Die Zahl 16 löste Panik in mir aus. Sie hatte es im Sekundentakt bei mir probiert, etwas musste geschehen sein. Aus der Liste der vergeblichen Versuche konnte ich entnehmen, dass sie um 11.35 Uhr zum ersten Mal meine Nummer gewählt hatte, eine Viertelstunde nach dem Start also. Der letzte Eintrag stammte von 12.43 Uhr, dann hatte sie offenbar resigniert.

Ich öffnete das Fach mit den ungelesenen Kurznachrichten. Eine von »Bianca Handy«, um 12.47 Uhr, die andere von Deborah, die in meiner Adressliste unter dem Namen »Wolfgang« firmierte.

»Da drüben bauen sie den neuen Terminal«, sagte der Fahrer, er deutete durch die Windschutzscheibe auf ein Gerippe aus Beton, dem noch das Glas fehlte. »Soll der modernste Europas werden«, fügte er stolz hinzu und sah zu mir in den Rückspiegel. Ich versuchte, möglichst anerkennend zu nicken. Bevor er weiterreden konnte, senkte ich den Blick wieder auf den Blackberry.

DU BIST EIN DRECKIGES SCHWEIN! FAHR ZUR HÖLLE!

Bianca war die einzige Person aus meinem Bekanntenkreis, die ihre SMS konsequent in Großbuchstaben tippte.

Als ich sie einmal gefragt hatte, ob sie nicht wisse, wie man die Einstellungen ändert, meinte sie nur, dass es ja wohl auf den Inhalt der Nachricht ankomme, nicht auf die Form.

Der Inhalt bestätigte meinen Verdacht. Sie hätte es nie im Leben so oft versucht, um mir etwas Schönes mitzuteilen, dass sie mich liebe oder vermisse – was man eben so schreibt in Beziehungen.

»Sind Sie das erste Mal in Dublin, junger Mann?« Der Fahrer hatte nur darauf gewartet, dass ich mich von meinem Blackberry löste, um endlich ein Gespräch aufnehmen zu können. Er trug kurze graue Haare, seine Augen wirkten freundlich. »Nein«, sagte ich. »Bin in den Achtzigern hier gewesen. Schöne Stadt.« Dann wandte ich mich wieder meinem Blackberry zu, aber das störte ihn nicht.

»Wieder 40 000 mehr.«

»Was bitte?«

»Arbeitslose. Haben sie gerade im Radio gemeldet. Waren im letzten Monat wieder 40 000 neue Arbeitslose. Wir sind bald wieder da, wo wir Ende der achtziger Jahre standen. Das zwischendrin war nur ein großer Hokuspokus, ein fauler Zauber.«

Wir zischten über den sanften Asphalt der M 1, einer jener Schnellstraßen, welche die Europäische Union in den vergangenen Jahren in Irland hatte planieren lassen, worauf sie auf großen Schildern am Straßenrand auch gerne hinwies. Regentropfen klopften an die Windschutzscheibe, ehe die Wischblätter sie schluckten. Der Anstieg der irischen Arbeitslosenzahlen war natürlich bedauerlich, aber mir ziemlich egal. Es gab jetzt drängendere Probleme.

Als Nächstes klickte ich die SMS von »Wolfgang« an. Ich

verdächtigte Bianca schon lange, mein Telefon zu kontrollieren, und hatte daher Vorsichtsmaßnahmen getroffen. Schlecht gesicherte SMS- und E-Mail-Programme sind tödliche Gefahren für jede Beziehung, in meinem Bekanntenkreis waren die meisten Partnerschaften daran zugrunde gegangen.

Ich finde, dass wir viel zu lange nicht mehr gevögelt haben! Soll ich mir meinen Spaß jetzt woanders holen? Überleg nicht zu lange … Deine Debs.

Die Nachricht überraschte mich nicht. Wenn Deborah etwas wollte, sagte sie es genau so. Ich mochte ihr direktes, freizügiges Wesen, aber es überforderte mich auch. Wenn ich mit ihr zusammen war, kam ich mir oft verklemmt vor.

In der Sache hatte sie natürlich recht. Ich hatte in den vergangenen Wochen tatsächlich wenig Zeit für sie gefunden. Seit unsere Bank von Panik ergriffen war, mussten wir, die Übriggebliebenen, noch länger arbeiten als früher. Bevor die verrückten Amerikaner diese Bank pleitegehen ließen, hatte ich Deborah an manchen Tagen schon vor Mitternacht in ihrer Wohnung besuchen können. Es dauerte dann keine Minute bis sich unsere nackten Körper aneinanderpressten. Jetzt aber gingen die Tage im Büro oft bis zwei oder drei Uhr. Einige Nächte hatte ich sogar ganz in unserem Turm verbracht.

Ich las ihre Nachricht erneut: *Soll ich mir meinen Spaß jetzt woanders holen?*

Die Frage schmerzte. Deborah war nur meine Geliebte, doch der Gedanke, sie könnte den gleichen Spaß, den sie mit mir hatte, an anderen Abenden mit anderen haben, machte mich nervös. Ich wusste, dass ich keine Besitzansprüche an sie stellen konnte, dennoch stellte ich sie. Deborah war auf eine erschreckende Weise unverbindlich. Ihre Unabhängigkeit (oder sollte man es Freiheit nennen?) machte mir Angst. Ich wollte nicht, dass sie sich »ihren Spaß«, wie sie schrieb, woanders holte, und zweifelte zugleich keine Sekunde daran, dass sie es bald tun würde. Sie hatte eine ungebundene Sicht auf die Welt, die mir fremd war, um die ich sie zugleich aber beneidete. Sie wirkte, als benötige sie keinen Halt, um frei von Ängsten zu sein.

Hinter ihre Aufforderung, ich solle nicht zu lange überlegen, hatte Deborah ein grinsendes Smiley gesetzt. Oft hatte ich lachen müssen über ihre Smileys, die sie, mal mit Tränen, mal mit skeptisch verzogenem Mund, mal mit wütendem, hochrotem Kopf, hinaus in die Welt jagte. Jetzt fand ich es weniger komisch, es machte mich sogar wütend. Was war das überhaupt für eine merkwürdige Form der Kommunikation, dachte ich nun, wenn man seinen Botschaften gelbe Gesichter beifügen musste, als Leseanleitungen, um zu klären, ob etwas ernst, traurig oder lustig gemeint war?

Deborah war unsere Office-Managerin, früher hätte man sie wohl Sekretärin genannt. Sie hatte es nach dem Abitur ein paar Semester lang mit Jura probiert, was ihr bald zu langweilig wurde. Der Job als Office-Managerin mochte nicht die Erfüllung ihrer Träume sein, aber er war gut bezahlt. Außerdem, so erzählte sie gerne, sei es eine strategische Entscheidung gewesen, um ihrem eigentlichen Lebensziel näher zu kommen: »Ein stinkreicher Mann, der mir alles bezahlt.«

Ich hatte mich gefreut, als ihr Name zum ersten Mal auf meinem Display erschien: Gollmann, Deborah. Sie arbeitete in einer anderen Abteilung, war mir allerdings gleich an einem ihrer ersten Arbeitstage im Aufzug aufgefallen, die kurzen braunen Haare, das makellose Gesicht. Ich hatte noch nie eine Frau mit glatterer Haut gesehen.

Der erste Satz, den sie zu mir sagte, lautete: »Ich habe da jemanden für Sie in der Leitung.« Als sie dann versuchte, diesen Jemand durchzustellen, war er jedoch nicht mehr in der Leitung. Ich war froh über diesen Umstand, weil er mir einen Grund gab, bei ihr anzurufen.

»Da war niemand in der Leitung.«

»Das tut mir leid.«

»Es gäbe eine Möglichkeit, das wiedergutzumachen.«

»Indem ich mit Ihnen einen Kaffee trinken gehe?«

»Fast, ich dachte eher an Wein. Woher wussten Sie das?«

»Ist nicht sonderlich originell, der Spruch mit dem Wiedergutmachen. Immerhin: Wein ist besser als Kaffee.«

Das war vor drei Monaten.

Dass ich eine Freundin habe, hatte ich Deborah gleich beim ersten Wein erzählt, es störte sie nicht. Sie ging davon aus, dass alle reichen, erfolgreichen Männer in irgendeiner Form gebunden waren. Vor ein paar Tagen aber hatte sie plötzlich angefangen, mir merkwürdige Fragen zu stellen: An wen ich dächte, wenn ich mit meiner Freundin Sex hätte? Ob ich kein schlechtes Gewissen dabei bekäme? Sie fragte dies nicht aus Eifersucht, sie schien mir sogar frei von Eifersucht zu sein, es war allein, um mich zu ärgern. Das gelang: Ihre Fragen legten gnadenlos offen, in welch bedrückende Lage ich mich manövriert hatte.

Ich war jetzt 36 Jahre alt, und wenn ich ehrlich Bilanz zog, war ich in Fragen der Liebe seit jenem fernen Herbst in Irland nicht wirklich vorangekommen. Der Umstand, dass es zurzeit sogar zwei Frauen in meinem Leben gab, denen ich mich verbunden fühlte, ohne sie zu lieben, verstärkte meine Ernüchterung sogar noch. Ich hatte gehofft, im Laufe der Zeit herauszufinden, wie und vor allem wen ich wirklich lieben konnte, doch die Suche nach der Richtigen war zum Running Gag meines Lebens geworden. Nichts hatte sich so groß und einzigartig angefühlt wie jene Liebe, die ich nicht leben durfte.

Bisweilen glaube ich, mich mit einem Alltag ohne Hingabe abgefunden zu haben, einem Leben ohne das große, einzigartige Gefühl von Zweisamkeit. Vielleicht ist dieses Gefühl allein der Jugend vorbehalten. Vielleicht ist es eine Illusion, die das Dasein als Erwachsener mit jedem Jahr ein wenig mehr zerstörte. Es war wohl an der Zeit, sich endlich von ihr zu verabschieden und jene Kompromisse mit dem Leben zu schließen, die fast alle in meinem Umfeld geschlossen hatten. Sie hatten sich irgendwann für einen Partner entschieden, auch wenn dieser ihnen längst keine Gänsehaut mehr auf die Arme zaubern konnte. Sie waren einfach in das Alter gekommen, in dem man üblicherweise Kinder bekommt. Das hatte genügt für den Pakt fürs Leben.

Aber dann gibt es Phasen, in denen ich mich nach nichts anderem sehne als nach bedingungsloser Liebe. Eine Freundin hat mir vor kurzem gesagt, dass es die natürliche große Liebe nicht gebe, es sei denn, man entschließe sich, jemanden dazu zu machen. Es handelt sich demnach nicht um eine Frage des Schicksals, sondern des Willens.

Einen Kompromiss einzugehen, wie die meisten anderen, hätte bedeutet, mich entscheiden zu können, das war genau mein Problem. Ich war chronisch unentschlossen. Manchmal, wenn ich kurzzeitig den Drang verspürte, mich endlich für eine von beiden zu entscheiden, schrieb ich eine liebevolle SMS und schickte sie sowohl an Bianca als auch an Deborah. Danach wartete ich, wer als Erste antworten würde. Aber das führte zu nichts. Für die Abendplanung mochte diese Methode hilfreich sein, für die Lebensplanung hingegen nicht.

Ich hatte mich wiederholt gefragt, ob Bianca die Frau meines Lebens werden könnte. Eigentlich passte sie perfekt zu mir. »Worauf wartest du denn noch?«, hatten mich einige Kollegen gefragt, die Bianca auf einem der vielen Empfänge draußen im Taunus kennengelernt hatten und entzückt von ihr waren. Es war eine berechtigte Frage. Worauf wartete ich eigentlich?

Nun war es vermutlich zu spät. Biancas These, ich sei ein dreckiges Schwein, ließ erahnen, dass sie etwas über Deborah und mich herausgefunden hatte. Wusste sie alles, oder kannte sie nur einen Krümel der Wahrheit? Ich überlegte, wie ich reagieren sollte, falls sie mit mir Schluss machen wollte. Sollte ich um sie kämpfen? Oder hatte ich auch diese Beziehung heruntergewirtschaftet, wie all die anderen zuvor, auf der ständigen Suche nach etwas, das ich nicht mal benennen konnte?

Ich hatte Bianca vor einem guten halben Jahr bei der Hochzeit einer Freundin auf Mallorca kennengelernt. Wir waren die einzigen Gäste, die ohne Begleitung angereist waren, weshalb uns die Weddingplanerin beim Abendessen auf der Terrasse des Fincahotels nebeneinander platziert hatte. Es war ein wunderbarer Abend, wir tranken und tanzten, die Weddingplanerin schob uns irgendwann ihre Visitenkarte zu (»Falls Sie mich irgendwann brauchen …«), und am Morgen öffneten wir gemeinsam die Augen. »Machst du so was öfter?«, war das Erste, was Bianca mich nach dem Aufwachen fragte. Sie sah mich leicht verärgert an.

»Selten«, antwortete ich. »Und du?«

»Eigentlich nie.«

»Und, hat es wehgetan?«

Sie schüttelte den Kopf. Wir verzichteten auf das Katerfrühstück mit dem Rest der Hochzeitsgesellschaft und fuhren ans Meer. Dort saßen wir im Sand und lästerten den ganzen Nachmittag über das Brautpaar und all die anderen Paare, die wir am Vorabend erlebt hatten. »Es hat irgendwie etwas Unwürdiges, dieses Heiraten«, sagte sie.

»Wieso unwürdig?«

»So was wie gestern Abend, das kann doch nicht gut sein. Hast du gesehen, wie traurig die Braut aussah. Sie musste erst fünf Champagner trinken, ehe sie wirklich lachen konnte.«

»Lag vielleicht am ganzen Stress mit der Vorbereitung.«

»Glaub ich nicht«, sagte Bianca. »Ich glaube eher, sie wollte diesen Typen gar nicht heiraten. Ich glaube, tief in ihrem Herzbergwerk gibt es einen kleinen Mann, der heftig protestiert, der durch die Schächte rennt, gegen die Herzkammern trommelt und schreit: So geht das nicht! Du liebst ihn nicht!«

Sie hatte tatsächlich Herzbergwerk gesagt, das hatte mich schwer beeindruckt. Wer Wörter wie Herzbergwerk benutzt, der musste außergewöhnlich sein.

»Wenn das stimmt, warum hat sie den Kerl dann geheiratet?«, fragte ich.

»Weil die anderen lauter sind als der kleine Mann in ihrem Herzbergwerk.«

»Welche anderen?«

»Na, die Gesellschaft, alle eben, die Eltern, Tanten, Freunde, die Leute im Fernsehen, all die Anwälte der biologischen Uhr, die ständig fragen, warum man denn nicht heirate, ob man gar keine Kinder wolle. Wenn man erst mal über dreißig ist, macht das ganze Gequatsche die Leute so kirre, dass sie irgendwann einwilligen. Dann heiraten sie entweder ihre langjährigen Partner, weil das am einfachsten ist, oder sie nehmen, wenn kein langjähriger Partner da ist, den Erstbesten, den sie kriegen können. Die Gesellschaft ist lauter als der kleine Mann im Herzbergwerk mit seiner schwachen Stimme und seinem verzweifelten Schrei nach wahrer Liebe.«

»Klingt ja, als spreche da jemand aus Erfahrung.«

»Weißt du denn nicht, was ich meine?«

Ich beugte mich zu ihr und küsste sie. Mir gefiel, was sie sagte, und die Empörung, mit der sie es sagte. Vielleicht war es die Kombination aus diesem Plädoyer und dem Wort Herzbergwerk, die dazu geführt hatte, dass ich mich in sie verliebte. Außerdem sah sie sehr schön aus an diesem Tag am Meer, sie trug einen Wickelrock und ein Bikinioberteil, das viel von ihren Brüsten preisgab. Die Haare hatte sie am Hinterkopf mit Spangen zu vielen kleinen Pinseln geformt, die hoch oder zur Seite standen und ein herrliches Durcheinander bildeten.

Sie lästerte nun über den herkömmlichen Verlauf von Beziehungen, und wir lachten das befreiende Lachen der Andersartigkeit. »Und dann hängen bald schon zwei Bademäntel im Partnerlook neben der Dusche, und man trägt Pantoffeln, schön gemütliche, und dann wird gekocht, ständig wird gekocht, erst Pasta, weil Pasta noch halbwegs cool klingt, aber bald schon kommt der Braten, Braten mit Soße, und beim Braten ist die Liebe dann endgültig verschwunden, ertrunken in einer deftigen Mehlschwitze.« Der schöne Tag am Meer kam mir inzwischen Jahre entfernt vor. Wie ein Foto, das vergilbt war, obwohl es noch gar nicht so alt war.

Bianca war eigentlich wunderbar, das war mir eben wieder aufgefallen. So wie bei Sterbenden angeblich das ganze Leben als Kurzfilm im Kopf abläuft, schossen mir nun die Bilder unserer Beziehung durch den Kopf. Bianca am Strand von Mallorca. Bianca in atemberaubender Unterwäsche. Bianca im Ballkleid. Bianca auf den Terrassen meiner Kollegen. Es waren nur die schönen Bilder, nicht die trüben, verwackelten.

Bevor ich ihre Nummer wählte, schaltete ich die Option »Eigene Nr. senden« ein. Normalerweise telefonierte ich anonym. Wir seien eine diskrete Branche, meinte Edzatt.

Wir hatten inzwischen die Schnellstraße hinter uns gelassen und die Stadtgrenze Dublins passiert. Die Gegend, durch die wir fuhren, hieß Drumcondra, ein Viertel, in dem die meisten Menschen in Trainingsanzügen herumliefen, obwohl sie erkennbar keinen Sport machten. Ich sah ein Schaufenster, das vollgestopft war mit rotem Fleisch, über dem »Polski Sklep Miensky« stand, Hochglanztafeln warben für unglaublich schicke Appartements am Wasser, »nicht weit vom Zentrum entfernt«, dazwischen Pubs, die »The Butcher« oder »Paddy's Inn« hießen, dann folgten polnische Friseurgeschäfte und polnische Lebensmittelläden. Im Radio vermeldete eine Stimme, dass die Anglo Irish Bank so gut wie bankrott sei.

»Sorbeys Consulting, Bianca Schneider.«

Ich versuchte, möglichst ruhig zu wirken, so, als sei nichts geschehen. Ich durfte auf keinen Fall schuldbeladen klingen.

»Guten Tag, hier spricht ein dreckiges Schwein.« Stille in der Leitung.

»Was willst du?«

»Ich hatte sechzehn Anrufe in Abwesenheit und eine SMS, die mir riet, zur Hölle zu fahren. Jetzt dachte ich, ich frag mal nach, ob alles so weit in Ordnung ist.«

Wieder Stille. Dann ein Geräusch, das mir wie ein Schlucken vorkam. »Ich bin gerade in einem Conference Call. Warte kurz, ich muss mich hier ausklinken.« Ich hörte, wie sie etwas von einem wichtigen Anruf auf der anderen Leitung murmelte, hörte den Klang ihrer Schuhe und eine Tür, die sich hinter ihr schloss.

»Ich dachte, du müsstest nicht arbeiten, weil Feiertag ist«, sagte ich.

»Hast du falsch gedacht«, sagte Bianca. »Warum hattest du dein Telefon so lange aus?«

»Ich saß im Flugzeug.«

»Mit ihr?«

»Mit wem?«

»Wo bist du überhaupt?«

»In Dublin. Und zwar beruflich, falls du's genau wissen willst. Was ist denn eigentlich los?«

»Okay, machen wir es kurz: Wer ist Deborah? Woher kennst du sie? Und wie lange läuft da was zwischen euch?«

Es wäre einfacher für mich gewesen, wenn sie zu erkennen gegeben hätte, was sie über Deborah und mich wusste. Das galt es nun herauszufinden.

»Was soll da laufen?«

»Das frage ich dich.«

»Laufen ist eigentlich ein viel zu großes Wort.«

»Eigentlich, ja?«

»Ich mag sie irgendwie, aber mehr auch nicht.«

»Du magst sie, das ist ja putzig. Und sag mal, nur so aus Interesse: Musst du mit allen, die du magst, gleich ins Bett gehen?«

Ich hatte Bianca noch nie so resolut erlebt. Konnte man jemanden derart entschieden anklagen, ohne sich seiner Anklage gewiss zu sein?

»Natürlich nicht, Bianca. Was soll denn das jetzt? Wer sagt denn, dass ich mit Deborah im Bett war?«

»Ich sage das.«

»Und wie kommst du darauf?«

»Halt mich nicht für dumm, Benjamin. Ich weiß Bescheid.«

»Was weißt du? Was willst du denn bitte schön wissen?«

Ich war kurz davor aufzugeben. Wieso kämpfte ich um das Ansehen einer Frau, von der ich nicht mal wusste, ob ich weiter mit ihr zusammen sein wollte? Vermutlich ging es nur noch darum, nicht zu verlieren, auch wenn nicht klar war, was es noch zu gewinnen gab.

»Man hat dich beobachtet, spätnachts, wie du mit ihr rumgeknutscht hast.«

»Wer ist ›man‹?«

»Das tut nichts zur Sache.«

»Aha. Und wann soll das gewesen sein?«

»Vor zwei Wochen. An einem Donnerstagabend in der 3B-Bar. Gegen halb eins, falls *du* es genau wissen willst. Und dann seid ihr gemeinsam gegangen.«

»Hast du einen Privatdetektiv auf mich angesetzt?«

»War nicht nötig.«

»Gibt es Fotos?«

»Hör endlich auf, Benjamin. Ich weiß, dass du gut reden kannst und dass du noch besser lügen kannst. Aber das hilft jetzt nichts mehr. Eine Freundin hat euch gesehen.«

Ich schwieg. In den vergangenen Wochen hatte sich immer wieder mein Gewissen gemeldet, hatte mir kurze, schmerzhafte Stiche in Kopf und Bauch versetzt. Jetzt fühlte ich mich schmutzig wie ein Köter.

»Du hast recht«, sagte ich schließlich. »Es stimmt, ich hatte mich ein bisschen in sie verguckt, und ich habe dir nicht davon erzählt. Das tut mir leid, es tut mir wirklich leid. Aber da war nichts zwischen uns. Und ich habe ihr inzwischen gesagt, dass es auch nie etwas werden wird.«

»Das heißt, ihr seid an besagtem Abend nicht gemeinsam nach Hause gegangen?«

»Natürlich nicht. Ich wollte nicht mit ihr nach Hause gehen.«

»Und warum hast du mit ihr geknutscht?«

»Das frage ich mich inzwischen selbst. Es war ein Fehler. Und ich habe es eingesehen.«

»Wirklich?«

»Ja, wirklich.«

Ich widerte mich an. Es war jetzt klar, dass Bianca noch nicht verloren war, falls ich sie wirklich nicht verlieren wollte, aber freuen konnte ich mich darüber nicht. Es war alles so berechnend, so nüchtern, so frei von Zauber. Ich erschrak über meine eigene Skrupellosigkeit. So hatte ich eigentlich nie werden wollen.

»Lass uns morgen in Ruhe über alles reden«, sagte ich. »Morgen bin ich wieder zu Hause.«

»Was machst du überhaupt in Dublin?«

»Es gibt Probleme mit unserer Tochterbank.«

»Und du bist nicht zufällig mit *ihr* dort?«

»Mit wem?«

»Mit ihr, dieser Deborah.«

»Was soll denn das jetzt? Wie kommst du darauf, dass ich hier Urlaub mache?«

»Du hast mir doch mal erzählt, dass Irland ein Ort für Verliebte sei. Nachdem wir diesen Film gesehen hatten, mit dem alten Mann, der den Lotto-Jackpot geknackt hat. Wie hieß der Film noch?

»*Lang lebe Ned Devine.*«

»Genau, der Film, bei dem du weinen musstest.«

Ich wollte nicht daran erinnert werden. Auch damals war ich in gewisser Weise untreu gewesen, wenn auch nur in Gedanken. Der Film hatte all die großartigen Erinnerungen an Victoria in mir geweckt. Für neunzig Minuten hatte es sich angefühlt wie ein Traum aus der Vergangenheit, dessen jähes Ende der Abspann war.

»Das Irland aus dem Film hat nicht mehr viel mit dem Irland von heute zu tun«, sagte ich schließlich. »Es ist jetzt alles anders hier, alles neu, alles schick, schicker noch als bei uns. Kein Ort mehr für Verliebte.«

»Und was hast du nun da zu suchen?«

»Sagte ich doch: Ist geschäftlich.« Ich musste an den Frankfurter Taxifahrer denken. »Worum es genau geht, weiß ich auch noch nicht. Ich soll mit irgendwelchen Leuten von unserer Tochterbank reden, nach dem Rechten sehen, wenn man so will. Wie gesagt, morgen müsste ich wieder zurück sein, dann reden wir. Okay?«

»Ich weiß nicht.«

»Wieso weißt du nicht?«

»Mich hat das alles zu sehr aufgewühlt. Dass du so ein Arschloch warst. Dass du mich betrogen hast. Liebst du sie?«

»Nein, kein Stück. Wirklich nicht.«

»Warum tust du dann so was?«

Es war eine berechtigte Frage. Seit einiger Zeit trug ich eine gewaltige Unruhe in mir, war ein nervöser Mensch geworden. Leider wusste ich nicht genau, woher diese Unruhe rührte.

»Wir sollten eine Pause einlegen«, fuhr sie fort, »damit du dir über deine Gefühle bewusst werden kannst. In letzter Zeit kommt mir dein Verhalten irgendwie so …«, sie suchte lange nach dem richtigen Wort, »… so halbherzig vor, so unentschieden.«

»Aber ich bin mir doch …«

»Ist schon okay«, sagte Bianca, sie klang wieder entschieden. »Ich melde mich wieder. Vielleicht.«

Als sie auflegte, bemerkte ich, dass wir die O'Connell Street hinunterfuhren, jene Straße, die wir vor vielen Jahren mit Boell entlanggelaufen waren. Ich hätte sie beinahe nicht wiedererkannt, elegante Schaufenster zogen an uns vorbei, nichts erinnerte mehr an jenen verlotterten Boulevard, der er einst war. Es wirkte, als sei die ganze Straße in der Maske gewesen. Vielleicht hatte ich gerade zum letzten Mal mit Bianca gesprochen, sie hatte so endgültig geklungen. Es fiel mir schwer, sie loszulassen, auch wenn ich offenbar unfähig war, an ihr festzuhalten.

Rechts tauchte nun das stolze Portal der Dubliner Hauptpost hinter der Windschutzscheibe auf. Vor den Stufen sah ich eine Gruppe von Demonstranten stehen, sie hielten Schilder in die Luft, die sich eindeutig gegen meinen Berufsstand richteten. Sie verlangten, alle Banker hinter Gitter zu bringen, oder, noch besser, die Banken gleich ganz abzuschaffen. Auf einem besonders großen Transparent stand »Kein Steuergeld für Kriminelle!«. Der Fahrer murmelte etwas vor sich hin, das ich als Zeichen der Zustimmung interpretierte. Dann erklärte er mir, dass die Krise Irland aus seinem Wohlstandsmärchen geweckt habe. Die Menschen würden sich plötzlich fragen, ob ihr Staat pleitegehen könnte, und dabei handle es sich keineswegs um eine theoretische Frage.

Als wir gerade an einer Ampel hielten, drehte er sich zu mir um. »Ziemlich ernüchternd das Ganze, oder?«

»Ja«, wiederholte ich und dachte an Bianca. »Ziemlich ernüchternd.«

Ich weiß nicht, wann genau die Romantik aus meinem Leben gewichen ist, sie muss sich irgendwann davongestohlen haben, ohne dass ich es wollte. Bianca war nicht das Problem, das spürte ich, klarer als je zuvor. Eigentlich war sie wunderbar. Sie passte perfekt in die Abende draußen im Taunus, eine Frau für das Parkett. Es gab viele Kollegen, die mich um Bianca beneideten, und so schrecklich diese Abende sonst für mich waren, so sehr genoss ich ihren Neid. Bianca wusste immer, was man zu welcher Gelegenheit anziehen musste. Sie wusste, wie man sich schminkt, ohne dass die Schminke als Schminke zu erkennen war. Sie wusste, welche Drinks zu welchem Ereignis passen, und auch, wie viele. Ich habe sie nie betrunken erlebt, sie war meine Königin der Kontrolle. Bianca passte gut zu meinem Leben, aber leider nicht in mein Herz.

Es war meine Schuld, dass wir nicht glücklich miteinander geworden waren. Ich hatte mich nicht so auf sie einlassen können, wie sie es verdient hätte. Es lag an meiner Unruhe, da hatte sie recht, an meiner rastlosen Suche nach etwas, das ich vermutlich nie finden würde.

Ich war so tief in meine Gedanken versunken, dass ich Edzatts Versuche, mich zu erreichen, gar nicht mitbekommen hatte. Ich geriet in Panik. Hoffentlich war es noch keine fünfzehn Minuten her. Ich öffnete die Liste mit den Anrufen in Abwesenheit und war erleichtert, elf Minuten. Sogleich wählte ich seine Nummer.

»Wie sieht es aus?«, fragte Edzatt.

»Bin eben erst gelandet.«

»Ich hoffe doch sehr, dass die Leute in Irland heute arbeiten, nicht so wie hier, wo alle die Füße hochlegen.« Edzatt hasste Feiertage. Schon Wochenenden machten ihn nervös, Feiertage aber raubten ihm den Verstand.

»Irland ist noch immer geteilt«, sagte ich.

»Wie jetzt? Was soll das heißen?«

»Schon gut.«

»Ach so.« Edzatt lachte. »Sie meinen wegen Wiedervereinigung. Jetzt hab ich's verstanden. Nicht schlecht, nicht schlecht. Hat auch Vorteile, getrennt zu sein. So als Land, meine ich.«

»In Deutschland vielleicht.«

»In Irland nicht?«

»Nein«, sagte ich. »In Irland ist die Teilung eine Unverschämtheit.«

»Sie werden mir ja richtig emotional, Benjamin«, rief Edzatt, sein Ton klang süffisant. »Rufen Sie mich gleich an, wenn Sie mehr wissen, verstanden?«

»Verstanden.«

Mit zunehmendem Alter war die Länge meiner Partnerschaften immer kürzer geworden. Mit jedem Mädchen, das mit mir schlief, war auch mein Glaube an das große Gefühl mehr geschwunden. Dass mein Herz mit Bianca und Deborah gerade für zwei Frauen Platz hatte, zeigte in erster Linie, dass keine von ihnen in der Lage war, es alleine auszufüllen. Wenn ich ehrlich war, dann hatte dies bislang nur eine Frau geschafft. Es schien mir, als sei ein letzter Winkel meines Herzens die ganze Zeit für sie reserviert gewesen.

Vielleicht ist es so, dass die erste Liebe einen Menschen für die Zukunft verderben kann, weil sie eine Kraft besitzt, die weit über sie selbst hinausreicht, weil sie festlegt, was jeder Einzelne sich unter wahrer Liebe vorstellt. Vielleicht setzt sie den Maßstab für das Empfinden, an dem alle späteren Beziehungen gemessen werden.

»Da wären wir«, sagte der Fahrer und drehte sich zu mir um. »Gepäck hatten Sie nicht?«

»Nur den kleinen Koffer.« Ich bezahlte und bedankte mich.

»Na dann, grüßen Sie mir Bono und The Edge.«

»Wen bitte?«

»Bono von U2. Und The Edge, seinen Gitarristen. *Sunday Bloody Sunday* und so. Kennen Sie die etwa nicht?«

»Doch«, sagte ich. Er konnte ja nicht wissen, wie sehr mich dieses Lied einst getröstet hatte.

»Wohnen die beiden auch hier im Hotel?«

»Nein«, sagte der Fahrer. »Es gehört ihnen.«

FÜNFTES KAPITEL

Am nächsten Morgen war die Welt eine andere.

Wir trafen Boell wie vereinbart um acht Uhr vor dem grauen Gemäuer des St. Brendan's Seminary, das von Fuß bis Kopf mit braunen Pflanzen umrankt war. Die Schule hätte auch in *Der Name der Rose* mitspielen können. Boell stand unter einer hellblauen Figur, der Jungfrau Maria, und zog sein Sakko abwechselnd an und wieder aus. Zwischendurch blickte er immer wieder auf seine Uhr. Irgendetwas stimmte nicht mit ihm.

Die Sonne schien grell und für einen Novembertag ungewöhnlich warm. Bruno hatte sich eine Sonnenbrille aufgesetzt, »wegen des Katers«, wie er mir stolz erzählte, was ich angesichts einer halb geleerten Dose Guinness ein wenig übertrieben fand.

Dann erschien Miss O'Donoghue, und Boells Unruhe legte sich ein wenig. Sie führte uns ins Innere der Schule, und wir folgten ihr einen schmalen Gang hinunter, von dem die Klassenzimmer abgingen. Zwischen den Türen hingen goldene Holzrahmen, in denen sich die Höhepunkte der Geschichte des Christentums mit den großen Momenten der Schulgeschichte abwechselten. Auf den Heiland mit der Dornenkrone folgte die Abschlussklasse von 1898, auf den

Heiland am Kreuz die Fußballmannschaft von 1924. Die Fotos der Abschlussklassen zeigten junge Männer in dunklem Anzug, zugeknöpfter Weste, mit Krawatte und Einstecktuch. Sie mussten etwa in unserem Alter gewesen sein, hatten die Arme stolz vor der Brust verschränkt und blickten furchtlos in die Zukunft. Sie wussten nicht, dass die meisten von ihnen das vierzigste Lebensjahr nicht erreichen würden, weil ihnen der Erste Weltkrieg oder der Bürgerkrieg gegen die Briten einen Strich durch die Rechnung machen würde.

Im ersten Stock war ein Klassenraum für uns reserviert. Die Bänke waren hier fest montierte Einheiten aus Stuhl und Tisch. Wenn sich einer von uns in seine Einheit zwängte, knarzte es fürchterlich. Neben der Tafel stand ein großes Pult auf einem hölzernen Podest, der Lehrer sollte auf seine Schüler hinabblicken können. Von den beigen Wänden war bereits die meiste Farbe abgeblättert. Es roch, als sei die Abschlussklasse von 1898 zuletzt in diesem Raum gewesen. Wir hatten zu Hause ein Heimatmuseum, in dem ein Klassenraum aus der Kaiserzeit nachgebaut war. Daran fühlte ich mich erinnert.

Boell setzte sich auf seinen Podestplatz, fuchtelte hektisch mit den Händen in der Luft und wartete, dass das Knarzen abnahm. Über ihm hing ein zwei Meter breites Spruchband: *Der Herr ist meine Kraft und mein Beschützer. Er ist nicht nur bei mir, sondern auch in mir.* Boell wirkte noch immer, als sei er nicht ganz bei sich.

»Sind wir endlich so weit?«, rief er gereizt. Er zupfte den Kragen seines Sakkos gerade, dann schief, dann wieder gerade, er konnte es kaum abwarten, mit dem Unterricht zu beginnen. Schließlich stand er auf, räusperte sich und versuchte sich an einem Feiertagsgesicht. Erst jetzt fiel mir auf, dass er nicht nur ein kariertes Sakko, sondern auch eine Krawatte angelegt hatte. Das tat er sonst nie.

»Gestern Abend ist etwas Wundervolles geschehen«, verkündete er.

Ich erschrak. Wie konnte er das wissen?

»Meine Damen und Herren«, fuhr Boell fort, so förmlich hatte er uns noch nie angesprochen. Wir schauten uns fragend an, einige mussten grinsen. »Ich darf Ihnen mitteilen, dass am gestrigen Abend die Mauer zu Berlin gefallen ist.«

Es folgte eine Pause. Boell wollte seine Worte wirken lassen, nun war er gespannt auf unsere Reaktion. Er saß auf seinem Podest und wartete. Er wartete lange.

Im Fernsehen hatte ich ein paar Wochen zuvor gesehen, wie der Außenminister Hans-Dietrich Genscher den Ostdeutschen im Garten der Prager Botschaft die Kunde von ihrer Ausreise überbracht hatte. Die Ostdeutschen waren ausgeflippt vor Freude über die Freiheit, hatten gegrölt, gesungen und auf den Blumenbeeten des Botschafters getanzt. Boell sah uns an, als erwarte er von uns eine ähnliche Reaktion der Freude. Eugen, der seinen erwartungsvollen Blick richtig verstanden hatte, klatschte kurz in die Hände, gab aber nach drei Klatschern wieder auf. Uns war ziemlich egal, ob die Mauer nun gefallen war, bröckelte oder noch stand. Wir waren ein undankbares Publikum, kein Vergleich mit Prag.

Später erfuhr ich, dass in den dramatischen Tagen von Prag siebzehn DDR-Bürger in die falsche Botschaft geflüchtet waren. Sie hatten die Vertretung Belgiens gestürmt, weil deren Fahne ebenfalls aus den Farben Schwarz, Rot und Gold bestand, wenn auch in anderer Anordnung.

Boell stand weiter auf seinem Podest und starrte uns ungläubig an. Langsam wurde es unangenehm. Wir versuchten, seinem Blick auszuweichen, wir fühlten uns von seiner Feierlichkeit belästigt. Wie geschwollen er gesprochen hatte: Die Mauer »zu Berlin« war also gefallen. Na dann.

Nun geschah das Unvermeidliche: Benedikt rülpste. Je aufregender oder unangenehmer die Situation war, desto lauter und länger geriet sein Aufstoßen. Diesmal röhrte er fast.

Der Fall der Mauer schien uns alle zu überfordern. Trotz ordnungsgemäßem Geschichtsunterricht hatte uns bislang jede Erfahrung im Umgang mit der Geschichte gefehlt. Es war Bruno, der sich darum bemühte, die peinliche Situation mit einem Scherz aufzulösen. Mitten in die dröhnende Stille hinein probierte er es mit einer Frage:

»Um welche Mauer handelte es sich jetzt noch genau?«

Niemand konnte jetzt noch an sich halten, wir prusteten vor Lachen. Boells Bestreben, uns an einem historischen Moment teilhaben zu lassen, drohte im Desaster zu enden. Er begann halblaut vor sich hin zu murmeln, ich verstand etwas wie »völlig unangemessenes Benehmen«, der Rest waren Satzfetzen wie »zu meiner Zeit«, »nur noch Flausen im Kopf« oder »Welt untergehen« und »nichts mitbekommen«, auch das hübsche Wort »Rasselbande« fiel. Zusammenfassend lässt sich sagen, dass Boell sich über unser Desinteresse beklagte. Das hatte er schon oft beklagt, aber nun war es ernster. Es fehlte der belustigte Unterton, er klang frustriert, fast verbittert.

Zum Glück meldete sich Eugen zu Wort, wie immer dampfte er vor Beflissenheit. Er habe den Eindruck, sagte er, dass es sich bei den »Ereignissen zu Berlin« um Entwicklungen »von höchster historischer Relevanz« handele. Er sprach wirklich so gestelzt, aber anders als sonst kam uns sein Strebertum jetzt sehr gelegen. Boell nickte Eugen zu, ein »Ganz-recht«-Nicken.

Er setzte sich wieder hinter sein Lehrerpult, um uns eine Geschichte zu erzählen, die Geschichte seines Bruders. Vielleicht, sagte er, würde uns dann manches klarer. Ewald, so hieß sein Bruder, sei kurz vor dem Mauerbau freiwillig in die DDR gegangen, aus Liebe zu einer Frau, die später seine Frau wurde. Die beiden lebten heute in einer Kleinstadt in der Nähe von Leipzig, aber dieses Leben habe man kaum Leben nennen können, die Hölle sei es für Ewald gewesen, fast zwanzig Jahre lang. In dieser Zeit habe er allein drei Jahre im Gefängnis gesessen. Sei gefoltert worden. Für nichts. Fürs Mundaufmachen. Boell musste oft schlucken beim Reden.

Nach seiner Freilassung hätten Ewald und seine Frau versteckt gelebt, sich zurückgezogen aus der Gesellschaft, bis zur Unsichtbarkeit, schüchtern wie eine Rehfamlie. »Ich …«, Boell stockte, »ich habe meinen Bruder nicht aus seinem Versteck holen können. Hab ihm helfen wollen und nicht helfen können. Die DDR hat mich nicht reingelassen. Angehörige von ›Dissidenten‹, so haben die Drecksäcke meinen Bruder bezeichnet, bekamen keine Erlaubnis zur Einreise. Seit 25 Jahren habe ich meinen Bruder nicht mehr gesehen.« Schluchzen schob sich zwischen seine Sätze. »Und all das …«, er setzte neu an, »und all das wegen dieser Mauer.«

Es war der erste Moment an diesem Vormittag in einem Klassenzimmer in Westirland, in dem uns der Ernst der Lage bewusst wurde. Boell drehte seinen Kopf zur Seite, er wollte nicht, dass wir Zeugen seiner Rührung wurden. Nach einer Weile stand Birgit auf und hielt ein Stofftaschentuch in seinen verwässerten Blick.

Ich hatte bislang zweimal erlebt, dass die Geschichte tiefe Spuren im Leben eines Menschen hinterlassen kann. Das größte Indiz dafür schien mir, wenn erwachsene Männer weinten. Frauen, so mein vielleicht etwas kindlicher Eindruck, heulten oft und gern. Bei Männern musste schon ein Krieg im Spiel sein, damit sie weinten. Drunter machten sie es offenbar nicht.

Der erste erwachsene Mann, den ich wegen der Geschichte weinen sah, war mein Vater. Es geschah an einem Sonntag, wir saßen im Wohnzimmer, der Fernseher lief. Der amerikanische Präsident besuchte an diesem Tag die Bundesrepublik.

Im Fernsehen hatten sie gezeigt, wie das Auto des Präsidenten auf dem Parkplatz eines Friedhofs hielt, eine große, viereckige Limousine mit zwei kleinen amerikanischen Flaggen über den Scheinwerfern. Dann war der Präsident mit dem deutschen Kanzler über den Friedhof marschiert, und während sie marschierten, hatte mein Vater mir erklärt, dass es sich um einen Soldatenfriedhof handle, auf dem sowohl deutsche als auch amerikanische Soldaten lägen, und dass heute, vor genau vierzig Jahren, der Zweite Weltkrieg beendet worden sei.

Dann blieben der Präsident und der Kanzler stehen und legten Kränze vor einem Mahnmal nieder, ein Soldat führte seine Trompete zum Mund, es war ein langsames, trauriges Lied, er spielte es mit geschlossenen Augen. Ich musste ihm schon eine Weile zugehört haben, ehe ich merkte, dass meinem Vater Tränen die Wange hinabliefen.

Ich hatte' einen Kameraden, hieß das Lied, ein altes Soldatenlied. Meinen Vater erinnerte es an seinen eigenen Vater, von dem er nichts besaß als eine unscharfe Schwarzweißfotografie, die inzwischen gelb geworden war. Mein Vater war während eines achttägigen Heimatbesuchs gezeugt worden, dann hatte mein Großvater zurück an die Front gemusst. Russland. Er starb noch bevor mein Vater geboren wurde. Es gab kein Grab, nur einen bürokratischen Fetzen Gewissheit. Den Totenschein.

Ich hatte meinen Vater nie zuvor weinen sehen. Ich ging in die Küche, um ein Tuch für ihn zu holen, und als ich zurück kam und es ihm reichte, da sah er mich mit derselben Mischung aus Dank und Scham an, wie Boell nun zu Birgit blickte. Er nahm das Taschentuch und nickte.

Später, in einem weniger emotionalen Moment, gestand uns Boell, dass die Tage des Mauerfalls sehr schwierige Tage für ihn gewesen seien. Mit dem Fall der Mauer sei auch ein Teil seines Weltbildes zerbröselt. Als Achtundsechziger und gestandener Linker habe er sein ganzes Leben lang vor einer Wiederkehr des deutschen Nationalismus gewarnt. Politisch betrachtet habe er sich nie danach gesehnt, dass Deutschland wieder wachsen würde, selbst die Bundesrepublik sei ihm im Grunde schon zu groß gewesen. Insgeheim hätten er und seine linken Freunde gehofft, der Sozialismus würde seinem Namen in der DDR endlich Ehre machen. Sonst, so ihre Befürchtung, sei diese wunderbare Idee für immer unten durch.

Persönlich aber bedeutete das Scheitern des Sozialismus für Boell, dass er seinen geliebten Bruder endlich wiedersehen konnte. Er musste sich von einem Traum verabschieden, um Ewald begrüßen zu dürfen. Wer Boell in den Tagen des Mauerfalls beobachtet hatte, seine erregte Stimme gehört, das Feuer in seinem Blick gesehen hatte, der spürte, dass der konkrete Bruder am Ende über die abstrakte Idee gesiegt hatte.

Ich hatte keinen Bruder, der in der DDR im Gefängnis sitzen musste, nicht mal einen entfernten Onkel. Aufgewachsen im tiefen Westen, kannte ich Amerikaner, Brasilianer, Nigerianer, Österreicher und sogar eine Frau aus Australien, von der es hieß, dass sie als Kind dem Volksstamm der Aborigines angehört habe. Sie putzte in unserer Nachbarschaft, und zwar »astrein«, wie sich die Hausfrauen gegenseitig versicherten und sich zu ihrer Wahl beglückwünschten. Die Ostdeutschen kannte ich hingegen nur aus dem Fernsehen.

Im vorigen Jahr hatte dann ein gewisser Ernst im Elektrogeschäft meines Onkels eine Lehre begonnen. Ernst komme aus der Zone, wie mein Onkel sagte, er habe mit seinen Eltern ausreisen dürfen. Ich war ihm nur einmal begegnet, das genügte offenbar nicht, um mich gleich für sein ganzes Volk zu freuen.

»Meine Damen und Herren«, setzte Boell an. Er hatte seine Rührung verschluckt und war wieder ganz Lehrer. »In diesen Tagen wird in Berlin und in der ganzen Republik Geschichte geschrieben.« Er hatte die Anfangseuphorie zurückgewonnen. »Könnt Ihr euch noch an die Hauptpost und den Osteraufstand von 1916 erinnern? Nun, dies ist, wenn man so will, unser Osteraufstand, wenn auch im Spätherbst. Wir Deutschen sind sowieso mehr Herbst- als Frühlingsmenschen. Wir müssen jetzt nur hoffen, dass, anders als damals in Irland, niemand ums Leben kommt.« Wie es weitergehe, könne niemand, er wiederhole, *niemand* wirklich sagen. »Alles ist jetzt denkbar, sogar, dass die Sowjets ihre Panzer schicken und die Mauer wieder schließen. Oder dass es zum Krieg kommt.« Und deshalb könne er nur wiederholen: In Deutschland werde zur Stunde Geschichte, ach was, Weltgeschichte geschrieben. Man sah ihm an, dass er liebend gerne mitgeschrieben hätte.

Zum Schluss erlaube er sich noch ein paar organisatorische Hinweise, sagte Boell. Der für den Nachmittag geplante Ausflug in die Region müsse verschoben werden. Er bitte um Verständnis, dass er den Rest des Tages am Telefon verbringen wolle, er müsse Rücksprache mit Deutschland halten, privat wie beruflich. Vielleicht habe er dann morgen schon ein klareres Bild von der Situation. Er wolle sich alles offenhalten, auch die Variante einer schnellen Rückreise. Alles hänge davon ab, ob sich die Lage in der Heimat zuspitze.

Es gebe in jeder Generation Ereignisse, die man eigentlich nicht verpassen dürfe, sagte Boell feierlich. »Das verzeiht man sich nie.«

Heute weiß ich, dass er recht hatte. Jede Generation hat das Verlangen nach dem einen großen historischen Moment, der Erzählstoff liefert für den langen Rest des Lebens. Unsere Großeltern hatten ihren Weltkrieg gehabt, ihre schaurigen Geschichten aus Luftschutzbunkern und Schützengräben, von Kameradschaft und vom Töten. Unsere Eltern und Lehrer hatten ihre kleine Revolution gehabt, ihr »Achtundsechzig«, nun konnten sie den Rest ihres bürgerlichen Lebens erzählen, wie rebellisch sie einst gewesen waren, und, ganz nebenbei, wie prima man damals ficken konnte. Nur meine Generation hatte bislang weder einen Krieg noch tollen Sex vorzuweisen.

Der einzige Moment, in dem ich bis dahin gespürt hatte, dass draußen in der Welt etwas geschehen war, das auch mich betraf, lag gut drei Jahre zurück. Im Radio war vermeldet worden, dass in der Ukraine ein Atomkraftwerk den Geist aufgegeben hatte. Meine Großmutter war sofort zur Balkontür gelaufen und hatte sie mit all ihrer verbliebenen Kraft zugepfeffert. Für den Rest des Tages durfte ich die Wohnung nicht verlassen. In den folgenden Wochen verboten mir meine Eltern, auf der Wiese Fußball zu spielen. Es hieß, die Grashalme seien radioaktiv. Ich wusste zwar nicht, was das Wort bedeutete, aber gesund klang es nicht.

Ansonsten hatte es keine besonderen Vorkommnisse gegeben, wenn man den dreifachen Fehlstart von Jürgen Hingsen bei den Olympischen Spielen in Seoul mal beiseitelässt. Jetzt aber schien die Stunde einer neuen Generation gekommen, Großes leuchtete am Horizont des Weltgeschehens.

Als ich am Nachmittag ins Haus meiner Gastfamilie kam, saß Shawn vor dem Fernseher und schaute RTÉ 1. Er hatte seinen Sessel nah an das Gerät gerückt und nicht gehört, dass ich hineingekommen war. Er wirkte wie hypnotisiert.

»So, da wär ich«, sagte ich.

»Unbelievable«, murmelte Shawn. »Das ist Berlin, Ostberlin. Komm her, du musst dir das ansehen«, rief er.

Ich sah Szenen einer Pressekonferenz. Hunderte Journalisten saßen mit ihren Mikrofonen und Kameras in einem holzvertäfelten Saal und hörten zu, was ein Mann vorne am

Pult ihnen erzählte. Der Mann sprach im Auftrag der DDR, das sah man gleich, denn er trug einen grauen Anzug und eine mächtige Drahtbrille. Außerdem machte er ein schlecht gelauntes Gesicht. Ich verstand, wie er etwas von einer Regelung erzählte, »die es jedem Bürger der DDR möglich macht, äh, über Grenzübergangspunkte der DDR, äh ...«, der Rest wurde von der englischen Übersetzung geschluckt.

Als der schlecht gelaunte Mann ausgeredet hatte, wollte einer der Journalisten wissen, wann genau die neue Reiseregelung denn in Kraft trete. Der Mann strich sich mit dem Finger über das Kinn, fummelte dann in den Papieren, die vor ihm auf dem Tisch lagen.

»Das tritt, nach meiner Kenntnis ... ist das sofort.« Er stammelte vor sich hin und machte nicht den Eindruck, als wisse er, ab wann die Reisebestimmungen galten.

»Unverzüglich«, murmelte ihm sein Nachbar zu.

»Unverzüglich«, wiederholte der schlecht gelaunte Mann, er hatte zu jener Entschlossenheit zurückgefunden, die sich für eine Diktatur gehörte.

»Offen«, rief Shawn. »Die verdammte Mauer ist offen.« Es waren die Bilder vom Vorabend. Shawn klopfte mit der flachen Hand auf den Stuhl neben sich, ohne den Blick vom Bildschirm zu lösen. Ich sollte mich zu ihm setzen.

Nach der Pressekonferenz wurden Bilder von einem Grenzübergang gezeigt. Man sah Menschenmassen, die im grellen Licht der Scheinwerfer vor einem Eisentor standen. Sie hatten ernst genommen, was der Mann bei der Pressekonferenz gesagt hatte, und waren zum nächsten Grenzübergang gelaufen. Dort aber stockte es, das Tor blieb zu, der Schlagbaum unten. »Massenverarschung!«, brüllte ein Mann in die Kamera. »Da hätt ick och zu Hause bleiben und pennen können, wa. Totale Verarsche.« In der englischen Übersetzung sagte der Mann: »They are fooling us. If I had known this, I would have stayed home and slept.« Es klang irgendwie vornehmer.

Als Nächstes sahen Shawn und ich, wie der rot-weiße Schlagbaum sich doch noch bewegte. Allerdings öffnete er sich nicht nach oben, sondern zur Seite.

Die Beamten hatten den Schlagbaum ihr Leben lang erfolgreich geschlossen gehalten, nun gaben sie ihn nur zögernd frei. Erst ließen sie einen 20-Grad-Winkel zu, dann 35 Grad, zaghaft tasteten sie sich an die Freiheit heran. Sie ahnten vielleicht, dass sie gerade dabei waren, den Ostblock zu beerdigen, die ganze kommunistische Welt.

Als die Massen den Schlagbaum beiseitegeschoben hatten, zeigte die Kamera einen Grenzbeamten in Nahaufnahme. Er stand am Straßenrand, die Arme auf dem Rücken fixiert, verdrängt vom Fluss der Leiber, die nun an ihm vorbeiströmten. Er trug das niedergeschlagene Gesicht eines alten Mannes, dem gerade seine Aufgabe abhandenkam. Unter dem schwarzen Schirm seiner Kappe zuckten die Pupillen nach rechts und nach links, sie folgten dem Strom der Leiber und glänzten wässrig. Die Kappe wirkte viel zu groß auf seinem hageren Kopf, Hammer und Sichel, die er so lange stolz auf der Stirn getragen hatte, machten sie nun zur Narrenkappe.

Schnitt.

Die Kamera zeigte nun Nahaufnahmen der Vorbeiströmenden, Menschen in Baumfällerhemden und Jeansjacken. Frauen und Männern schien in der DDR eine Einheitsfrisur verordnet worden zu sein: extrem gelockt und hinten etwas länger. Es sah aus wie eine Pudelwanderung. Bei Männern schien zudem der Oberlippenbart sehr beliebt zu sein. Auch ihre Augen glänzten nun, manche brachten es fertig, zeitgleich zu lachen und zu weinen.

Während die Bilder an mir vorbeiströmten, musste ich die ganze Zeit an Victoria denken. »Unbelievable«, murmelte Shawn, er konnte gar nicht aufhören, dieses eine Wort zu murmeln. Inzwischen hatten in Berlin die ersten Autos den Grenzübergang erreicht, Trabbis schoben sich in den Westen vor und hupten ohne Unterlass. Am Straßenrand standen Westberliner und applaudierten der vorbeiziehenden Karawane. Ähnliche Szenen kannte ich nur von der Tour de France.

Plötzlich löste Shawn seinen Blick vom Fernseher und sah mich an. Er erwartete eine Reaktion, das kannte ich jetzt ja schon. Ich nickte artig. Wenn Shawn schon so begeistert war, wie begeistert musste ich als Deutscher dann erst sein. Sicherheitshalber sagte ich auch »Unbelievable«, das war in jedem Fall richtig.

Der Moderator von RTÉ 1 erschien auf dem Bildschirm. »Sie haben die Bilder verfolgt, liebe Zuschauer: Was bei uns in Irland undenkbar ist, scheint in Deutschland nun Wirklichkeit zu werden«, sagte er. Er trug ein braunes Sakko und eine viel zu große Brille. »Im Osten ist eine Revolution ausgebrochen. Die Einheit des Landes rückt näher.«

»Räweluschon«. Auf Englisch klang das Wort ganz anders als auf Deutsch, fröhlicher, volksfestlicher, nicht so amtlich und bedeutungsschwanger.

Das irische Fernsehen brachte nun einen Film über Pinguine. Shawn zog sich den Anorak an, er musste arbeiten. Er stand schon in der Tür, als er sich zu mir umdrehte. Falls ich zu Hause anrufen wolle, sei das kein Problem. Dort stehe das Telefon.

Als ich mit der Stille und den Pinguinen allein war, überlegte ich tatsächlich, ob ich zu Hause anrufen sollte, Rücksprache mit Deutschland halten, wie Boell es ausgedrückt hatte. Aber dann wusste ich nicht, wozu das gut sein könnte. Am liebsten hätte ich von der ganzen Geschichte mit der Mauer gar nichts mehr gehört.

Über mir schwebte noch immer Boells Warnung: »Auch die Variante einer Rückreise müssen wir gegebenenfalls diskutieren.« Sein harmloser Satz war im Laufe des Tages immer größer geworden, war angeschwollen zu einer realen Gefahr. Der Mauerfall, der die Menschen im Fernsehen auf den Straßen tanzen ließ, stellte eine ernsthafte Bedrohung meines Glücks dar. Victoria. Die Pinguine plumpsten der Reihe nach in ein Wasserloch.

Am Abend stand ich bereits um Viertel nach sechs vor dem Laurels Pub. Ich wollte nicht riskieren, sie zu verpassen. Ich hatte keine Telefonnummer, keine Adresse, ich kannte nicht mal ihren Nachnamen. Eigentlich wusste ich nur, dass sie Victoria hieß, siebzehn war und Irland noch nie verlassen hatte.

Es dämmerte. Der Pub befand sich auf der High Street, der lebendigsten Straße der Stadt. Zweigeschossige Häuser säumten den Asphalt, die außer der Zahl der Stockwerke nicht viel gemeinsam hatten. Während sich ein Haus etwas vor die Nachbarn beugte, schien sich das nächste zu ducken, wieder ein anderes reckte sich höher als der Rest, als stehe es auf Zehenspitzen. Manche Häuser begnügten sich mit einer glatten Fassade, andere protzten gleich mit zwei Erkern. Auch bei den Farben hatte man sich nicht einigen können, so standen grüne neben blauen, rote zwischen schwarzen und grauen Häusern. Auf den Dächern thronten wuchtige Kamine, die viel zu groß wirkten für die Gebäude, aus denen sie ragten. Alles zusammen hinterließ den Eindruck einer überaus fröhlichen Straße.

Der Eingang zum Laurels Pub wurde von zwei Holzsäulen gerahmt, die wie die Windung einer Schraube gemasert waren. Ich stellte mich neben die rechte Säule, behielt die Straße im Auge und wartete. Je näher der große Zeiger der Zwölf entgegenzuckte, desto schneller schlug mein Herz. Ob sie wohl kommen würde? Ich versuchte, mir einzureden, dass sie es sowieso nicht schaffen werde, um dann weniger enttäuscht zu sein.

Allmählich bekam ich eine Vorstellung davon, was es heißt, verliebt zu sein. Plötzlich reduzierte sich alles auf diese kleine Lady, mit der ich gestern getanzt hatte. Meine Schwärmerei für Brunos Schwester kam mir nun wie eine Ersatzhandlung vor, vergleichbar mit Kindern, die von einem Pferd träumen und sich vorerst mit einem Hamster begnügen müssen.

Vor einiger Zeit hatte ich Lisa, einem Mädchen aus meiner Klasse, einen Brief geschrieben. Ich hatte den Trick ausprobieren wollen, von dem ein älterer Junge aus unserer Straße mir erzählt hatte. »Liebe Lisa, ich wollte dich was fragen«, hatte der Brief begonnen. »Wie findest du mich?«

Darunter hatte ich Lisa fünf Antworten angeboten: Sehr gut, Gut, Mittel, Nicht gut, Weiß nicht. Daneben hatte ich

Kästchen gemalt, die sie ankreuzen konnte. Alsdann folgte die zweite Frage, auf die es mir eigentlich ankam:

»Willst du mit mir gehen?« Diesmal bot ich ihr nur drei Antworten an: Ja, Nein, Weiß nicht.

Am nächsten Tag erhielt ich den Zettel ausgefüllt zurück. Lisa hatte die erste Frage mit einem »Gut« beantwortet, was nicht perfekt war, aber Hoffnung ließ für die entscheidende zweite Frage. Dort hatte sie »Weiß nicht« angekreuzt. Ich stellte meine Bemühungen um Lisa noch am selben Tage ein.

Hinter diesen Erfahrungen, das spürte ich jetzt vor dem Laurels Pub, hatte sich kein echtes Verliebtsein verborgen, sondern lediglich der Wunsch, endlich verliebt zu sein.

Victoria kam nicht. Bis Viertel vor acht wartete ich, in der Zwischenzeit hatten gut dreißig Männer den Pub betreten. Ich hatte mich gefragt, ob Victorias Vater unter diesen Herren gewesen war, aber niemand hatte annähernd an ihre Schönheit erinnert.

Ich fürchtete, sie nie wieder zu sehen. Zu Hause legte ich mich ins Bett und hoffte, der Schlaf würde die bösen Gedanken vertreiben. Es war Freitag. Ein ganzes Wochenende voll Ungewissheit lag vor mir.

SECHSTES KAPITEL

Das Mädchen stand neben dem Tor und sprach mich an, ohne mich dabei anzusehen. »Ich bin eine Freundin von Victoria«, flüsterte sie konspirativ. »Bist du Benjamin?« Sie hatte offenbar auf mich gewartet. Ich nickte.

Sie sei an diesem Montagmorgen extra früher aufgestanden, weil sie ganz genau wisse, wie wichtig ihrer Freundin diese Botschaft hier sei. Sie klopfte auf ihre Jackentasche. Seit einer halben Stunde warte sie bereits, und sie habe Victoria mehrfach versprechen müssen, mich auf keinen Fall zu verpassen. Dann zog sie einen Zettel aus der Tasche ihrer Jacke und reichte ihn mir. Er war sorgfältig zusammengefaltet, Kante auf Kante, nun war er klein und hart. Wie ein Diamant.

»Ich habe gehört, dass du ein guter Tänzer bist«, sagte das Mädchen noch und lächelte auf eine Weise, die offenließ, ob sie es ernst meinte. Schließlich verabschiedete sie sich, der Unterricht beginne gleich. Sie zeigte hinüber zur Mädchenschule, die hinter Mauern und Hecken verborgen lag wie ein verwunschenes Schloss. Ich sah ihr nach und spürte dabei den Diamanten in meiner Faust.

Boell stand vor einer Landkarte. Er hatte sich aus dem Archiv der St. Brendan's School das geteilte Deutschland besorgt, es oben in den Ständer eingeklinkt und fuhr nun mit einem Zeigestock den antifaschistischen Schutzwall entlang. »484 Kilometer deutsch-deutsche Grenze, stacheldrahtgesichert, alle paar hundert Meter ein Wachturm, wer rüberwollte, musste damit rechnen, erschossen zu werden.« Er setzte wieder eine seiner taktischen Pausen.

»Bis vergangenen Freitag.«

Boell hatte seinen Bericht zur Lage der Nation sorgfältig vorbereitet. Er hatte sich vor Unterrichtsbeginn Stichworte notiert, um eine vollständige Chronik der Ereignisse vom vergangenen Wochenende zu liefern. Dies sei eine Zeit, in der Kleinigkeiten die Welt veränderten, sagte er, deshalb dürfe man auch die Kleinigkeiten nicht geringschätzen. Boell blickte immer wieder auf seinen Zettel, er wollte nichts vergessen.

Bist du mir böse?

Ihre Schrift war sanft wie ihre Stimme. *Ich wollte kommen, wirklich, ich wollte gestern Abend zum Pub kommen, um dich zu sehen.* Es war eine präzise Schrift, fast wie gemalt, nur das l von »honestly« wirkte wild wie ein Looping. *Ich habe alles versucht, wirklich alles, aber es hat nichts geholfen. Mein Vater wollte mich nicht aus dem Haus gehen lassen.*

»Seit wann?«

Boell starrte mich an, alle starrten mich an. Er hatte die Frage nun schon zum zweiten Mal gestellt, und offenbar hatte er sie an mich gerichtet. Ich war so versunken in Victorias Brief, dass ich den Anschluss an die dramatischen Vorgänge in Berlin verloren hatte und nun hilflos in ein Dutzend gespannter Gesichter blickte.

Bruno bemühte sich, mich aus der peinlichen Situation

zu retten. Er hatte sich ebenfalls zu mir umgedreht und flüsterte mir die Antwort zu, eine Jahreszahl.

»1961«, sagte ich schließlich.

»Richtig, Bruno«, sagte Boell. »In den frühen Morgenstunden des 13. August 1963 begann die DDR, sich einzumauern.« Boell warf mir einen strengen Blick zu.

Ich darf nur dann unser Haus verlassen, wenn er es gestattet. Zuweilen fühle ich mich wie seine Gefangene. Mein Vater sagt, dass ich ihm eines Tages dankbar dafür sein werde, auch wenn ich das jetzt noch nicht einsehen könne. Die Hoffnungen der westlichen Welt ruhten in diesen Tagen auf Michail Gorbatschow, fuhr Boell fort, und dieser Gorbatschow habe die westliche Welt bislang nicht enttäuscht. *Ich kann nur hoffen, dass du mir nicht böse bist und dass du mich trotzdem noch sehen willst. Ich möchte unbedingt, dass wir uns wiedersehen, ich möchte …*

»Und es fiel kein einziger Schuss«, sagte Boell. Das sei das Bemerkenswerte, ach was, das Unfassbare an der ganzen Geschichte. Niemand habe sich sicher sein können, ob die russischen Panzer nicht doch noch aus ihren Garagen in Richtung Mauer rollen würden, und mit Gewissheit könne man das auch jetzt, vier Tage nach der Maueröffnung, noch nicht sagen. *Ich möchte nicht, dass der Abend, an dem wir uns kennenlernten, zugleich der Abend unseres Abschieds war.*

Es sei viel zu voreilig, dass alle Welt schon jetzt vom »Fall« der Mauer spreche, denn sie stehe ja noch, überall stehe sie noch, nein, nein, gefallen sei da gar nichts, weder die Mauer noch eine endgültige Entscheidung, nichts, was nicht rückgängig gemacht werden könne. Ganz wichtig sei, wie Kanzler Kohl sich jetzt verhalte. Man dürfe Gorbatschow und die

Sowjetunion nur nicht provozieren, das würden alle sagen, bloß nicht triumphieren, die Stunde des Sieges sei die Stunde der Demut, nicht das Ende der Bescheidenheit. Andernfalls könne es sein, dass Gorbatschow selbst unter Druck gerate, von den eigenen Kommunisten gestürzt werde, und dann, ja dann Gute Nacht, Marie.

Ich habe auch schon eine Idee. Wenn ihr am Mittwoch euer Spiel gegen die Iren habt, werde ich versuchen zu kommen. Ich mag Fußball. Und ich mag dich. Victoria. Sie hatte ein schiefes Kreuz vor ihren Namen gemalt, das auch ein X sein konnte, ich wusste jedenfalls nicht, was es bedeutete. Auch von dem Fußballspiel wusste ich nichts. Es hatte zuvor ein Match geben sollen, aber der genaue Termin war uns bislang nicht mitgeteilt worden.

Es bleibe also hochspannend, sagte Boell. Er steckte den Zettel mit seinen Notizen in seine Sakkotasche, dann nahm er das geteilte Deutschland vom Haken und rollte es zusammen. Ob wir noch Fragen hätten?

Ich meldete mich. »Gibt es denn inzwischen Klarheit, ob wir vorzeitig abreisen müssen?«

Die gebe es noch nicht, sagte Boell. Aber er sei zuversichtlich, dass die Entscheidung bis Mittwoch gefallen sei. Bis dahin rate er mir, mich ein wenig über die deutsche Geschichte zu informieren. Könne nicht schaden. Für Mittwochnachmittag hätten die Iren übrigens angeboten, ein Fußballspiel zu organisieren, ein Länderspiel gewissermaßen. »Sollten wir hier bleiben«, meinte Boell, »wäre das doch eine schöne Sache.« Er habe mal zugesagt, im Konjunktiv.

Die Zeit bis zum Spiel verging unendlich langsam, zwei Tage, die sich zogen wie zwei Monate. Ich dachte ununterbrochen an Victoria. Ob sie auch so oft an mich dachte? Und warum sollte es ihr erlaubt sein, ausgerechnet zu unserem Fußballspiel zu kommen, wenn ihr Vater sie doch so ungern aus dem Haus ließ? Ich musste auch an Seamus denken, diesen Kerl, der sie offenbar verehrte – ob sie nicht doch was miteinander hatten? Oder waren sie vielleicht ein Paar gewesen? Handelte es sich gar um eine Geschichte, die nicht abgeschlossen war, auch wenn sie sich bemüht hatte, mir einen anderen Eindruck zu vermitteln? Ich hatte mich in sie verliebt. Aber konnte ich ihr auch trauen?

Endlich kam der entscheidende Tag. Ich glaube, ich habe mich noch nie so auf einen Mittwoch gefreut. Der Platz glich einem Acker. Das Gras war länger nicht gemäht worden und ruhte unter einer Decke aus Laub. Das Feld lag zwischen der Jungenschule und jener Kathedrale, um die Bruno und ich nachts mit dem Fahrrad gekurvt waren. Von drei Seiten schlossen graue Mauern das Gelände ein, auf der vierten stand eine Hecke. Hinter dem Tor hing eine verrostete Anzeigetafel, die per Hand bedient werden konnte. Unter der Tafel warteten drei Rentner auf ihren Einsatz.

Vor dem Anpfiff mussten wir uns an der Mittellinie aufstellen, Deutsche neben Iren, wie beim Länderspiel. Es hieß, wir sollten in Richtung Kathedrale schauen, mein Blick aber wanderte über das Publikum am Spielfeldrand. Schüler und Lehrer der irischen Schule waren gekommen, Eltern, Geschwister, es mochten gut achtzig Zuschauer sein. Doch was ich suchte, war nicht zu sehen. Dabei hatte ich mir so sehr gewünscht, vor ihren Augen ein Tor zu schießen.

Dann hörten wir das Knarzen einer Schallplatte, und die ersten Takte der deutschen Nationalhymne schepperten aus unsichtbaren Lautsprechern. Sie trafen uns unvorbereitet wie ein Platzregen. Mir war schon früher aufgefallen, dass ich unsere Hymne nur von Fußballländerspielen aus dem Fernsehen kannte, es gab sonst kaum Gelegenheit, sie zu hören. Ich hatte den Eindruck, man schäme sich ein bisschen für sie, dabei klang sie eigentlich gar nicht schlecht. Wir schauten uns fragend an. Sollten wir jetzt etwa singen, wie die Spieler bei der Übertragung im Fernsehen?

Der dicke Benedikt rülpste. Ich erinnerte mich daran, dass von den Nationalspielern auch nicht jeder mitmachte, Rummenigge zum Beispiel sang nie und die Förster-Brüder auch nicht. Und wer von uns kannte überhaupt den Text? »Einigkeit und Recht und Freiheit«, so viel wusste ich, »für das deutsche Vaterland«, auch das war bekannt, aber dann wurde es auch schon brenzlig.

Ich sah nun, wie unsere irischen Gegner sich nach vorne beugten und fragend zu uns hinüberblickten, sie hörten nichts, außer dem Geschrei einiger Möwen, die sich über uns lustig zu machen schienen.

Schließlich suchten unsere Blicke Hilfe bei Boell, der an der Seitenlinie stand und an diesem Nachmittag nicht nur unser Lehrer, sondern auch unser Trainer war. Er hatte sich eine Kappe aufgesetzt und sah aus wie Helmut Schön, der Weltmeistertrainer von 1974. Auch Boell bewegte seine Lippen nicht, aber er drückte den Rücken demonstrativ durch und verschränkte die Hände auf Höhe des Gesäßes. Er hatte Haltung angenommen. Wir hielten das für einen guten Kompromiss: Man musste nicht singen, aber immerhin signalisierte der Körper, dass gerade etwas Besonderes gespielt wurde.

Am Ende war vor allem die Technik der Situation nicht gewachsen. Die Platte schien älter zu sein als die Hymne selbst, sie hatte gleich mehrere Sprünge, und der Plattenteller war nicht mit der nötigen Geschwindigkeit unterwegs. Das Lied der Deutschen knackte und leierte. Irgendwann bereitete ein lautes Quietschen unserer Hymne ein vorzeitiges Ende.

Nun folgte die Hymne der Republik Irland. Wir hörten gleich, dass diese Platte öfter gespielt wurde, frisch und klar floss das Lied der Iren dahin. Unsere Gegner sangen laut und deutlich mit, sie sahen aus, als sei es eine große Ehre, dieses Lied vortragen zu dürfen, als bewegten sich nicht nur ihre Münder, sondern auch ihre Seelen. Ergriffen schwiegen die Möwen.

Ich fragte mich, warum die Iren angesichts ihrer Hymne befreit statt verklemmt wirkten. Warum sie gar nicht laut genug mitsingen konnten, während wir wie Schafe auf dem Rasen standen. Plötzlich kam mir Katzenstein in den Sinn. Er war, nach meinem Vater, der zweite erwachsene Mann gewesen, den ich wegen der Geschichte weinen gesehen hatte. Wir waren damals in der achten Klasse und hatten die Räume des Gestapo-Gefängnisses in Köln besichtigt. Nach der Führung sollte es ein Gespräch mit Herrn Katzenstein geben, einem alten Mann mit weißen Haaren, die er zu einem strengen Scheitel gebändigt hatte, der auf den Boden sah, als wir den Kellerraum betraten, in dem er saß. Als würde er sich für etwas schämen.

»Ihr werdet euch fragen, warum ich hier sitze«, sagte

Katzenstein zur Begrüßung. Seine Stimme klang zerbrechlich, er blinzelte uns an. »Nun, ich habe sechs Monate meines Lebens in diesen Räumen verbracht, und ich möchte euch davon berichten.« So begann seine Erzählung.

»Ich war verliebt, taufrisch, das erste Mal in meinem Leben.« Er hob jetzt seinen Blick vom Boden und lächelte uns an, ein scheues Lächeln, das testen wollte, ob es willkommen war. »Ich weiß nicht, ob ihr schon wisst, wie sich das anfühlt, das erste Mal verliebt zu sein«, sagte er. »Solltet ihr das Gefühl noch nicht kennen, seid froh. Dann habt ihr es noch vor euch, dann gibt es etwas, auf das ihr euch freuen könnt.« Er nickte, als wolle er die Richtigkeit seiner Worte bekräftigen.

Sie hieß Katharina. Katzenstein hatte sie im Kölner Volksgarten kennengelernt. Dort, wo sich die Paare im Sommer mit ihren Ruderbooten ein Rennen gegen die Schwäne lieferten, hatten sie am Ufer gesessen und den Schwänen die Daumen gedrückt, weil sie den Liebenden ihr Glück neideten. So waren sie ins Gespräch gekommen, und als sie bald selber ein Paar wurden, da ruderten sie selbst mit aller Kraft gegen die Schwäne an.

Katharina stammte aus einer Arbeiterfamilie, die den Vorteil hatte, sich arisch nennen zu dürfen. Katzenstein stammte aus einer Unternehmerfamilie. Sein Urgroßvater hatte vor langer Zeit in der Südstadt ein Geschäft für Damenunterwäsche eröffnet, und weil das Bedürfnis nach Damenunterwäsche regimeneutral war und sowohl in der Monarchie als auch in der Demokratie existierte, hatte die Familie bald im wohlhabenden Drittel der Stadt Platz gefunden. Dass sie jüdisch war, wurde erst jetzt, im Herbst 1933, zum Problem.

»Sie kamen um fünf in der Früh«, sagte Katzenstein. »Sechs Männer im Ledermantel. Sie brüllten, als seien sie furchtbar wütend, traten gegen die Möbel und gegen unseren Vater, und als ihre Gesichter vor lauter Brüllen rot wie Äpfel waren und zu platzen drohten, da führten sie uns alle ab, meine Eltern, meinen Bruder, und da sie sie schon unter meiner Decke entdeckt hatten, nahmen sie Katharina auch gleich mit.

An jenem Morgen, am 9. November 1933, betrat ich das erste Mal die Räume, in denen wir uns nun befinden. Die Männer in den Ledermänteln zwangen mich, ihnen zuzusehen, wie sie Katharina verhörten. Sie hatten rasch herausgefunden, dass sie Arierin war, deshalb schleuderten sie ihr immer wieder dieselbe Frage ins Gesicht: ›Was gibst du dich mit diesem Judenschwein ab?‹ Sie brüllten Katharina an, so heftig, dass ihr nicht nur ihre Worte ins Gesicht flogen, sondern auch ihre Spucke.«

Katzenstein hielt kurz inne. »Wisst ihr, was schlimmer ist, als gefoltert zu werden?« Er hob den Kopf und sah uns an. »Dabei zusehen zu müssen, wenn der Mensch, den man liebt, gefoltert wird. Es gibt nichts Grausameres. Glaubt mir, ich weiß, wovon ich rede. Ich bin oft genug gefoltert worden.«

Er machte wieder eine Pause, es sah aus, als atme er gegen die innere Erregung an.

»Als ich zusehen musste, wie sie Katharina misshandelten, dachte ich, ich müsste sterben vor Schmerz. Als sie ihr eine brennende Kerze auf der zarten, weißen Haut löschten, flehte ich darum, sie möchten mich an ihrer Stelle foltern. ›Verbrennt das Judenschwein‹, rief ich. ›Ich habe es verdient.

Lasst meine Katharina laufen.‹ Aber sie lachten nur, kalt und trocken schallte es durch das Gemäuer.

Statt ihre Kerzen an mir zu löschen, legten sie ein samtenes Kissen auf meinen Stuhl. Sie sagten: ›Bitte schön, der Herr, Juden sitzen bei uns bequem. Fühlen Sie sich ganz wie zu Hause. Ein Stück Wurst vielleicht? Oder ein kühles Bier?‹ Nach jedem Satz wieherten sie wie die Pferde. Wenn es mir gelungen war, das Kissen trotz der Fesseln von meinem Stuhl zu schieben, schoben sie es mir immer wieder aufs Neue unter den Hintern. Dann vergewaltigten sie Katharina.«

Katzenstein verstummte. Sein Blick sank wieder auf den speckigen Boden. Ich sah Tränen über seine Wangen fließen. »Tut mir leid«, sagte er. »Das ist mir jetzt furchtbar unangenehm.«

Vermutlich lag es an Katzenstein, dass uns die eigene Nationalhymne so in Verlegenheit brachte. Konnte man als Deutscher sein Land überhaupt noch mal so lieb haben, wie die anderen ihr Land liebten, wie neben uns die Jungs aus Irland, die noch immer ihre Hymne schmetterten?

Während unsere irischen Gegner sangen, versuchte ich wieder, Victoria zu finden. Ich ging gewissenhaft vor, sah mir jeden Zuschauer einzeln an, aber es bestand kein Zweifel. Sie war nicht da. Ob sie doch das Interesse an mir verloren hatte? Vielleicht war ich ja nur einer von vielen, die sich für sie interessierten. Vielleicht hatte sie gestern Abend alle miteinander verglichen und war zu dem Schluss gekommen, dass es Schönere gab als mich. Ich war mir schon am Abend unseres Kennenlernens sicher gewesen, dass Victoria viele Verehrer haben musste. Wie konnte ich mich trotzdem der Illusion hingeben, der Richtige für sie zu sein? Für eine Frau von diesem Kaliber? Es knallte in meinem Ohr. Der Ball riss mich aus dem Sumpf der Zweifel, er hatte mein rechtes Ohr getroffen und holte mich zurück in die dritte Länderspielminute.

»Pass auf, wenn ich dich anspiele«, schrie Bruno.

Die Iren hatten die Partie furios begonnen, ruppig und agressiv stürzten sie sich in die Zweikämpfe, als ginge es abermals um ihre Unabhängigkeit. Dass man Irland als Fußballnation nicht unterschätzen sollte, hatten wir ein Jahr zuvor gesehen, als sie es bei der Europameisterschaft in Deutschland unter die besten acht des Kontinents geschafft hatten. Zum ersten Mal hatte sich Irland für ein großes Turnier qualifiziert, und der Zufall hatte es gewollt, dass der erste Gegner ausgerechnet England hieß. Am Ende hatten die Iren die verhassten Briten im Stuttgarter Neckarstadion durch ein Kopfballtor von Ray Houghton mit 1:0 besiegt. Nach diesem grünen Fußballmärchen war auf der Insel Euphorie ausgebrochen, jeder irische Junge wollte danach Fußballer werden. Die Folgen dieses Taumels bekamen wir nun zu spüren.

Nach zehn Minuten wackelte unser Pfosten das erste, nach zwölf das zweite Mal, nach einer Viertelstunde stand es 1:0 für Irland, nach zwanzig Minuten 2:0. Die Rentner waren gut beschäftigt, sie notierten immer neue Zahlen auf der Anzeigetafel. Ein Desaster drohte, und zu allem Unglück stand auch noch Benedikt zwischen den Pfosten. Niemand von uns war bereit gewesen, das Tor zu hüten, und Benedikt hatte gleich die Chance ergriffen. Wenn wir zu Hause Fußball spielten und der Reihe nach die Mannschaften wählten, war Benedikt immer bis zum Schluss übrig geblieben. Jetzt aber stand er im Tor unserer kleinen Nationalmannschaft und war gewissermaßen unverzichtbar. Wir waren schon froh, dass er in das Torwarttrikot gepasst hatte.

So gehe es nicht weiter, schimpfte Bruno nach dem zweiten Tor, er war stinksauer. Keiner seiner Pässe hatte mich erreicht, immer hatte ein Ire zwischen uns gestanden, unsere Achse war gestört, und schuld war ich. »Wo bist du mit deinen Gedanken?« Ich zuckte die Schultern. Die meiste Zeit hatte ich damit verbracht, Victoria am Spielfeldrand zu suchen. »Beweg endlich deinen Arsch!« Der Pfiff des Schiedsrichters rettete uns in die Halbzeit.

Während Boell versuchte, uns auf die zweite Hälfte einzustimmen, beobachtete ich, wie nicht weit von uns die Hecke wackelte. Zuerst hatten sich nur ein paar Zweige bewegt, sie waren auf und ab geschwungen, als winkten sie jemandem zu. Bald aber schien die ganze Hecke in Bewegung. Ich sah ein hellgrünes Stück Stoff zwischen den Blättern schimmern, schließlich öffneten sich die Zweige und gaben den Blick frei auf jenes Gesicht, nach dem ich mich so gesehnt hatte.

Als sie merkte, dass ich auf sie aufmerksam geworden war, schenkte sie mir ein schüchternes Lächeln. Plötzlich gab es keine traurigen Gedanken mehr, sie waren verschwunden wie die Schwüle nach einem Sturm.

»Tut mir leid«, sagte ich zu Bruno. »War eben nicht bei der Sache. Aber jetzt wird alles anders, du kannst auf mich zählen.« Ich legte den Arm um seine Schulter und zog ihn ganz nah an mich heran. »Sie ist da, Victoria ist hier.«

Bruno nickte, er wusste, dass ich nun ein Tor brauchte.

Tore waren das Kostbarste, was wir zu verschenken hatten, sie kamen, auch wenn sich das heute vielleicht komisch anhört, von Herzen. Wir träumten schließlich von unseren Toren, und was war persönlicher als der Stoff unserer Träume.

Ich war abhängig von Bruno. Ich brauchte seine Flanken, um Victoria glücklich zu machen. Vor dem Anpfiff zur zweiten Halbzeit blickte ich kurz zu jener Stelle in der Hecke, die eben gewinkt hatte. Der Wind spielte mit den neugierigsten Blättern, die sich am weitesten hervorgewagt hatten. Der Rest der Hecke blieb standhaft, entschlossen, den Schatz, den sie barg, mit niemandem zu teilen. Mir war nicht ganz klar, warum sich Victoria dort versteckte, aber sie hatte sicher Gründe dafür. Es war jedenfalls schön zu wissen, dass sie gekommen war, extra für mich.

Die zweite Halbzeit begann wie die erste. Die Iren waren noch immer nicht müde, das Lattenkreuz rettete uns vor dem 3:0.

Beim folgenden Abschlag landete der Ball auf Brunos Brust, von wo er weich nach unten tropfte, ohne den Boden zu berühren, denn dicht über dem Gras fischte Brunos Fuß ihn aus der Luft. Das Leder klemmte nun zwischen Fußspitze und Schienbein fest, tanzte so über den Grashalmen, und als ein Ire ihm den Ball aus vollem Lauf vom Fuß jagen wollte, da hob Bruno einfach sein Bein und ließ den Iren ins Leere treten. Danach drehte er sich um die eigene Achse, ließ den Ball fallen und setzte zu einem Sprint auf das Tor der Iren an.

Für einen Augenblick hatte er alle auf dem Feld zu seinen Bewunderern degradiert. Am Spielfeldrand applaudierten sie, und auch wenn der Angriff letztlich ohne Tor endete, hatte er doch einen höheren Sinn. Bruno hatte ein Zeichen gegeben, dass die Sache noch nicht gelaufen war.

Kurz darauf erzielte er selbst den Anschlusstreffer. Die Rentner schrieben eine Eins in unser Feld, und Bruno lief auf mich zu, um sich zu entschuldigen. Ich sei wirklich nicht anspielbar gewesen, es habe keine andere Möglichkeit gegeben, als selbst zu schießen. Unter Männern, egal wie alt sie sind, gibt es nur wenige Gelegenheiten, um Freundschaft sichtbar zu machen. Dies war eine davon.

Wir spielten nun deutlich besser als in der ersten Halbzeit, selbst Benedikt glänzte bei einigen Paraden, falls man »glänzen« im Zusammenhang mit einem, der aussah wie eine gestopfte Wurst, wirklich verwenden konnte. Es kam mir vor, als kämpfte die ganze Mannschaft jetzt nur für Victoria und mich. Als wollte sie Dienstleister sein für unser Glück, wie eine Hochzeitskapelle, die nur für das Brautpaar spielt.

Die Iren hatten sich tief in ihre Hälfte verkrochen, sie wollten ihren Vorsprung über die Zeit retten, bald würde der Schiedsrichter abpfeifen. Boell hüpfte an der Seitenlinie herum, als stünde er auf heißen Herdplatten. »Nach vorne«, schrie er und ruderte mit den Armen, es würde vielleicht unser letzter Angriff werden. Bruno hatte sich den Ball im eigenen Strafraum abgeholt, er war ein paar Meter nach vorne marschiert, hatte gesehen, dass ich ihm entgegengekommen war; ich stoppte den Ball auf Höhe der Mittellinie, führte ihn, bis Bruno auf die rechte Außenbahn gelaufen war, passte zu ihm zurück, sah, wie er den ersten Iren umspielte, dann den zweiten, die Linie hinunterstürzte, bis er nicht mehr weit von der Eckfahne entfernt war, war mitgelaufen, lauerte nun an der Strafraumgrenze, sah Bruno einen Haken schlagen, in die Mitte drängen, sah, wie er auf Höhe der Torauslinie den Kopf hob, dann einen Pass schlug, auf den selbst Netzer neidisch gewesen wäre.

Er hatte mich nicht mal angeguckt. Niemand hatte ahnen können, dass er den Ball zu mir passen würde, und dann noch genau in meinen Lauf. Es war einer jener magischen Momente, in die wir große Teile unserer Jugend investiert hatten.

Mein Lieblingsmoment war jener Augenblick, in dem der Ball den Fuß gerade verlassen, sich auf den Weg gemacht hatte und ich bereits wusste, dass dieser Weg im Tor enden würde, weil sich die Berührung von Ball und Fuß genau richtig angefühlt hatte. Wieder täuschte mein Gefühl nicht. Ich hatte Brunos Pass direkt genommen und in die lange Ecke gezielt. Der Torwart der Iren setzte zu einem fantastischen Sprung an, er zog seinen Körper auseinander, machte sich länger, als er war, und segelte doch vorbei.

Ich hatte Mühe, meinen Mitspielern zu entkommen, sie stürmten auf mich zu, die Arme ausgebreitet, fertig zur Umarmung. Ich aber rannte auf jene Ecke zu, in der nichts wartete als eine dicke alte Hecke. Um ihr Versteck nicht zu verraten, blieb ich gut zwanzig Meter vor der Stelle stehen, an der ich sie vermutete. Dann warf ich, so unauffällig wie möglich, einen Kuss in die Hecke. Kurz darauf versank ich unter einem Berg junger Männer.

Als wir geduscht und umgezogen waren, verabschiedete ich mich rasch von den anderen. Der Platz war inzwischen menschenfrei, auch die Rentner waren in den Laurels Pub weitergezogen; nur die Möwe saß noch auf ihrer Mauer, als sei sie dort festgetackert.

»Hierher«, rief sie. »Hier vorne ist der Eingang.« Tatsächlich klaffte dort, woher die Stimme kam, eine Lücke in der Hecke, die groß genug war, um hineinzusteigen. Dann hielt die Zeit den Atem an, und wir taten es ihr gleich. Lange sagte keiner von uns ein Wort. Wir standen nur da und strahlten uns an.

»Wusstest du eigentlich, dass die Hecke von innen hohl ist?«, fragte ich.

»Erst seit heute Morgen«, sagte sie. »Da habe ich Amy, meiner Freundin, von meinem Problem erzählt: Dass ich euer Spiel sehen will, ich selbst aber nicht gesehen werden darf. Und dann hat sie mir von dem Geheimnis der Hecke erzählt.«

»Wieso wolltest du denn nicht gesehen werden?«

»Ach«, seufzte sie.

»Hattest du Angst, mit *mir* gesehen zu werden?«

»Irgendwie schon.« Ich erstarrte. »Ich wusste, dass mein Vater auch hier sein würde«, fuhr sie fort. »Er hatte beim Frühstück erzählt, dass er am Nachmittag zu einem Fußballspiel müsse, um die Stadt zu repräsentieren.«

»Wieso muss er die Stadt repräsentieren?«

»Das machen Bürgermeister gelegentlich.«

»Dein Vater ist Bürgermeister?«

»Der Bürgermeister von Killarney.«

Ich dachte, sie wolle einen Witz machen, aber ihr Gesicht sah nicht danach aus. Sie war wirklich die Tochter des Bürgermeisters. Ich muss gestehen, dass Victoria mir von diesem Augenblick an noch kostbarer vorkam, fast wie eine Prinzessin. Ich wusste, dass die Demokratie keine echten Prinzessinnen produzierte. Aber wenn es in unserem System etwas Vergleichbares gäbe, sagte ich mir, dann wäre es die Tochter des Bürgermeisters.

Ich hatte großen Respekt vor diesem Amt. Oft hatte ich mitbekommen, wie meine Eltern sich über den Bürgermeister meiner Heimatstadt unterhielten, und immer hatte es sich angehört, als sprächen sie über einen mächtigen, weisen Mann. Außerdem druckten sie jeden Tag mindestens drei Fotos von ihm in der Lokalzeitung, er stand immer in der Mitte des Bildes, umringt von Menschen, die irgendwelche Dinge in die Kamera hielten, einen Organspendeausweis, einen Tennisschläger oder ein fettes Kaninchen. All diese Menschen sahen aus, als seien sie sehr glücklich darüber, mit dem Bürgermeister auf einem Foto zu sein. So hatte sich über die Jahre mein Eindruck verfestigt, dass Bürgermeister etwas sehr Besonderes waren.

»Warum darf er nicht wissen, dass du hier bist?«, fragte ich.

Victoria seufzte, sie machte einen Schritt auf mich zu. Ihre Kniescheibe berührte nun die meine, ich spürte auch ihre Hüfte, dann legte sie ihren Kopf an meine Schulter, behutsam, als fürchte sie, zurückgewiesen zu werden. Ebenso vorsichtig legte ich ihr die Hand auf den Rücken.

»Du musst wissen, dass mein Vater ein strenger Mensch ist«, sagte sie. »Aber nicht, weil er böse ist. Er ist nur fromm, unglaublich fromm, und bei allem, was er erlaubt oder verbietet, glaubt er, Gottes Willen an uns weiterzugeben. Er sagt, dass er nur darauf achtgebe, was der Herrgott uns aufgetragen habe. Und sooft ich mich auch über ihn ärgere, irgendwie glaube ich ihm sogar.«

Sie atmete tief, es fiel ihr offenbar nicht leicht, über ihren Vater zu reden. »Manchmal denke ich nur, dass er den lieben

Gott einfach falsch versteht, weil mich viele seiner Befehle und Verbote so furchtbar traurig machen. Und ich kann mir nicht vorstellen, dass Gott möchte, dass ich so oft traurig bin.« Ich spürte ihren Kopf an meiner Schulter zittern.

Ich musste an den Pfarrer aus meinem Heimatort denken, einen der nettesten Menschen, die ich kannte. Er hatte früher im Sportverein als Boxtrainer den Nachwuchs trainiert. Am frühen Abend drehte er gerne eine Runde durchs Dorf, klingelte hier und dort, um seinen Schäfchen einen Besuch abzustatten, und ließ sich bei dieser Gelegenheit gern auf einen oder mehrere Schnäpse einladen. Je nachdem, wie viele Schäfchen er besucht hatte, konnte es vorkommen, dass die Frühmesse etwas später begann. So war mir der Katholizismus zwar oft sehr feierlich und auch etwas altertümlich vorgekommen, aber nie böse, nie als strafende Macht. Hier in Irland schien das anders zu sein. Ich spürte, wie Menschen im Namen des Katholizismus zu traurigen Menschen wurden. Etwas Ähnliches hatte ich bislang nur über den Kommunismus im Ostblock gehört.

»Hat dir dein Vater denn verboten, zum Fußball zu gehen?«, fragte ich.

»Dazu ist es nicht gekommen, ich habe ihn gar nicht erst gefragt. Nie hätte er das erlaubt. Mein Vater findet, dass ich für die Schule lernen und meiner Mutter im Haushalt helfen solle, statt mich ›rumzutreiben‹, wie er es nennt. Ich darf unser Haus nur selten verlassen, nur für die Schule, die Gottesdienste, die Bibelstunden und die Proben des Kirchenchors. Und wenn er erfahren hätte, dass ich wegen eines Jungen auf den Fußballplatz wollte, hätte er mich vermutlich einen ganzen Monat lang zu Hause eingesperrt.«

»Das kann er doch nicht machen.«

»Doch, kann er.«

Victoria löste ihren Kopf von meiner Schulter, sie wollte, dass ich ihre Augen sah. »Er hat schon oft bewiesen, dass er das kann. Er findet, dass ich erst die Schule abschließen solle, ›bevor wir einen Mann für dich suchen‹. Das sagt er immer: ›bevor *wir* einen Mann für dich suchen‹.«

Eine Träne quoll aus ihrem linken Auge, und weil sie den Kopf noch immer schief hielt, lief sie quer über ihre Wange, bis sie irgendwann im Ohr verschwand. Sie hatte kleine, eckige Ohren, eher putzig als schön. Dafür besaß sie Ohrläppchen, von denen Juweliere nachts träumen. Sie waren rund und schön, verziert von einem braunen Pigmentflecken und einem zarten, hellen Flaum.

»Wie konntest du dann überhaupt das Haus verlassen«, fragte ich.

»Ich habe erzählt, ich würde zur Bibelstunde in den Pfarrraum gehen, jeden zweiten Mittwoch lesen wir dort eine Passage aus dem neuen Testament und sprechen darüber. Ich gehe fast immer hin, ich mag die Nachmittage in der Pfarrei. Sie sind so friedlich, so schön. Aber heute gab es Wichtigeres.«

»War dein Vater bis zum Schlusspfiff da?« Ich hätte ihn auch kaum wieder erkennen können, ich hatte ihn bei unserer Ankunft nur flüchtig gesehen. Nach dem Abpfiff hatte es auch kein Foto für die Lokalzeitung gegeben.

»Ja, er war bis zum Ende da. Ich hatte mir gewünscht, er würde früher gehen, dann hätte ich aus meiner Hecke steigen können. Aber auch den Gefallen hat er mir nicht getan, deshalb musste ich bis zum Schluss hier ausharren. Ich hatte gehofft, dass es dich freut, wenn ich dir beim Spielen zuschaue.«

»Das hat es, und wie.« Victoria lächelte, dann wippte sie auf ihren Zehenspitzen und gab mir einen Kuss auf die Wange. Sie musste los. Die Bibelstunde endete in der Regel um sechs.

»Ich möchte dich wiedersehen«, sagte ich. Ich versuchte ihr so tief und eindringlich in die Augen zu sehen wie möglich. »Ich meine, richtig wiedersehen. Mit Zeit. Ohne Angst. Ohne Hecke.«

Sie wolle nicht zu viel versprechen, sagte Victoria, aber vielleicht gebe es am Sonntag eine Möglichkeit. Ihre Eltern seien eingeladen, sie würden Verwandte in Tipperary besuchen. Mit viel Glück könne es funktionieren.

»Und dann«, sagte sie, »zeige ich dir meinen Geheimort.«

»Wieder so ein Versteck wie dieses hier?«

Sie lachte. »In gewisser Weise schon. Aber ohne Hecke. Viel schöner. Es ist mein Lieblingsort. Magst du mit mir dorthin fahren?«

Ich nickte. Ich konnte mir nichts vorstellen, was ich lieber wollte.

»Sobald ich einschätzen kann, ob mein Plan funktioniert, werde ich dir Bescheid geben«, sagte Victoria. Dann drehte sie sich um und steuerte auf das Loch in der Hecke zu.

»Ich habe etwas vergessen«, rief sie. Sie kam noch mal zurück, trat bis an meine Zehen heran, kreuzte ihre Hände auf dem Rücken, lächelte, wippte auf den Zehenspitzen, reckte ihren Hals nach vorne, und ehe ich verstanden hatte, was sie wollte, hatte sie mich auf den Mund geküsst.

»Fürs Tor«, sagte sie. Dann stieg sie aus der Hecke.

SIEBTES KAPITEL

Ich hatte gerade im Hotel eingecheckt und wartete vor den Aufzügen, als mein Telefon vibrierte.

»Stör ich?« Seit Jahren stellte sie mir diese Frage zu Beginn unserer Telefonate, oft sogar, wenn ich es war, der anrief. Die Frage kam wie ein tief sitzender Reflex, und meistens sagte ich Ja.

»Nein, Mutter, du störst nie.«

»Wo steckst du schon wieder?«

Ihre Stimme klang schwach und weinerlich. So hörte sie sich an, wenn sie traurig oder beleidigt war. Oder beides.

»In Irland.«

»Sag bloß.«

»Ist geschäftlich.«

»Vor ein paar Tagen ist hier ein Brief für dich aus Irland angekommen, ich hab ihn dir weitergeschickt. Ich glaube, der war von deinem Mädchen damals, wie hieß sie noch?«

»Renate.«

»Du Eierbär.« Ihre Stimme klarte auf. »Eierbär« war einer ihrer Lieblingsausdrücke, und meistens gebrauchte sie ihn in Verbindung mit mir. »Sie hieß anders, deine Irin, nun sag schon.«

»Victoria.«

»Victoria, richtig. Die fand ich klasse.«

»Ich auch.«

»Ich wusste gar nicht, dass ihr noch immer Kontakt habt«, sagte sie.

»Haben wir eigentlich auch nicht«

»Und was schreibt sie, deine Victoria?«

»Weiß ich nicht. Ich weiß noch nicht mal, ob der Brief von ihr ist.«

»Hast du ihn noch gar nicht aufgemacht?«

»Sonst wüsste ich ja, was drinsteht.«

»Aber bist du denn gar nicht neugierig?«

»Doch«, sagte ich. Es war zu kompliziert, ihr jetzt zu erklären, warum ich mich vor dem Brief fürchtete. »Ich habe großen Stress, Mutter, aber ich rufe dich gerne an, falls was Interessantes drinstehen sollte, okay?«

»Na gut …«, sie fiel wieder in ihren weinerlichen Tonfall zurück. Der Aufzug war inzwischen gekommen, seine Türen standen offen, aber ich konnte nicht einsteigen. Fahrstühle haben die Eigenschaft, dass sie Handygespräche gnadenlos unterbinden, und ich hasste sie dafür. Tiefgaragen und Fahrstühle machten mich nervös. Mein Albtraum war, dass Edzatt mich erreichen wollte, während ich in einem Aufzug feststeckte.

Mutters Weinerlichkeit verriet mir, dass es länger dauern würde, resigniert nahm ich meine Hand aus der Lichtschranke. Bestimmt würde sie sich gleich beklagen, dass sie so lange nichts mehr von mir gehört hatte.

»Dich sieht man ja auch nicht mehr«, sagte meine Mutter. Es stimmte. Als ich nach dem Abitur ausgezogen war, um zu studieren, hatte ich sie noch häufiger besucht. Spätestens seit meinem Einstieg bei der Bank war ich aber kaum noch zu Hause vorbeigekommen. So war mir meine Familie mit den Jahren immer fremder geworden.

»Wann kommst du uns denn mal wieder besuchen?«

»Weiß nicht, ich denke, an Weihnachten.« Ich schob ein »spätestens« hinterher, es sollte beruhigend klingen.

»Das sind noch fast drei Monate«, sagte meine Mutter, sie hörte sich noch weinerlicher an. Sie war im Kopfrechnen ebenso begabt wie darin, anderen ein schlechtes Gewissen zu bereiten.

Jetzt tat sie mir leid. Im vergangenen Jahr war ich an Weihnachten für zwei Tage zu Hause gewesen, und zudem ein Wochenende im Frühsommer, kurz nach der Pensionierung meines Vaters. Er hatte sich früher als geplant in den Ruhestand verabschieden müssen, weil seine Nieren nicht mehr mitspielten. Jede Woche fuhr meine Mutter ihn zur Dialyse, wo eine Maschine sein Blut reinigte. Seine Krankheit war nicht lebensbedrohlich, doch sie hatte meinen Vater zu einem anderen Mann gemacht. Meine Mutter hatte schon vor Jahren vorausgesagt, er könne mit allem leben, aber nicht ohne seinen Job. Während meines letzten Besuches hatte ihn auch noch eine Lungenentzündung erwischt, er lag im Bett, hustete und sah mich mit traurigen Augen an. Ich ertrug es nicht, diesen stolzen, selbstbewussten Mann in diesem unwürdigen Zustand zu sehen.

Leider konnte er mit der Situation genauso wenig umgehen wie ich. Minuten, die mir wie Stunden erschienen, saß ich auf der Bettkante, ohne zu wissen, was wir bereden sollten, zwei hilflose Männer, die das Schicksal sprachlos gemacht hatte. Nach einer beklemmenden Weile suchte mein Vater Zuflucht im Fußball.

»Und, steigt ihr ab?«, fragte er und versuchte ein Lächeln. Vermutlich hat Gott den Fußball erfunden, damit Männern die Sprache nicht versagt.

»Sieht ganz so aus.« Mein Verein stand wenige Tage vor dem Saisonende mal wieder auf einem Abstiegsplatz. »Du weißt hoffentlich noch, wem ich den ganzen Ärger zu verdanken habe?« Auch ich versuchte ein Lächeln.

Er nickte. »Tut mir aufrichtig leid.«

Meine Anhängerschaft für Borussia Mönchengladbach beruhte auf einem Missverständnis, und schuld daran war er. Ich erinnerte mich an jenen Nachmittag in unserem Wohnzimmer vor unzähligen Jahren. Mein Vater saß vor dem Fernseher und guckte Fußball, wobei es eher aussah, als spiele er mit. Seine Beine zuckten, sein Mund stieß seltsame Laute aus, er erinnerte mich an die Schimpansen im Zoo, die in dieser Zeit meine besten Freunde waren. Ich mochte die Affen auf ihrem Felsen wegen ihrer lustigen Art. Bei meinem Vater hingegen beunruhigte mich dieses Verhalten.

»Was machst du da?«, fragte ich ihn damals.

»Fußball gucken«, antwortete er leicht genervt.

»Du bist doch für die Roten, oder?«, fragte ich weiter. Ich hatte jedenfalls das Gefühl, dass seine Zuckungen zunahmen, sobald die Roten am Ball waren.

»Ja, für die Roten«, murmelte er.

»Und warum für die Roten und nicht für die anderen?«, setzte ich nach.

»Weil die Roten aus Köln sind!«

Er klang inzwischen ziemlich gereizt, Köln ging es offenbar gerade nicht sehr gut. Aber diese eine Frage musste ich unbedingt noch stellen. Sie war, wie sich später herausstellte, der Schlüssel zur Welt der Erwachsenen, in der man Vereine hatte, für die man »ist« und derentwegen man sich zum Affen machen konnte, ohne lächerlich zu sein.

»Warum denn Köln?«

»Weil ich in Köln geboren bin«, sagte er geistesabwesend, sein Blick wich nicht vom Bildschirm. Ich glaubte, die Logik verstanden zu haben: dass man zum Verein aus jener Stadt halten muss, in der man geboren wurde. So lautete offenbar die Regel.

»Wo bin ich denn geboren?«, fragte ich.

»In Bergisch Gladbach«, sagte mein Vater, er war immer noch derart abwesend, dass er diese drei Worte ohne jede Erläuterung im Raum stehen ließ.

Ich kann nicht mehr sagen, ob der 1. FC Köln das Spiel damals gewonnen hat, vermutlich nicht, ich weiß aber noch, dass ich ungeduldig auf die nächste Ausgabe der *Sportschau* wartete. Ich wollte auch endlich einen Lieblingsverein haben, zu dem ich halten konnte. Einfach so Fußball zu gucken, finde ich heute noch albern. Die viel zitierte Schönheit des Spiels weiß ich vor allem dann zu würdigen, wenn es meine Mannschaft ist, die zaubert.

Als die nächste Ausgabe der *Sportschau* begann, war mein Vater nicht zu Hause. Ich schaltete den Fernseher an und war furchtbar aufgeregt. Ich setzte mich auf den Boden und wartete auf den feierlichen Moment, meine Mannschaft kennenzulernen.

Mein Verein ließ sich am Tag unseres Rendezvous sehr viel Zeit. Ich hatte mir bereits sieben Begegnungen angesehen, als ein Mann, der Adolf Furler hieß, sagte, dass man jetzt zur Begegnung zwischen Bochum und Gladbach komme.

Da war er also. Gladbach. Mein Verein. Adolf Furler hatte nicht Mönchengladbach gesagt, sondern Gladbach. Meine Eltern hatten auch meistens von Gladbach gesprochen, wenn sie über die Stadt sprachen, in der ich geboren wurde. Es gab keinen Grund zu zweifeln.

Gladbach gewann an diesem Tag gegen Bochum, ich lernte einen gewissen Hans-Günter Bruns kennen, einen Mann mit lustigen blonden Haaren, der das Siegtor geschossen hatte, und war sehr zufrieden mit meinem Verein. Wir befanden uns im Jahr 1980, ich konnte noch nicht ahnen, dass dies in den nächsten Jahrzehnten nicht mehr häufig der Fall sein würde. Ich hatte mir jenen Zeitpunkt ausgewählt, um Mönchengladbach-Fan zu werden, als die goldenen Siebziger gerade vorbei waren. Damals aber war ich froh, meinem Vater endlich einen eigenen Verein entgegenhalten zu können.

»Kopf hoch«, sagte er mit zittriger Stimme. »Ihr packt das schon.« Dann bat er darum, allein zu sein, um ein wenig zu schlafen. Ich küsste ihn auf die bleiche Stirn und verließ das Schlafzimmer. Am Abend jenes Tages betrank ich mich mit Hilfe seines Weinkellers und reiste am nächsten Morgen in aller Frühe ab. Um zehn hatte ich eine Besprechung mit Edzatt in Frankfurt, die ich unmöglich absagen konnte. Zurück blieb das Unbehagen, meinen Eltern nicht das Gefühl vermittelt zu haben, im Zweifel für sie da zu sein.

»Und, was macht die Liebe?«, fragte meine Mutter. Ich hätte gern auf diese Frage verzichtet, aber sie musste kommen. Sie kam eigentlich immer, wenn wir telefonierten. Jetzt war klar, dass das Gespräch noch eine Weile dauern würde. Ich ließ den Aufzug fahren und ging hinüber in den angrenzenden Pub des Hotels.

»Was soll sie schon machen?«

»Du kannst dir vielleicht vorstellen, dass ich mir hin und wieder Sorgen um meinen Jungen mache.«

»Aber wieso denn?«

»Weil es so schwierig ist mit dir und der Liebe.« Sie sprach, als litte ich an einer schweren Krankheit, an Lepra oder etwas ähnlich Appetitlichem.

»Wir gehen zurzeit getrennte Wege.«

»Wer?«

»Die Liebe und ich.« Ich hatte mich an den Tresen des Pubs gesetzt und zündete mir eine Zigarette an. Wenn sie noch eine Frage zu meinem Liebesleben stellte, würde ich auflegen.

»Rauchst du etwa wieder? Das darf doch nicht wahr sein.«

»Ich? Nein, wieso?«

»Das war doch gerade ein Feuerzeug, ich habs genau gehört.«

»Ich habe mir eine Kerze angezündet.« Ich hatte keine Probleme zu lügen, wenn es anderen ein besseres Gefühl bereitete.

»Du zündest dir am helllichten Tage eine Kerze an? Willst du mich auf den Arm nehmen?«

»Ich bin eben ein Romantiker, Mutter.« In diesem Moment stürmte der Barmann auf mich zu, fuchtelte nervös mit den Armen und deutete auf meine Zigarette. »Hier ist Rauchverbot«, brüllte er mehr, als dass er es sagte.

Ich presste meine Hand auf das Telefon, damit Mutter nichts mitbekam. »Rauchverbot im Pub? Machen Sie Witze? Seit wann denn das?«

»Seit einigen Jahren schon.« Er griff nach meiner Zigarette und löschte sie im Spülbecken. Irland sei auch nicht mehr, was es mal war, murmelte ich.

»Was ist denn bei dir los?«, fragte meine Mutter.

»Ich habe mir nur einen Tee bestellt.«

»Tee bei Kerzenschein, klingt ja gemütlich«, sagte sie höhnisch. Sie glaubte mir nicht. »Aber was ich dich eigentlich fragen wollte: Was ist denn aus dieser Dings geworden …?«

»Welche Dings, Mutter?«

»Aus der vom letzten Mal, deiner Freundin vom letzten Mal.« Namen waren noch nie ihre Stärke gewesen, seit einiger Zeit aber war es richtig schlimm geworden. »Wie hieß sie gleich?«

»Renate.«

»Du Eierbär, der Renate-Witz ist langsam alt. Nun sag schon, wie heißt sie? Man kommt bei dir so leicht durcheinander.«

»Mit Bianca ist es aus, Mutter.«

»Das darf doch nicht wahr sein! Wieso das denn schon wieder?«

Ich war wirklich kurz davor aufzulegen. Wie oft musste ich diesen Dialog noch führen? Ich hatte keine Lust, mich weiter für mein Leben zu rechtfertigen, erst recht nicht vor meiner Mutter.

»Ich finde das wirklich nicht gut, wie du mit den Mädchen umspringst. Du wechselst die Frauen wie deine Unterhemden.«

»Ich trage gar keine Unterhemden. Unterhemden trägt man bei der Sparkasse.«

»Du weißt, was ich meine. Warum kannst du nicht einfach mal sagen: Für die entscheide ich mich jetzt, und dann ist gut?«

»Lass uns bitte über was anderes reden, Mutter.«

»Worauf wartest du eigentlich noch? Du wirst doch auch nicht jünger.«

»Danke für den Hinweis.«

»Na, ist doch so.«

»Wonach suchst du eigentlich, mein Junge? Warum hast du solche Angst, dich zu binden?«

Wie immer traf sie zielgenau in meine offene Wunde. Und wie immer war ich nicht bereit, es zuzugeben. »Hör auf mit dem esoterischen Quatsch, Mutter. Bist du unter die Hobbypsychologen gegangen?«

»Ich will nur sagen, dass es schön sein kann, sich für einen Menschen zu entscheiden. Wenn man sich immer eine Hintertür offen lässt, macht einen das irgendwann verrückt.«

»Ist gut jetzt, Mutter.«

»Ich will nur sagen: Es kann schön sein, sich zu binden.« Sie wiederholte sich jetzt, auch das kannte ich. »Schau mal, dein Vater und ich ...«

»Hör jetzt auf. Genau das will ich nicht, so etwas wie bei Vater und dir.« Ich musste aus der Defensive kommen und den Gegenangriff starten, es war die einzige Chance, das Gespräch in eine erträgliche Richtung zu lenken. »Glaubst du, ich will so leben wie ihr? Mit zwanzig den erstbesten Typen heiraten und dann schön Reihenhaus, Kegelklub und einmal im Jahr zwei Wochen Eifel. Glaubst du das wirklich?«

»Er war nicht der erstbeste Typ«, protestierte sie.

»Dann eben der zweite oder dritte.«

»Jetzt hör aber mal zu, Benjamin, dein Vater und ich haben uns immer gut verstanden. Es ist uns nie langweilig geworden, mir zumindest nicht. Wir haben unser Leben ohne größere Verletzungen bewältigt.«

»Das klingt ja traumhaft. Richtig romantisch!« In Wahrheit bewunderte ich sie dafür, dass sie es so lange miteinander ausgehalten hatten. Sie hatten tatsächlich die meiste Zeit einen glücklichen Eindruck gemacht.

»Sprich nicht so abfällig, Benjamin. Deinem Vater geht es nicht gut.«

»Gute Besserung«, entfuhr es mir. Ich verstand nicht, was der Hinweis auf seine Krankheit mit unserem Gespräch zu tun hatte, aber mir war gleich bewusst, dass ich es übertrieben hatte. Ich war wütend und unkontrolliert, das Gespräch hatte mich aufgewühlt. Sie hatte die entscheidenden Fragen gestellt, und das Frustrierende war, dass ich keine Antwort auf sie hatte.

»Tut mir leid, Mutter.«

Durch die Leitung hörte ich ein leises Schluchzen. Ich war es gewohnt, dass unsere Gespräche in ihren Tränen versanken.

»Warum musst du so herzlos sein?« Sie hatte sich etwas beruhigt. »Warum so zynisch und verletzend? Warum? Du warst früher anders, viel sensibler. Was ist nur aus meinem Benjamin geworden?«

Wieder entstand eine kurze Pause. Es brachte natürlich nichts, die große Frage, die sie aufgeworfen hatte, in einem Handygespräch zwischen Dublin und Bergisch Gladbach zu erörtern. Das wussten wir beide. Gleich würde sie sicher »Na gut, Knut« seufzen, das tat sie immer, wenn sie verzweifelt war und nicht weiterwusste.

»Dein Vater fragt in letzter Zeit übrigens häufig nach dir. Ich glaube, er würde sich sehr freuen, wenn du ihn besuchen kämst.«

»Ich weiß, Mum, ich werde versuchen, bald vorbeizukommen.« Ich kam mir plötzlich schäbig vor. Ich hatte meine Eltern in den vergangenen Jahren völlig vernachlässigt, und es war seltsam zu spüren, dass sie mich trotzdem noch liebten.

»Vielleicht schaffst du es ja zu seinem Geburtstag in zwei Wochen«, sagte meine Mutter. »Es wäre, glaube ich, das schönste Geschenk, das du ihm machen könntest.«

»Da bin ich vermutlich in Madrid. Aber sonst danach, versprochen. Erzähl ihm, dass wir ins Stadion gehen, wie früher, Köln gegen Gladbach, beste Plätze, ich organisiere alles, erzähl ihm das bitte, okay?«

»Na gut, Knut«, sagte meine Mutter. »Dann bis bald.«

»Ja, bis bald«, entgegnete ich. »Und sag ihm, ich hätte schon Karten bestellt …«, schickte ich noch hinterher. Aber sie hatte schon aufgelegt.

ACHTES KAPITEL

Vielleicht wäre es besser gewesen, mich vor dem Termin zu drücken. Meine Verachtung für diesen Mann war gehörig genug, um für nichts garantieren zu können, aber Boell hatte auf Vollzähligkeit bestanden, und neugierig war ich schon, jenen Menschen kennenzulernen, der Victoria so oft zur Verzweiflung brachte.

Um kurz vor vier standen wir vor einem Gebäude im Stadtzentrum, über dessen Eingang eine Plakette mit der Aufschrift »Town Hall« hing. »Liebe Leute, macht mir ja keine Schande«, mahnte Boell. Der Bürgermeister sei ein wichtiger Mann, er sei nicht nur Bürgermeister, er sei auch ein führendes Mitglied im Kirchenrat, und als solcher habe er großen Einfluss auf die Schule und nicht zuletzt auf das Austauschprogramm.

Warum er uns das nun schon zum fünften Mal sage, wollte Bruno wissen.

»Nun«, begann Boell. »Ich habe mich informiert, und wenn es stimmt, was man mir gesagt hat, dann muss dieser Bürgermeister ein sehr frommer Mensch sein. Ich meine nicht normal fromm, sondern richtig fromm, nicht deutschlandfromm, sondern irlandfromm.

»Was ist das, irlandfromm?«, fragte Bruno.

Es komme immer auf den Maßstab an, antwortete Boell, auf den Vergleich. Ein heißer Tag in Deutschland sei ein Tag mit 28 Grad in der Sonne. Ein heißer Tag in Kenia aber sei ein Tag mit 45 Grad im Schatten. So ähnlich, sagte Boell, müsse man sich das auch mit der Frömmigkeit vorstellen. Die Menschen in Irland seien nun mal sehr viel gläubiger als die Menschen in Deutschland. Der fromme Ire dort oben, Boell zeigte auf die Plakette, habe, so viel könne man gesichert sagen, lange Zeit Einwände gegen das Austauschprogramm gehabt.

»Welche Einwände denn?«, fragte ich.

Ich sah, wie Boell im Kopf nach den richtigen Worten kramte. »Er fürchtet offenbar, dass Schüler aus dem Ausland einen schlechten Einfluss auf die Kinder Killarneys haben könnten, auf die Moral der Stadt. Und wenn ich euch so angucke, muss ich sagen, dass seine Furcht nicht ohne Grund ist.« Er lächelte gütig. »Also, benehmt euch. Es steht viel auf dem Spiel.«

Eine Dame aus dem Vorzimmer führte uns über ein knarzendes Treppenhaus hinauf in den zweiten Stock. Hier, sagte sie, als wir in die Tür traten, empfange der Bürgermeister nur die wichtigsten Gäste der Stadt.

»Nur die wichtigsten?«, fragte Boell mit Stolz in der Stimme. Er hatte genau verstanden, was die Dame gesagt hatte, aber er wollte es noch einmal hören.

»Nur die wichtigsten«, wiederholte die Dame. Boell nickte, es schien ihm die Sorgen, die er um den Austausch hatte, ein wenig zu nehmen.

»Es ist allerdings auch der einzige Raum«, fügte die Frau hinzu. Sie grinste. »Wir sind eine kleine Stadt mit einem kleinen Rathaus, der Raum ist zugleich Mayor O'Gradys Amtszimmer.« Wir sollten schon mal Platz nehmen, der Bürgermeister sei bald bei uns.

Wir befanden uns in einem runden Zimmer, mit einem Marmorkamin und einem großen alten Schreibtisch. Die Fenster reichten vom Boden bis an den Stuck der Decke.

Gerade wollte Boell seine Warnung wiederholen, da trat ein Mann mit schnellem, aber lässigem Schritt durch den weißen Holzrahmen. Er lächelte und öffnete seine Arme als Zeichen des Willkommens, während das Parkett unter seinen Schritten ächzte.

»Willkommen in Killarney«, sagte er, als er hinter seinem Schreibtisch angekommen war. »Mein Name ist John O'Grady, ich bin hier der Bürgermeister.« Boell hatte dafür gesorgt, dass wir alle zur Begrüßung aufgestanden waren. »Aber bitte setzen Sie sich doch«, bat O' Grady, lächelte uns an und ließ sich schließlich selbst auf seinen Stuhl fallen. Hinter ihm hing das lilafarbene Stadtwappen an der Wand, es bestand aus einem Hirschkopf und einigen Dreiecken, die die drei Seen von Killarney symbolisierten. Links neben ihm steckten zwei Flaggen in einem Ständer, die irische und die des County Kerry, rechts hinter ihm lugte der Turm der St. Mary's Parish Church durch das Fenster.

John O'Grady hatte lustige Ohren, sie sahen aus, als hätten sie zu lange in der Sonne gehangen, wie getrocknete Tomaten. Sie waren eher klein, insofern den Ohren seiner Tochter ähnlich, aber anders als Victorias standen diese hier seitlich vom Kopf ab. Ansonsten sah er gar nicht schlecht aus für einen Mann in seinem Alter. Sein volles braunes Haar fiel ihm locker auf die Stirn, seine Augen wirkten klar und aufgeschlossen, sein Lächeln gewinnend. Ich verstand, warum die Leute ihn zum Bürgermeister gewählt hatten.

»Ich freue mich, dass Sie zu uns nach Killarney gekommen sind.« Wieder öffnete er einladend die Arme. Ich bemerkte, wie meine Mitschüler ihn anlächelten, sie fühlten sich offenbar wirklich willkommen, O'Gradys Mischung aus Selbstsicherheit und Freundlichkeit hatte sie in seinen Bann gezogen. Sie schienen ihn zu mögen.

Er erzählte nun ein wenig von sich. O'Grady hatte Theologie studiert und war später Versicherungsfachmann geworden, zuständig für die Bereiche Auto und Leben, seit dreißig Jahren schon. Viel lieber aber war er Bürgermeister. Er deutete auf die Wand in unserem Rücken, wo die Fotos aller Bürgermeister der letzten vierzig Jahre in chronologischer Reihenfolge hingen. Auf fast jedem zweiten Bild war er selbst zu sehen. »Dies ist mein neuntes Jahr im Amt«, sagte er.

Alle fünf Jahre wählten die Bürger von Killarney ihren Stadtrat, und jedes Jahr mussten die Ratsmitglieder ein neues Stadtoberhaupt aus ihren Reihen wählen. Niemand durfte zwei Jahre in Folge im Amt bleiben, so stand es im Statut der Stadt, es musste jedes Jahr ein Wechsel stattfinden. Hatte man aber ein Jahr pausiert, durfte man erneut antreten.

O'Grady hatte sich zum Ziel gesetzt, jedes zweite Jahr zum Bürgermeister gewählt zu werden. Sein eigentliches Ziel aber war der Rekord, den ein gewisser Brian Cunningham hielt. Cunningham war bereits zehn Mal zum Bürgermeister gewählt worden, zuletzt im vergangenen Jahr, und weil Cunningham zwar schon über sechzig, aber immer noch recht rüstig war, stand zu befürchten, dass er die nächsten Jahre im Rennen blieb. So lebte John O'Grady in ewiger Sorge um die nächste Wiederwahl.

Vielleicht wachte er deshalb wie ein Terrier über den Ruf seiner Familie. Er hatte sie zu einer Musterfamilie erzogen, einem gelebten Vorbild an Sittlichkeit, und Ehrfurcht vor Gott. Er hatte einen Zaun aus Grundsätzen, Regeln, Pflichten und Verboten um Frau und Kinder errichtet. Den lieben Gott und die katholische Kirche hatte er dabei als Komplizen gewonnen, oder missbraucht, je nachdem.

Die Auftritte der Familie O'Grady vor der Stadtöffentlichkeit, dies hatten mir meine Gasteltern erzählt, waren bis ins Detail geplante Inszenierungen: die Teilnahme an der Sonntagsmesse, der anschließende Stadtspaziergang mit kurzer Einkehr im Laurels Pub, die Besuche klassischer Konzerte im Pfarrsaal und dann der Tag der Stadtratswahl. Wie Schaufensterpuppen aus dem 19. Jahrhundert würden seine Töchter da zurechtgemacht.

An einem solchen Wahltag musste auch das Familienfoto entstanden sein, das nun den Schreibtisch des Bürgermeisters schmückte. Es erinnerte mich an jene Rummelplatzaufnahmen, bei denen man sich in historischen Kleidern vor Blümchentapete und Wanduhr fotografieren lassen konnte. Dieses Foto aber war nicht auf dem Rummelplatz, sondern im Wohnzimmer der Familie O'Grady entstanden. Es war so auf seinem Schreibtisch platziert, dass nur seine Besucher es sehen konnten. Victoria saß am linken Rand des Bildes, den Arm liebevoll um ihre Mutter gelegt, der sie zwar nicht die blonden Haare, dafür aber den Rest ihrer Schönheit zu verdanken hatte. Auf der anderen Seite der Mutter folgten die Geschwister, Brendan, der schon geheiratet hatte, und

Sharon, die ältere Schwester, die noch zu Hause wohnte. Hinter der sitzenden Familie stand Vater O'Grady und hielt schützend seine Hände über sie. Über allen prangte ein mächtiges Messingkreuz an der Lilientapete.

Nun gratulierte O'Grady Boell zum Fall der Mauer. Auf einmal wurde mir bewusst, dass von allen Politikern weder der Generalsekretär der KPdSU noch der Kanzler der Bundesrepublik die größte Gefahr darstellte, sondern der Bürgermeister von Killarney. Er schien alles dafür zu tun, um alle zwei Jahre seine geliebte Kette um den Hals hängen zu können, und Victoria und ich, so kam es mir vor, mussten den Preis dafür bezahlen. Hier, vor der Öffentlichkeit, präsentierte er sich als charmanter, gütiger, sogar witziger Mann, dem Boell und meine Mitschüler gerne zuhörten. Leider wussten sie nicht, welch ein Tyrann O'Grady zu Hause war. Ich spürte, dass meine Wut auf ihn in den wenigen Minuten, die wir nun zusammensaßen, noch gewachsen war. Jetzt drückte sie von innen gegen meinen Hals. Lautlos schrie ich ihn an: Na warte, du Schwein, eines Tages werde ich dir deine Tochter entführen!

Er warf einen Blick auf seine silberne Armbanduhr. »Es tut mir furchtbar leid, aber ich muss schon weiter, der nächste Termin. Und dann hat man ja auch noch eine Familie, die sich freut, wenn der Vater nicht allzu spät nach Hause kommt.« Er strich mit den Fingerkuppen über den Bilderrahmen vor sich. Boell nickte zustimmend.

»Haben Sie noch Fragen?«

Als O'Grady bereits Anstalten machte, sich aus seinem Stuhl zu erheben, und Boell gerade zu einer förmlichen Verabschiedung ansetzen wollte, stand ich auf.

»Ich. Ich hätte noch eine Frage.«

Alle drehten sich zu mir, Boell blickte mich ängstlich an.

»Bitte«, sagte O'Grady, lächelte und setzte sich wieder auf seinen Bürgermeisterstuhl.

»Ich wollte Sie fragen, wer Ihnen das Recht gibt, Ihre Tochter einzusperren? Glauben Sie, dass Gott es gutheißt, wenn Töchter einsperrt werden?«

Es war, als habe eine fremde Kraft mich aufstehen und reden lassen. Noch während die letzten Worte meinen Mund verließen, wusste ich, dass dies ein Fehler war, dass ich alles nur noch schlimmer gemacht hatte.

Entsetzt starrte Boell mich an. Die anderen hatten den Sinn meiner Frage nicht sofort verstanden, sie hatten mit irgendetwas Fachlichem gerechnet, einer Frage nach der Einwohnerzahl oder zur Geschichte der Stadt.

John O'Grady schwieg. Er hatte die Hände vor seinem Bauch gefaltet, den Kopf zur Seite geneigt und die Augen auf mich gerichtet. Langsam öffnete sich sein Mund zu einem Lächeln. So verharrte er eine Weile. Ich wünschte mir, er würde endlich etwas sagen, mich beschimpfen, mich rausschmeißen, aber den Gefallen tat er mir nicht. Er lächelte nur.

»Junger Freund«, sagte er schließlich, seine Stimme klang sanft und gütig. »Niemand in diesem Raum sperrt seine Tochter ein. Sie sind sicher noch erschöpft, kein Wunder, nach der langen Reise. Wann genau sind Sie angekommen?«

»Vor, vor, vor einer Woche«, stammelte Boell statt mir.

»Vor einer Woche«, wiederholte O'Grady. »Nun denn.«

»Bitte entschuldigen Sie.« Boell versuchte die Situation

zu retten. »Der Junge muss da etwas verwechselt haben. Nicht wahr, Benjamin?« Er sah mich an. Ich nickte eilig.

»Das denke ich auch«, sagte O'Grady ruhig. »Ich jedenfalls ehre meine Familie, so wie der Herrgott es mir aufgetragen hat. Möge auch Sie seine schützende Hand durchs Leben geleiten.« Er stand auf, ging auf mich zu und strich mir sanft über das Haar. Danach reichte er Boell die Hand und verließ den Raum.

Was in mich gefahren sei, wollte Boell wissen. Er hatte mich vor der Town Hall zur Seite genommen, während die anderen bereits zu ihren Gastfamilien liefen.

»Dieser Mann ist ein Tyrann, der seine Familie und seine Kinder schikaniert«, sagte ich. »Der hält sich seine Kinder, wie andere Leute sich Goldfische halten.«

»Wer solche Vorwürfe erhebt, muss gute Beweise haben«, sagte Boell. »Auf mich hat O'Grady einen sympathischen Eindruck gemacht. Woher willst du das wissen?«

»Hat mir jemand erzählt, der die Familie gut kennt.«

Boell sah mich skeptisch an, ich kannte diesen Blick aus dem Unterricht, wenn er einem nach einer falschen Antwort die Chance zu einem zweiten Versuch geben wollte.

»Es tut mir leid. Ich weiß, dass ich das eben nicht hätte sagen dürfen. Aber diese Ungerechtigkeit hat mich einfach nur wütend gemacht.«

Es gebe viel Unrecht auf der Welt, sagte Boell, seit wann ich so sensibel dafür sei? »Liegt es zufällig daran, dass du ein Auge auf einen der Goldfische geworfen hast?«

Ich schüttelte den Kopf, Boell lächelte jetzt wieder in der ihm eigenen Güte. Es war klar, dass er mir nicht glaubte, aber er war verständnisvoll genug, um nicht weiterzubohren.

»Du wirst Herrn O'Grady während unseres Aufenthalts sicher noch einmal begegnen. Es wäre schön, wenn du dir bis dahin eine Erklärung und eine Entschuldigung überlegt hättest.« Ich nickte.

»Dann bis morgen früh.«

Die Nacht schien seine Sorgen geschluckt zu haben. Boell erschien bestens gelaunt in unserem Klassenzimmer, um seinen neusten Bericht zur Lage der Nation zu geben: Alles in allem seien die ersten Tage nach dem Fall der Mauer friedlich verlaufen. Kein Krieg, keine Schüsse, keine Toten, das wahre Wunder aber sei, dass viele Familien sich endlich wiedersehen könnten. Die Menschen seien betrunken vor Glück.

Nun berichteten auch meine Klassenkameraden, was ihre Eltern ihnen am Telefon erzählt hatten. Plötzlich waren doch noch einige Onkel oder Tanten aus dem Osten aufgetaucht, zweiten Grades zumindest, mit denen man nun telefonieren und Besuche ausmachen konnte. Verwandte im Osten zu haben, war über Nacht ziemlich angesagt. Ohne Familie von drüben war man nun Westdeutscher zweiter Klasse.

Diese neue Lage hatte zu verzweifelten Versuchen geführt, sich schnell noch eine eigene Verwandtschaft im Osten zuzulegen. Bruno erzählte mir, sein Vater habe in den Rathäusern von Leipzig und Dresden angerufen und gefragt, ob es dort Einwohner mit dem Nachnamen Hallinka gebe, so hießen sie nämlich. In Leipzig sei ihm gesagt worden, er solle es später probieren, es liefen gerade die Vorbereitungen für die Montagsdemonstrationen. Der Einwand, dass heute

Mittwoch sei, habe daran auch nichts zu ändern vermocht. In Dresden sei ihm dagegen gesagt worden, dass es sieben Einträge zu diesem Namen gebe, aber für keinen dieser Hallinkas sei ein Telefonanschluss vermerkt. Daraufhin hatte Brunos Vater die Suche nach Ostverwandtschaft wieder eingestellt.

Auch ich hatte meine Eltern gefragt, ob sie Besuch von drüben bekommen hätten. »Wer soll uns denn besuchen?«, hatte meine Mutter zurückgefragt. »Wir kennen da doch keinen außer dem Honecker.« Allerdings habe am Vormittag ein Trabant vor dem örtlichen Aldi geparkt, und das, obwohl es von dort mindestens 500 Kilometer bis zur Grenze seien. Rasch sei das Fahrzeug von einer Traube Neugieriger umringt gewesen. Die Politessen seien nach kurzer, aber intensiver Beratung zu dem Schluss gekommen, keinen Strafzettel auszustellen, als Begrüßungsgeld sozusagen, obwohl der Wagen eindeutig im Halteverbot gestanden habe. Als der Besitzer des Trabants schließlich mit zwei vollen Plastiktüten aus dem Aldi kam, habe die ganze Runde applaudiert.

Die spannende Frage sei nun, wie es weitergehe mit Deutschland, sagte Boell. Bislang habe kein Politiker eine überzeugende Antwort geben können.

Ihr Vater sei für die sofortige Wiedervereinigung, sagte Monika, die das Pech hatte, dass über ihren Lippen dunkle Härchen wuchsen, weshalb Bruno sie »Mundhaar-Monika« nannte. »Ganz falsch«, rief der dicke Benedikt. Sein Vater habe am Telefon gesagt, dass alles kommen dürfe, aber keine Wiedervereinigung. Die Ossis seien doch nur auf unseren Wohlstand scharf, der im Westen dank harter, ehrlicher Arbeit aufgebaut worden sei, während man es sich drüben in der sozialistischen Hängematte gemütlich gemacht habe.

Das müsse man wirklich differenzierter sehen, schaltete sich nun Gregor ein, dessen Vater ein hohes Tier bei der Metallgewerkschaft war. Sein Papa freue sich zwar auch für die Menschen im Osten, aber es ärgere ihn zugleich, dass der Kohl sich jetzt überall feiern lasse, dass er so tue, als sei die Mauer seinetwegen gefallen. Dabei sei der Kohl in Wahrheit 'ne Pfeife und gehöre abgewählt. Insofern sei das mit dem Mauerfall doch etwas ärgerlich.

Er wolle die Diskussion kurz zusammenfassen, sagte Boell schließlich, so wie er es auf vielen gruppendynamischen Seminaren gelernt hatte. Die Welt frage sich dieser Tage, ob es zu einer Vereinigung von Bundesrepublik und DDR kommen könne. Dies hätten nun die Menschen in Ost und West in der Hand, die sich endlich besser kennenlernen könnten. Und da sei er auch schon beim letzten Punkt für heute, einer organisatorischen Frage, die ihm eine Herzensangelegenheit sei. Nun sei es doch so, dass sich unser Aufenthalt hier in Irland verkürzen werde.

Mir stockte der Atem.

Es gehe um vier Tage, fuhr Boell fort. Das sei bedauerlich, und niemand finde es trauriger als er selbst, aber es gehe halt nicht anders. Unser Direktor habe die Oberschule unserer ostdeutschen Partnerstadt aus Zeulenroda zu einem Besuch eingeladen, und zwar ganz schnell. Wenn man die Partnerschaft in solchen Zeiten nicht pflege, wann dann, habe der Direktor gesagt. Zudem habe er ihn, Boell, zum Organisator benannt, was er wegen unserer Irlandreise zwar nur schweren Herzens angenommen habe, aber letztlich nicht ohne Stolz.

Ich hätte kotzen können.

Die irische Seite habe vollstes Verständnis gezeigt, sagte Boell, sogar die Umbuchung der Flüge sei dank Aer Lingus kein Problem. Wir würden somit bereits am Samstag und nicht, wie ursprünglich vorgesehen, am Dienstag heimfliegen. Zudem seien wir herzlich eingeladen, am »Projekt Zeulenroda« teilzunehmen. Es würden zwanzig Schüler gesucht, deren Familien einen ostdeutschen Gast für eine Woche bei sich aufnähmen.

Ich rechnete im Kopf durch, wie viele Tage Victoria und mir noch blieben: Es waren acht. Als ich an diesem Tag die Schule verließ, stand das geheimnisvolle Mädchen an der Stelle, an der sie schon einmal auf mich gewartet hatte, und reichte mir einen Zettel. Hastig faltete ich ihn auseinander. *Sonntag, 12 Uhr, Tankstelle Muckross Road. Love, Victoria.*

NEUNTES KAPITEL

Ich tippte den Zahlencode in das Feld mit den Ziffern ein, Eins Eins Null Vier, dann drückte ich auf die Taste mit dem Sternchen, es folgte ein kurzes mechanisches Summen, und der Safe war verriegelt. Seit achtzehn Jahren benutzte ich Victorias Geburtsdatum, den 11. April, als Geheimzahl für mein Leben, bei Bankautomaten, Mobiltelefonen, Supermarktkassen oder wenn es galt, einen Safe zu verschließen. Auf der Tür klebte ein Schild: »Für Ihre Wertgegenstände«.

Es blieb noch eine Dreiviertelstunde bis zu meinem Termin bei der Tochterbank. Weil ich nicht wusste, wie weit sie vom Hotel entfernt lag, wollte ich mich gleich auf den Weg machen. Mir fehlte die Zeit, den Brief zu lesen; ich wollte es in Ruhe tun. Zudem fürchtete ich, dass sein Inhalt mich zu sehr aufwühlen könnte, um gleich im Anschluss über das Schicksal meiner Bank zu verhandeln. Nun lag er vorerst im Safe.

Ich musterte meine Suite. Auf dem Rand der Badewanne stand die obligatorische Plastikente. Um sie bei der Abreise nicht zu vergessen, packte ich sie gleich in meinen kleinen Koffer. Bono und The Edge, das hatte mir mein Fahrer noch erzählt, wollten sich mit dem Clarence einen Traum erfüllen, sie hatten es so gestaltet, wie sie sich ein Luxushotel wünschten. Offenkundig besaßen beide ein großes Herz für Afrika, in Wohnzimmer, Flur und Schlafzimmer hatten sie allerhand afrikanische Möbel und Kunstwerke schleppen lassen. Die Preise für die Zimmer waren dagegen nicht sehr afrikanisch.

Wie weit es von hier bis in die Docklands sei, fragte ich den Concierge. Zehn, maximal fünfzehn Minuten, sagte er, ich solle einfach den Fluss entlanglaufen. Immer Richtung Meer. »Wann genau müssen Sie da sein?«

»Um 15 Uhr.«

»Dann haben Sie noch etwas Zeit. Wie wäre es vielleicht noch mit einem Tee oder einem Gläschen Wein?« Er wies mit der Hand auf die Lounge im Nebenraum, gleich neben dem Pub.

»Tee«, sagte ich, obwohl Wein mir weitaus lieber gewesen wäre. Als ich in einem der roten Klubsessel versunken war, griff ich nach der *Irish Times*, die vor mir auf dem Tisch lag. Die Fotos auf den ersten Seiten zeigten ausnahmslos schlecht gelaunte Kollegen, Banker, die sich die Haare rauften und deren Stirn vor Schweiß glänzte. Sie sahen ziemlich bescheuert aus. Ich hatte mich oft gefragt, wie diese Fotos zustande kamen, ich selbst saß jedenfalls nie so vor dem Computer, und wenn, würde ich mich dabei gewiss nicht fotografieren lassen.

Nach den Artikeln über die kaputten Banken folgten weitere Nachrichten aus dem Inland. Ein amerikanischer Computerchiphersteller hatte weitere tausend Jobs aus Irland nach Polen und Indien verlagert. Unter dem Foto einer Trauergemeinde las ich den Bericht über die Beerdigung eines landesweit bekannten Immobilienhais, der sich eine

Kugel durch den Kopf gejagt hatte, weil der irische Häusermarkt zusammengebrochen war. Eine Frau in Donegal hatte gerade ihr achtes Kind bekommen und war dafür nicht nur vom Bürgermeister, sondern auch von der Familienministerin mit einem Blumenstrauß beglückwünscht worden, weil es einen solchen Kindersegen im ganzen County Donegal, schon ewig nicht mehr gegeben habe – leider, wie der Bürgermeister betonte. Auf den hiesigen Landstraßen waren in der ersten Hälfte des Jahres deutlich weniger Menschen ums Leben gekommen, was die Behörden auf die von der EU finanzierten Maßnahmen zur Straßensicherung zurückführten. Der Leiter des irischen Fremdenverkehrsamtes zog eine traurige Bilanz des vergangenen Sommers; erstmals seit zwölf Jahren sei die Zahl der Urlauber im Vergleich zum Vorjahr drastisch gesunken. Nur aus Deutschland kämen nach wie vor viele Besucher. »Die Deutschen sind unsere treuesten Kunden.« Ich fragte mich, ob das noch immer an Bölls *Tagebuch* lag.

Ein anderer Artikel vermeldete, dass die Iren immer dicker würden. Eine Erhebung der »Nationalen Task-Force gegen Fettleibigkeit« habe ergeben, dass dreißig Prozent der irischen Frauen und fast die Hälfte der Männer übergewichtig seien. Noch in den achtziger Jahren hätten die Iren zu den dünnsten Menschen Europas gezählt, seit einigen Jahren aber gehöre man im internationalen Vergleich zu den fettesten Völkern. Zurückzuführen sei dies auf den wachsenden Wohlstand im Lande bei gleichbleibender Vorliebe für Alkohol und deftiges Essen. »Wir verwandeln uns in ein Volk von Sumoringern«, kommentierte die Vorsitzende der Task-Force die Ergebnisse.

Es waren Geschichten aus einem anderen Irland, es hatte nichts mehr zu tun mit jenem Land, das ich vor langer Zeit kennengelernt hatte.

Schließlich entdeckte ich einen Artikel über einen Bischof, dem soeben die Priesterwürde entzogen worden war. Eine unabhängige Untersuchungskommission war zum Schluss gekommen, dass er sich, bevor er zum Bischof aufgestiegen war, als Leiter eines katholischen Kinderheimes an mindestens achtzehn Jungen vergangen habe. Er habe sie geschlagen, gequält, vergewaltigt, hieß es in dem Bericht. Mehrere seiner Opfer hatten ausgesagt, der Geistliche habe die Lederriemen seiner Peitsche extra mit Salz eingerieben, damit die Schläge länger auf der Haut brannten. Bevor er die Jungen vergewaltigte, hatten sie ihm dabei zusehen müssen, wie er sich in einer langatmigen Zeremonie die Hände eincremte. Die Jungen, die heute erwachsene Männer waren, hatten sich jahrzehntelang nicht getraut, über das zu reden, was ihnen widerfahren war. Es hätte ihnen ohnehin niemand geglaubt. »Irische Eltern vertrauten der Kirche im Zweifel mehr als ihren Kindern«, erklärten sie laut dem Bericht.

»Endlich wird eines der dunkelsten Kapitel in der Geschichte der Insel aufgearbeitet«, wurde ein Mitglied der Untersuchungskommission zitiert. Leider sei die Aufarbeitung der Skandale viel zu lange von der Politik behindert worden. Dies habe mit dem immensen Einfluss zu tun, den die Kirche auf die Politik bis vor kurzem noch gehabt habe. Kein Premierminister, nicht mal ein Bürgermeister sei ohne die Unterstützung der Bischöfe gewählt worden. All das brachte das Kommissionsmitglied zu dem Fazit: »Dieses Land war lange Zeit eine Theokratie, keine Demokratie.«

Immerhin hätten die Skandale Macht und Einfluss der Kirche in Irland inzwischen schrumpfen lassen. Man sei auf dem Weg, in dieser Hinsicht ein ganz normales Land zu werden. Das sei wohl das einzig Gute an der Tragödie.

Nun müsse ich wohl los, sagte der Concierge, er zeigte auf seine Uhr. »Oder wollen Sie, dass ich ein Taxi kommen lasse?« Ich lehnte ab, bedankte mich und verließ das Hotel. Über die Halfpenny Bridge gelangte ich auf die gegenüberliegende Seite des Flusses und folgte einem hölzernen Riverwalk stadtauswärts, dem Duft des Meeres entgegen.

Ein paar Penner hatten sich zum Mittagsschlaf auf die Bänke gebettet, durch die Fenster der Cafés sah ich junge Frauen, die Cappuccino oder Prosecco tranken. Bald schon stand ich vor einem wuchtigen grauen Gebäude mit grün getönten Fenstern, dem International Financial Services Centre, dem Tor zu einer anderen Welt.

Dort, wo die Liffey breit und dick wurde, kurz bevor sie sich dem Meer übergab, wuchsen die Docklands an ihrem Ufer empor. Kühle Neubaufassaden wechselten sich mit alten Backsteinbauten ab, die einst als Lagerhallen für die Schiffsladungen gedient hatten. Früher wurden in diesen Hallen echte Werte gelagert, Kaffee, Getreide, Wolle oder Schnaps, heute handelte man in ihrem Inneren mit Finanzprodukten, die selbst ihre Erfinder nicht genau erklären konnten.

Das Glas der Fassaden glitzerte in der Nachmittagssonne. In nur wenigen Jahren hatten 25 000 Banker und andere Finanzmenschen hier ihre Arbeit aufgenommen, mehr als tausend Finanzinstitute aus aller Welt hatten in den Docklands Büros bezogen, eine Bankenstadt war entstanden, mit eigenen Geschäften, Restaurants, Dresscodes und Regeln. Über allem lag der Rhythmus der Docklands, das Tackern der Presslufthämmer, die unaufhaltsam neue Bauten für noch mehr Banken aus dem Boden stampften. Die Finanzmenschen hatten großen Anteil daran, dass Irland in kurzer Zeit vom ärmsten Land Europas zu dessen wohlhabendsten aufgestiegen war.

Ich lief an einer Brücke vorbei, deren weiße Träger die Form einer Harfe bildeten. Sie war noch nicht ganz fertig, galt aber schon jetzt als Wahrzeichen des neuen Irlands. In der Ferne schaukelten riesige Containerschiffe vor der Küste.

Unsere Tochterbank befand sich hinter der Fassade von North Wall Quay 17. Ich kannte die Fassade aus unserem Hausjournal, wo Quartal für Quartal die großen Erfolge unseres irischen Ablegers gefeiert wurden. Es war ein Bau aus hellem Sandstein mit verdunkelten Scheiben. Von außen hätte man ihn auch für die Zentrale eines Geheimdienstes halten können.

Edzatt hatte mir inzwischen erzählt, dass Abgesandte der Deutschen Bundesbank vor einigen Wochen nach Dublin gereist waren und unsere irischen Kollegen einer Prüfung unterzogen hatten. In ihrem Bericht hatten sie zahlreiche »Verstöße gegen das ordnungsgemäße Betreiben der Geschäfte« aufgelistet und das Ganze mit dem Appell versehen, »eine derart hochriskante Geschäftspraxis schleunigst einer eingehenden Prüfung zu unterziehen«. Edzatt war nach Lektüre des Berichts zu dem Schluss gekommen, dass ihm die Sache nicht geheuer sei, und dass »die Penner da oben« schleunigst »die Hosen runterlassen« sollten, und zwar »bis zum Boden«. Ich solle versuchen, mir »im

Rahmen Ihrer Möglichkeiten« einen Eindruck zu verschaffen, hatte Edzatt gesagt. Sollte mir etwas merkwürdig vorkommen oder sich die düstere Einschätzung der Bundesbanker bestätigen, würde er umgehend selbst nach Dublin reisen. Mit diesem Auftrag stand ich nun vor North Wall Quay 17.

Als ich in die Lobby trat, dachte ich, mich in der Adresse geirrt zu haben. Sphärische Musik floss aus unsichtbaren Quellen, die Wände glänzten rein und weiß, wobei an jeder Wand ein Klecks bunter Farbe klebte, als habe der Maler die Reste seiner Eimer einfach gegen die Wand gepfeffert. Das war jetzt offenbar modern. Die ebenfalls weiße Decke wurde von hellblauem Licht bestrahlt. Die ganze Lobby verströmte kühle Eleganz. Auf dem Weg zum Empfangstresen, einer weißen Theke aus glänzendem Kunststoff, musste ich um eine brusthohe Vase herumlaufen, aus der drei pinkfarbene Lilien ragten. Es hätte die Lobby einer Modelagentur sein können, inklusive der beiden Mädchen vom Empfang. Sie sahen unfassbar makellos aus.

»Ich habe einen Termin bei Mister Davenport«, sagte ich.

»Sie kommen aus Frankfurt, richtig? Hatten Sie eine gute Anreise?«

»Danke, alles gut«, antwortete ich.

»Mögen Sie vielleicht kurz dort vorne Platz nehmen?« Sie zeigte auf eine Sitzecke, in der bereits zwei Männer saßen. »Es geht gleich los.«

Die Sitzecke bestand aus dunkelblauen Ledersofas. An der Wand, vor der sie standen, hing ein riesiger Bildschirm, auf dem ein Clip mit grandiosen Naturaufnahmen lief: springende Wale, Wasserfälle, Gletscher, Unterwasseraufnahmen bunter Fische, eine Steilküste aus dem Hubschrauber gefilmt, eine verschwenderisch schöne Seenlandschaft.

Der Anblick der Seen erinnerte mich an Victoria und an den Brief, der jetzt im Safe meiner Suite ruhte. Die Bilder besaßen eine gewisse Ähnlichkeit mit jener Landschaft vor Killarney, die Zeuge unseres ersten richtigen Kusses geworden war. Plötzlich fiel mir der Traum wieder ein, der mich vor zwei, vielleicht drei Wochen so verstört hatte. In all den Jahren hatte mich Victoria in meinen Träumen begleitet, und immer war es herrlich gewesen. Oft liefen wir in dicke Mäntel gehüllt am Meer entlang, über Sand, den der Winter in eine harte, knarzende Masse verwandelt hatte. Wir umarmten und küssten uns, ohne die Nervosität der frisch Verliebten, mehr mit der Innigkeit eines glücklichen Ehepaars. Es fühlte sich alles so selbstverständlich an, so realistisch und vertraut. Schmerzhaft war nur das Aufwachen. Ich öffnete die Augen, sah ein leeres Kissen oder sah den Kopf einer Frau, die nicht Victoria hieß, und war tief enttäuscht. Trotzdem hatte ich diese Träume immer als Geschenk empfunden.

Beim letzten Traum war alles anders. Victoria war darin verstorben, ein plötzliches Herzversagen während eines unserer Spaziergänge am Strand. An die näheren Umstände kann ich mich nicht mehr erinnern. In dieser Nacht war ich erleichtert, als ich aus dem Victoria-Traum erwachte, auch wenn ich für den Rest der Nacht nicht mehr einschlafen konnte. Danach aber hatte ich diesen Traum verdrängt. Erst jetzt erinnerte ich mich wieder an ihn, und es schoss mir ein furchtbarer Gedanke durch den Kopf. War der Brief aus Killarney vielleicht eine Todesanzeige?

Bislang war mir diese Möglichkeit nicht in den Sinn gekommen, aber in Zusammenhang mit dem düsteren Traum vor ein paar Wochen erschien sie plötzlich beklemmend realistisch. Andererseits: Hätte der Umschlag nicht einen schwarzen Rand oder wenigstens einen schwarzen Strich haben müssen, wenn es sich um eine Todesanzeige handelte? In Deutschland wäre das gewiss so gewesen. Aber in Irland?

Ich sprang auf und lief zu den beiden Models hinter der Empfangstheke. »Entschuldigung …«

»Es dauert noch einen kleinen Moment«, sagte eine von ihnen, ehe ich zu Ende sprechen konnte.

»Nein, ich habe eine andere Frage«, sagte ich. »Haben Trauerkarten bei Ihnen einen schwarzen Rand auf dem Umschlag oder nicht?«

Die beiden starrten mich an, eine von ihnen konnte ein Giggeln nicht unterdrücken.

»Was denn für Trauerkarten?«, fragte die andere, der es gelungen war, ernst zu bleiben.

»Die ganz normalen Karten meine ich, die man mit der Post verschickt, um den Tod eines Menschen bekannt zu geben.«

»Natürlich haben die einen schwarzen Rand. Bei Ihnen etwa nicht?«

»Doch, doch, bei uns auch«, sagte ich leise. »Haben Sie vielen Dank.«

»Kein Problem.« Sie sahen mich mitleidig an.

Ich ging wieder zu meinem Wartesofa. Leider konnte ihre Antwort mich nur zum Teil beruhigen, zurück blieb ein Rest an Ungewissheit.

Unter dem großen Bildschirm hing ein zweiter, kleinerer Bildschirm, auf dem eingeblendete Fragen und Antworten einander abwechselten. »Wollen Sie auch weniger Steuern für Ihre Finanzgeschäfte zahlen?« Die Antwort ließ nicht lange auf sich warten: »Kommen Sie nach Dublin. Entdecken Sie die Docklands.«

Auf dem Hinflug hatte ich ein Dossier meiner Bank über den Finanzplatz Irland überflogen. Anfang der neunziger Jahre hatte die irische Regierung den Steuersatz für Unternehmen auf zehn Prozent gesenkt, und diese Zehn wirkte fortan wie ein Magnet auf die Unternehmer in aller Welt. Ähnlich wie die Iren hatten Ende der Achtziger auch die Chinesen gehandelt. Die Kommunistische Partei hatte kleine Kapitalismusparadiese geschaffen, in denen alles möglich war, was Unternehmern Spaß macht, und das ganze »Sonderwirtschaftszone« genannt.

Der Einladung in die »Sonderwirtschaftszone Docklands« waren seit den Neunzigern vor allem wir Finanzmenschen gefolgt, Irland zog uns an, wie es einst die Hippies und Träumer angezogen hatte. Viele Banken hatten Zweckgesellschaften in Irland gegründet, um ihre risikoreichsten Geschäfte aus ihren Bilanzen auszulagern, die Staatsaufsicht drückte gern die Augen zu. Irland hatte etwas von einem Bordell, einem Ort, wohin man geht, um die schmutzigen Sachen zu machen, die man sich zu Hause nicht traut.

Die beiden Männer am anderen Ende der Sofaecke versuchten sich an einer Unterhaltung. Beide waren etwas zu füllig für ihre maßgeschneiderten Hemden, ihr feucht wirkendes Haar war im Nacken absichtlich zu lang gehalten, wodurch es sich leicht nach hinten wellte. Sie sprachen über die Geschäfte vom Vormittag, und weil sie eher brüllten als redeten, konnte ich ihnen, trotz ihres irischen Akzents, ausgezeichnet folgen. Sie hatten gute Wetten auf den Zinkpreis abgeschlossen, und bei einer chilenischen Kupfermine waren sie offenbar auch günstig eingestiegen. Es herrschte Hochstimmung. Die am häufigsten verwendete Redewendung in ihrer Konversation lautete »wie auch immer«. Weil ihre Unterhaltung alle zwanzig Sekunden vom Klingeln ihres Blackberrys unterbrochen wurde, war »wie auch immer« der beste Weg um fortzufahren.

Vor sieben Jahren hatte sich auch meine Bank eine Tochter in Dublin zugelegt und die riskantesten Geschäftsbereiche hierhin verlagert. Intern hießen sie »Las-Vegas-Abteilungen«.

Auf dem Glastisch vor mir lagen die lachsfarbene Zeitung und ein Magazin namens *PORTfolio*, eine Zeitschrift für alle, die in den Docklands lebten und arbeiteten. Auf der ersten Seite warb ein VIP-Taxibetrieb für seine Dienste, Chirurgen verhießen schöne neue Nasen, Sauerstoff-Salons hechelten nach Kundschaft, in Kleinanzeigen wurde Tagesbetreuung für Hunde, Kinder und Katzen angeboten. Zudem offerierten mehrere »Rasenmanager« ihre Dienste, und über das ganze Heft verteilt konkurrierten zahlreiche Zahnspezialisten und Kliniken darum, wer die weißesten Zähne hinkriegt. War es im 19. Jahrhundert die Weißheit der Haut, an der man die jeweiligen Eliten erkennen konnte, so war es nun die Weißheit der Zähne.

Ich legte das Heft zurück und betrachtete die Glasvitrine neben dem Sofa. In der Vitrine rangen Pokale um Geltung, es waren Auszeichnungen für das »Finanzprodukt des

Jahres«, vergeben von einem Magazin, von dessen Existenz ich noch nie gehört hatte.

»Keine schlechte Bilanz, was?«

Plötzlich stand eines der Models vom Empfang vor mir und lächelte mich an. Ich nickte artig. »Darf ich Sie nach oben bitten?« Sie führte mich zu den Aufzügen. »Fahren Sie bitte in den zehnten Stock. Herr Davenport erwartet Sie dort.«

ZEHNTES KAPITEL

Die Nacht hatte ich grübelnd verbracht. Ich hatte mich gefragt, ob ich den beigefarbenen Anorak meines Vaters oder meine schwarze Jeansjacke anziehen sollte. Nie zuvor hatte ich Kleidungsfragen als so komplex empfunden. Die Jeansjacke war eigentlich viel zu kalt für einen Ausflug, andererseits sah sie besser aus, weil sie keine Beulen warf.

Eigentlich freute ich mich riesig auf mein erstes Rendezvous, am Sonntagmorgen selbst aber war die Freude einer gewissen Furcht gewichen. Ich hatte die Gabe, binnen Sekunden jede Selbstsicherheit zu verlieren. Die meisten Erwachsenen legen sich mit den Jahren eine Hornhaut gegen Zweifel zu. Oder sie lernen, sich mit dem zu arrangieren, was ihnen gegeben ist: ihrem Äußeren, ihrer Unterhaltsamkeit, ihrem Ruf. Mit sechzehn aber trafen mich die Zweifel noch mit ungebremster Wucht. Solange ich mich auf gewohntem Gebiet bewegte, funktionierte ich, auf Neues und Unerforschtes aber reagierte ich äußerst schüchtern. Mädchen gehörten eindeutig zu den unerforschten Gebieten meines Lebens.

Den ganzen Vormittag stand ich vor dem Badezimmerspiegel, wo ich meine Haare im Wechsel nach rechts und nach links kämmte. Die Entscheidung, sie links liegen zu lassen, hatte allein damit zu tun, dass irgendwann die Zeit fehlte, sie wieder nach rechts zu kämmen.

Die Tankstelle an der Muckross Road lag kurz hinter einem Kreisverkehr. Niemand tankte, die Zapfsäulen wirkten verwaist. Victoria wartete im Schatten des Wellblechdaches, das Fahrrad zwischen ihren Beinen, den rechten Fuß auf dem Pedal. »Folge mir«, sagte sie.

Wir hatten das letzte Haus Killarneys gerade hinter uns gelassen, da erhob sich rechts eine graue Mauer aus dem Boden, die ein Lord vor Jahrhunderten um sein Anwesen gezogen hatte und die nun für die nächsten Kilometer unseren Weg säumen sollte. Links von uns führten zwei Esel eine Prozession von Schafen über eine Wiese. Die Straße war übersät mit Schlaglöchern, Victoria umkurvte sie elegant, es sah aus, als kenne sie jedes Loch persönlich. Ich hatte Mühe, ihrem Tempo zu folgen.

Als der Weg etwas ebener wurde, konnte ich mich endlich auf das Wesentliche konzentrieren. Auch von hinten sah sie wundervoll aus, ihr Po tänzelte über dem Sattel, der Pferdeschwanz wippte im Rhythmus der Pedale. Erst jetzt fiel mir auf, wie sportlich ihr Körper war; unter der Schuluniform hatte ich die Umrisse bislang nur erahnen können. Für einen Moment stellte ich mir vor, wie es wohl aussähe, wenn sie keine Jeans anhätte. Zwei Sekunden später lag ich auf dem Asphalt.

»Tuts weh?«, fragte Victoria, sie kniete über mir und streichelte meinen Arm. Ich schüttelte den Kopf. Natürlich tat es weh, und ich wäre gern noch ein wenig liegen geblieben, um mich streicheln zu lassen, aber ich traute mich nicht, es zuzugeben.

Die graue Mauer hatte sich wieder in den Boden verkrochen. Rechts tauchten nun Macgillycuddy's Reeks auf, die ersten Berge, die ich in Irland sah. »Es wird noch viel schöner«, sagte Victoria und bog in einen Waldweg ein. Die Bäume hatten sich in dickes Moos gehüllt und warteten schon auf den Winter, sie waren dicht zusammengerückt und trotzten so möglichen Stürmen. Wieder fuhr Victoria in Schlangenlinien voraus, diesmal waren es keine Asphaltlöcher, die uns zu Ausweichmanövern zwangen, sondern Wurzeln und herabhängende Äste. Unsere Räder wühlten sich durch einen Teppich aus Laub, bis sich irgendwann eine von kräftigen Eichenarmen überdachte Allee vor uns auftat, welche als Zufahrt für ein viktorianisches Herrenhaus diente. Aus der Ferne sah es aus wie ein Märchenschloss, aus dem Dach ragten spitze Giebel und quaderförmige Säulen, die Kunstwerke sein wollten und doch nur Kamine waren, aus denen schon lange kein Rauch mehr kroch.

Im Jahr 1861 hatte die englische Königin Victoria auf Einladung eines der Krone ergebenen Adeligen zwei Nächte hier geschlafen. Es war die Zeit, als Irland den Briten noch heillos unterworfen war. Inzwischen schliefen hier nur noch die Mäuse.

»Ist das unser Ziel?«, fragte ich. »Dein Geheimort?«

»Noch nicht ganz«, sagte Victoria. Sie stellte ihr Fahrrad an den Mauern des Herrenhauses ab und hüpfte einen steinigen Pfad hinab, dem Wasser entgegen.

Je näher wir dem Ufer des Sees kamen, desto mehr Palmen säumten unseren Weg. Ich kannte Palmen bislang nur aus den Prospekten, die meine Mutter jedes Frühjahr aus den Reisebüros nach Hause brachte. Unter den Palmen lag immer eine Frau mit einem türkisfarbenen Glas in der Hand, immer klemmte ein Plastikflamingo am Glas, und immer war die Frau fast nackt. Ich weiß nicht, warum meine Mutter die Prospekte überhaupt mitnahm, am Ende fuhren wir doch in die Eifel oder ins Sauerland, und dort gab es weder nackte Frauen noch Palmen. Palmen wachsen nur im Süden, dachte ich, und so war ich sehr überrascht, ausgerechnet in Killarney meinen ersten echten Palmen zu begegnen. Die Erklärung erhielt ich erst später: Die Schönheit Irlands muss vor vielen Jahren auch den Golfstrom bezirzt haben, so dass er sich entschied, um die Insel zu fließen und ihr eine Wärme zu schenken, in der selbst Palmen das Leben lieben.

Ich wusste bis zu diesem Nachmittag auch nicht, wie vielfältig die Farbe Grün sein konnte. Es kam mir vor, als habe sich ein ganzer Kosmos des Grünen vor unseren Augen ausgebreitet, jeder Winkel der Natur präsentierte seine individuelle Variante. Zwischen den Bäumen ruhte das Grün des Mooses, ein resigniertes Grün. Es hatte sich auf faulen Stümpfen niedergelassen und bedeckte, was niemand mehr sehen sollte, wie ein Leichentuch.

Aus der Ferne leuchtete ein übermütiges, verspieltes Grün, das Grün der Wiese, leicht und lebensfroh. In gewisser Weise war es dem der Palmenblätter verwandt, die in der Luft wogten wie stolze Symbole der Fruchtbarkeit. Vom Seeufer wiederum winkte uns im Takt des Windes das Grün des Schilfs zu, ein blasses, fast vornehmes Grün, das sich seiner dienenden Funktion bewusst war, dem es genügte, Schmuck zu sein. Man hat Irland die Grüne Insel getauft. Das ist einerseits richtig, andererseits greift es zu kurz, denn in Irland ist das Grün bunt.

Die Landschaft strömte Zufriedenheit aus, und ich atmete sie ein. Ich muss zugeben, dass ich die Natur sonst weniger verehre. Meistens ist sie einfach da und stört mich nicht weiter. Aber dann gibt es die seltene Phase des Verliebtseins, und plötzlich wechselt sie ihren Wert. Ich glaube, Verliebte brauchen die Natur als Kulisse für ihre Gefühle. Sie merken, dass etwas Unerklärliches in ihnen vorgeht, und das treibt sie dann in die Unerklärlichkeit der Natur wie in den Schoß eines Gleichgesinnten. Ich vermute, dass Gott den Menschen das Verliebtsein geschenkt hat, damit sie sein Werk besser zu würdigen wissen.

In der Ferne röhrte ein Damhirsch. »Gleich sind wir da«, sagte Victoria. Wir waren an einem Bootshaus angelangt, in dessen Nachbarschaft zwei greise Bäume das Tor zu einem schmalen Pfad bildeten. Victoria griff nach meiner Hand, wir tauchten ein in ein Meer aus Farnen, die ihr Haar für die Wintersaison bereits braun gefärbt hatten, und deren Schöpfe schlaff zu Boden hingen. Sie sahen aus wie Zwerge, denen der Regen die Frisur zerstört hatte.

Nun ging es eine Steigung hinauf. Von einem Pfad konnte bald nicht mehr die Rede sein, nur die zertrampelten Farne ließen erahnen, dass hier schon jemand entlanggelaufen war. Es konnten aber auch Schafe gewesen sein. Nach wenigen Minuten ließen wir den Schutz von Pflanzen und Bäumen hinter uns, kletterten über zwei Felsbrocken und standen dort, wo Victoria uns haben wollte. Ihr Geheimort war ein Felsvorsprung, der weit in den Muckross Lake hineinragte, vier Meter über dem Wasser, vor uns nur der schwarze See.

Ich hatte noch nie schwarzes Wasser gesehen. Der Himmel, der über die Farbe aller Seen und Ozeane entscheidet, hatte sich in jenem Moment für die düsterste Variante entschieden. Dem See stand es gut, vom Fuße unseres Felsens vernahmen wir ein zufriedenes Glucksen. Aus der Schwärze ragten Inseln, die so klein waren, dass sie nicht mehr als vier oder sechs Bäumen eine Heimat schenken konnten. Der Felsvorsprung war mit Moos gepolstert, wir ließen uns nieder und lehnten unseren Rücken an die Reste eines längst gefallenen Baumes.

»Es ist merkwürdig, mit dir hier zu sein«, sagte Victoria. Unsere Schuhe lugten über die Klippe, unter ihnen leckten kleine Wellen die Ufersteine. »Ich fahre oft hier hinaus, wenn ich sehr traurig bin, meistens, weil ich mich über meinen Vater geärgert habe. Es ist ein bisschen wie Abhauen, weißt du, wie Abhauen für Angsthasen, für Menschen, die sich nicht trauen, richtig zu flüchten, die Stadt zu verlassen oder gar das Land.«

Ich nahm ihren rechten Arm, zog ihn sanft zu mir herüber und streichelte die Innenfläche ihrer Hand. Sie war weich wie das Moos.

»Hier draußen bin ich ganz alleine mit dem See, mit den Bergen, mit dem Nebel, es gibt niemanden, der Erwartungen an mich hat, niemanden, den ich enttäuschen könnte.« Von rechts fuhren zwei Schwäne geräuschlos aus dem Schilf. Wir hörten nur das schüchterne Glucksen der Wellen und ab und zu das ferne Krächzen eines Reihers. Sie schaute hinaus aufs Wasser, das der Himmel inzwischen grau geschminkt hatte. Der Wind ließ ihre blonde Strähne durch die Luft tanzen.

»Wie gefällt dir mein Versteck?«

Ich sah zum gegenüberliegenden Ufer, wo noch der

Herbst leuchtete. Die Bäume holten ihre letzten Farben aus sich heraus, das letzte Rot, Gelb, Braun dieses Jahres. Davor, nur einen Steinwurf von uns entfernt, ragte ein schmaler Streifen Land wie ein Laufsteg ins Wasser; an seinem Ende posierte ein Baum, eitel schüttelte er sein Haupt. Von der Wurzel weg hatte er sich in drei gleich starke Stämme aufgegliedert, das zahlte sich nun aus. Stabil auf drei Beinen ruhend gab er selbst an dieser windigen Stelle eine gute Figur ab.

»Ich habe noch nie etwas Schöneres gesehen«, sagte ich.

Sie drückte meine Hand, die noch immer die ihre streichelte.

»Ich glaube«, sagte sie nach einer Weile, »dass der See spürt, wie ich mich fühle. Er weiß, wann er mich trösten muss, und er hat seine eigene, rührende Art, dies zu tun. Ich denke, er mag mich.«

»Was macht er denn, dein feinfühliger See?«

»Er kann ein V ins Wasser malen, ein V wie Victoria.« Sie zeigte auf die Mitte des Sees, wo das V sich auch jetzt, da sich ein paar Sonnenstrahlen durch die Wolkendecke schoben, auf dem Wasser abzeichnete. Es war das Spiegelbild der Berge Little Torc und Eagle's Nest, die wie ein V am Ufer nebeneinanderstanden.

»Ich habe gehört, dass sich die Wolken nirgendwo so tief zur Erde hinabtrauen wie hier«, sagte Victoria. Ich sah nach oben, sie hatte recht. Einzelne Vertreter hatten sich aus der Gemeinschaft der Wolken gelöst, waren zur Erde herabgesunken und spazierten drüben am Ufer entlang; weiter rechts tanzten zwei Wolken auf dem See einen langsamen Walzer. »Überall sonst auf der Welt halten die Wolken Abstand, als fürchteten sie sich vor der Erde und vor den Menschen«, sagte Victoria. »Aber hier sind sie zutraulich.«

Boell hatte uns erzählt, dass es mit den Iren etwas Besonderes auf sich hatte, dass sie als Kinder in einen Poesiekessel gefallen sein mussten, wie Asterix in den Zaubertrank. Wie sonst konnte ein so kleines Volk so viele berühmte Poeten und Schriftsteller hervorbringen? Selbst die einfachen Bauern seien hier Poeten, meinte er, man müsse nur genau auf ihre Weisheiten achten. Ich dachte, es handle sich um die üblichen Übertreibungen, die nicht selten waren, wenn Boell über Irland sprach, aber jetzt saß der Beweis neben mir. Die Iren mussten wirklich Poesie im Blut haben. Die Frage war nur, wie sie dort hineingekommen war und warum sie sich gegen das Blut anderer Völker entschieden hatte?

»Du meinst also, die Wolken mögen euch Iren einfach so gerne, und deshalb kommen sie euch täglich besuchen?« Sie lächelte, ja, so müsse man es vielleicht sehen. Für einen Moment verhakten sich unsere Blicke, das Blau ihrer Augen blendete mich fast, dann drehte ich den Kopf verlegen Richtung See.

Wieder lähmte mich die Unsicherheit. Dabei gab es eigentlich nichts, was ich mir sehnlicher wünschte, als ihre Lippen auf meinen zu spüren. Vielleicht war ihr Blick gerade eine Einladung gewesen, und ich Trottel hatte es nicht kapiert, oder, was noch schlimmer wäre, sie soeben abgelehnt. Victoria erzählte nun, wie ihr Geheimort mit den Jahreszeiten sein Gesicht wechsle, und während sie dies fast andächtig erklärte, sortierte ich in meinem Kopf die Optionen, wie ich sie doch noch würde küssen können. Ich kam auf drei.

Ich konnte sie einfach an mich ziehen und ihr keine Chance lassen, meinem Mund auszuweichen, aber dadurch würde sie sich vielleicht bedrängt fühlen. Variante zwei sah vor, dass ich einfach meine Lippen spitzen und ihr hinhalten würde, als Zeichen meiner Kussbereitschaft, als Angebot, das sie annehmen oder ablehnen konnte. Schließlich gab es die Möglichkeit, sie einfach zu fragen, aber über diese Variante hatte ich gehört, dass sie tabu sei, weil sie unromantisch und zudem nicht männlich sei. Mädchen mögen Typen, die wissen, was sie wollen, und die nicht bei allem um Erlaubnis fragen, hatte mir Jürgen, ein Junge aus unserer Straße, erzählt. Jürgen war schon neunzehn und musste es wissen.

Die Gefahr, zurückgewiesen zu werden, bestand bei allen Varianten. Ich sah ein, dass es keine risikofreie Lösung gab, ich musste mich trauen. Als Victoria gerade bei den Vorzügen des Sommers angekommen war, legte ich meinen linken Arm um sie, näherte mich ihrem Gesicht, bis unsere Nasen sich fast berührten, öffnete meinen Mund in der Absicht, sie zu küssen, entschied mich aber in letzter Sekunde doch für Variante drei.

»Darf ich dich küssen?«

Sie zwinkerte mit den Brauen, dann stieß sie sanft mit ihrer Nase gegen meine. Sie schloss die Augen, öffnete ihre Lippen und bewegte sie langsam auf meine zu.

Ich hatte mir Knutschen irgendwie anders vorgestellt. Sie küsste kaum, sie saugte an meinen Lippen, doch je länger ich mich an dieses Gefühl gewöhnte, desto mehr genoss ich es. Ich sah aus dem Augenwinkel, dass sie ihre Lider geschlossen ließ, und tat es ihr gleich. Als ich sie ein paar Minuten später wieder öffnete, erschien mir der Berg am anderen

Ufer wie ein großes, gütiges Gesicht, das uns zugesehen hatte.

»Ich habe eine andere Theorie«, sagte ich irgendwann. »Dafür, dass die Wolken hier so tief zur Erde hinabkommen.«

Sie sah mich fragend an.

»Ihr Iren wohnt einfach näher am Himmel als alle anderen Europäer. Wusstest du das?«

Victoria schüttelte den Kopf. Sie wirkte noch etwas benommen.

»Ist aber so. Vierzig Meter näher am Himmel als wir Deutschen zum Beispiel.«

»Woher weißt du das?«

»Hab ich bei Heinrich Böll gelesen. Und der hat es irgendwo anders gelesen. Es stimmt. Man hat es nachgewiesen, mit Hilfe von Satelliten, vor vielen Jahrzehnten schon. Es sind genau vierzig Meter.«

»Böll, euer lustiger Lehrer?«, fragte Victoria. »Der Mann, der so verrückt über die Tanzfläche gehüpft ist?«

»Nein, der trägt nur zufällig den gleichen Namen. Ich meine Heinrich Böll, den deutschen Schriftsteller, den Nobelpreisträger. Er war oft hier, weil er euer Land so liebte. Er hat in Irland ein Tagebuch geschrieben, das in Deutschland sehr berühmt wurde.«

Sie persönlich wolle nicht, dass andere ihr Tagebuch lesen, sagte Victoria. Ich erklärte ihr, dass es sich nicht um ein richtiges Tagebuch handle, eher um das Porträt einer Insel. Was dieser Böll denn noch geschrieben habe, wollte Victoria jetzt wissen. Sie liebte es, zu lesen, Bücher hatten ihr viele dunkle Stunden zu Hause erleuchtet. In ihrem Familiengefängnis hatte Victoria sich einen kleinen Kanon angelesen, der nicht nur die irischen Klassiker Jonathan Swift, James Joyce, John M. Synge, William Butler Yeats oder Seamus Heaney umfasste, sondern auch Shakespeare, Goethe und sogar ein bisschen Fontane, von dem sie nicht nur die *Effi* kannte, sondern auch wusste, dass er ein großer Freund der Schotten war. Es hätte mich nicht gewundert, wenn sie sogar Böll gekannt hätte.

»Hat er viel geschrieben, dieser Böll?«

»Eine ganze Menge sogar. Viele Erzählungen, viele Romane.«

»Und wie heißt dein Lieblingsroman von ihm?«

»Ich weiß nicht, so viel habe ich auch wieder nicht gelesen.«

»Komm schon, jeder hat einen Lieblingsroman. Ich könnte dir von jedem Schriftsteller, den ich gelesen habe, meinen Lieblingsroman nennen.«

Ich ahnte, dass sie die Sache nicht auf sich beruhen lassen würde und entschied mich für *Ansichten eines Clowns*. Wir hatten das Buch vor ein paar Monaten im Deutschunterricht gelesen. Es hatte mir tatsächlich gefallen.

»Ahn-sick-ten-ei-nis-clowns«, wiederholte Victoria fasziniert.

»Es geht um eine Liebe unter widrigen Umständen. Um die traurige Liebe eines Clowns, der Hans heißt, zu der schönen Marie.«

»Warum ist es eine traurige Liebe?«

»Das größte Problem ist die katholische Kirche mit ihren strengen Regeln. Böll war ein gläubiger Mensch, aber er ärgerte sich sein Leben lang über die Kirche, ihre Strenge und ihre Härte. Er wünschte sich eine nachsichtigere, liebevollere Kirche.«

»Und was hat das mit diesem Hans und der schönen Marie zu tun?«, fragte sie.

»In den Augen der Kirchenleute ist der Clown nicht fromm genug, man könnte auch sagen, nicht gut genug für seine geliebte Marie. Und was die Kirche sagte, das hatte im Deutschland der fünfziger Jahre noch großes Gewicht.«

»Heute etwa nicht mehr?«, fragte Marie verwundert.

»Nein, heute nicht mehr. Jedenfalls lehnen Maries Eltern den Clown als Partner für ihre Tochter ab. Sie respektieren ihn nicht.«

Victoria sagte nichts mehr. Vielleicht dachte sie darüber nach, dass es zwischen dem Nachkriegsdeutschland und dem Irland, in dem sie lebte, gewisse Parallelen gab. Ging sie nicht auf eine Schule, wo sie von Nonnen und Priestern umzingelt war? Erfüllte ihr Vater, der Bürgermeister, seinem Freund, dem Bischof, nicht jeden Wunsch? Und sprach der Vater nicht viele seiner Verbote unter Berufung auf Gott aus?

»Es gibt aber auch etwas Lustiges in dem Roman«, sagte ich, bemüht, dem Gespräch eine heitere Wendung zu geben. »Der Clown kann nämlich durchs Telefon riechen.«

»Wie denn das?«

»Weiß ich auch nicht. Er kann es eben. Er weiß immer, wie es bei den Menschen riecht, mit denen er gerade telefoniert, ob jemand nach Lakritz riecht oder eine Schnapsfahne hat.«

»Er riecht durch die Leitung hindurch?«

»Durch das Kabel, genau.«

»Das gefällt mir«, sagte Victoria. Die Grübchen kehrten zurück auf ihre Wangen, verschwanden aber rasch wieder. »Werden sie denn am Ende doch noch glücklich miteinander?«

Ich zögerte mit einer Antwort. Ich hätte ihr am liebsten von einem romantischen Ende erzählt, von einer Versöhnung mit den Eltern oder einer Flucht an einen anderen Ort, von heimlichen Küssen im Schutze der Nacht oder der überraschenden Geburt eines Babys. Aber ich wollte Victoria nicht belügen. Ich habe von einer Theorie gehört, wonach zwei Menschen, die richtig verliebt sind, sich nicht belügen können, weil die Chemie im Körper das verhindere. Ich habe noch immer keine Ahnung von Chemie, aber ich habe die Theorie vielfach getestet. Sie stimmt. Das Lügen bereitet mir leider schon lange keine Probleme mehr. Mit Victoria war das noch anders.

»Ich glaube, sie werden nicht mehr glücklich miteinander«, sagte ich schließlich.

»Was heißt denn: ich glaube? Du hast das Buch doch gelesen. Oder hast du es gar nicht zu Ende gelesen?«

»Doch, habe ich. Aber genau kann man es trotzdem nicht wissen. Es ist so: Maries Familie und die katholische Kirche wollten nicht, dass Marie und Hans eine Ehe führen. Die gesellschaftlichen Verhältnisse machen ihre Liebe unmöglich, verstehst du?«

Victoria schüttelte den Kopf.

»Marie gehorcht schließlich dem Drängen ihrer Familie und der Kirchenleute. Sie finden, dass ein Clown ohne Manieren, ohne Kirchenmitgliedschaft und ohne festes Einkommen nichts für sie ist. Obwohl sie das einzige Mädchen ist, das Hans je richtig geliebt hat, heiratet Marie am Ende einen anderen, wohlhabenden Mann, einen frommen Katholiken, der den Erwartungen genügt. Der Punkt ist nur: Ich glaube, dass sie diesen Typen nicht wirklich liebt.«

»Wie furchtbar«, sagte Victoria. »Ich könnte das nicht. Ich kann mir nichts Schlimmeres vorstellen, als einen Mann zu heiraten, den ich nicht liebe.« Sie sah jetzt sehr entschieden aus und auch ein wenig verärgert, dass ich ihr kein fröhlicheres Ende anzubieten hatte.

»Und so endet die Geschichte?«

»Ja«, sagte ich. »Das heißt, nein, so etwa. Das Gute ist, dass es ein offenes Ende ist, niemand stirbt oder so. Offene Enden lassen immer einen Spalt für die Hoffnung. Man kann über das, was geschrieben steht, hinausdenken. Vielleicht trennt sich Marie ja noch von ihrem Katholikenmann und entscheidet sich doch für ihren Clown. Vielleicht sterben ihre Eltern. Vielleicht verwandelt sich die Gesellschaft ihrer Stadt irgendwann in eine moderne Gesellschaft, in der die Kirche weniger zu sagen hat. Wer weiß, theoretisch ist das ja alles möglich, es steht eben nur nicht mehr im Buch drin.«

»Vielleicht, vielleicht«, sagte Victoria. »Das ist mir ein bisschen zu viel vielleicht.« Sie schien nicht wirklich versöhnt durch meine Bemühungen.

»Lass uns einander etwas versprechen«, sagte sie nach einer Weile der Stille. Sie griff nach meiner Hand. »Lass uns einander versprechen, dass wir beide in zehn Jahren wieder an dieser Stelle sitzen werden. Egal, was kommt. Genau hier. Genau an diesem Tag.«

»Abgemacht«, antwortete ich. »Ich glaube, da hab ich noch nichts vor. Am 17. November 1999 also, genau hier, an unserem Geheimort. Ich darf doch ›unserem‹ sagen?« Sie nickte heftig.

»Und um wie viel Uhr?«

»Genau wie jetzt«, sagte Victoria. »Eine Stunde bevor die Sonne versinkt.«

Es wurde langsam dunkler, der Abend sammelte die Farben der Bäume ein, das tanzende Wolkenpaar legte seinen letzten Walzer aufs Parkett, dann versank es im See. Wir küssten uns noch einmal, dann liefen wir zurück zu den Fahrrädern. Wieder fuhr Victoria vorneweg, folgte aber einem anderen Pfad als auf dem Hinweg. Nach einer Weile gelangten wir mitten im Wald an eine Lichtung, auf der ein alter, vergessener Friedhof lag.

Grabkreuze wuchsen schief aus der Erde, sie hatten sich von der Schwere der Zeit oder von der Wut des Windes in die Schräge zwingen lassen, kreuz und quer ragten sie in die Luft. Victoria lehnte ihr Fahrrad an einen Baumstumpf und drückte eine Tür im schwarzen Eisengitter auf. Es quietschte schauerlich. Der Wind griff in ihr Haar und ließ es tanzen. Ich folgte ihr.

Auf einer kaum noch lesbaren Tafel stand, dass dieser Friedhof im 15. Jahrhundert zu einem Franziskanerkloster gehört hatte, dessen Ruinen nebenan im Zwielicht der sinkenden Sonne glänzten. Auf der Tafel stand, dass hier einst die Observantine Franciscans gelebt hatten, die berühmt für die besonders strenge Einhaltung ihrer Regeln gewesen seien. Die Mönche aßen fast nichts, sie trugen ihr Leben lang den gleichen Umhang, sie verzichteten auf jeden Besitz. Sie waren eine Art Sondereinheit der Franziskanermönche, Helden der Disziplin und der Willenskraft.

»Hat alles nichts gebracht«, sagte ich.

»Was hat nichts gebracht?«

»Die Sache mit der Disziplin und dem Glauben. Jetzt liegen sie trotzdem hier mit kalten Knochen unter schiefen Kreuzen.«

»So darf man nicht reden«, sagte Victoria. »Man kann doch gar nicht sagen, ob es etwas gebracht hat. Das können wir von hier unten wirklich nicht beurteilen. Ob sie im Himmel sind oder in der Hölle schmoren, steht nicht auf ihren Grabsteinen, das weiß Gott allein.«

»Ha«, rief ich.

»Was denn, ha?«

»Das wollen sie doch, dein Priester, dein Lehrer, dein Vater. Sie wollen, dass die brave Victoria sich so verhält, wie sie es möchten.«

Victoria zuckte mit den Schultern. Ihrer Mimik entnahm ich, dass sie nicht mochte, wie ich mit ihr sprach.

»Ich kann dir auch sagen, wie sie das schaffen: Sie machen dir Angst.«

»Tun sie nicht.«

»Doch, tun sie. Sie sagen dir, dass Gott dich bestrafen wird, wenn du nicht gehorchst. Dass es dann kein glückliches Leben gibt. Dass es auch kein Leben nach dem Tod gibt, keine Auferstehung, keinen Himmel und wie der ganze Klimbim heißt, den sie sich ausgedacht haben, um uns Angst zu machen.«

Vielleicht übertrieb ich es. Ich war mir ja selbst nicht sicher, ob es ein Leben nach dem Tod gab, aber plötzlich empfand ich einen innigen Hass auf alles Katholische, auf die ganze Kirche und ihre Bodentruppe, dabei war es vor allem ihr Vater, gegen den sich meine Wut richtete. »Es ist ein ganz mieser Trick, den sie da anwenden.«

»Ich glaube dir das nicht«, sagte sie.

»Was? Was glaubst du mir nicht?«

»Dass du das ernst meinst. Dass du wirklich denkst, dass es Gott und seine Gebote gar nicht gibt und alles nur eine Erfindung ist.«

»Religion ist Opium für das Volk!«, rief ich, froh, dass mir der olle Spruch genau im richtigen Moment eingefallen war.

»Wo hast du denn so einen Blödsinn her?«

»Hat Marx gesagt. Hat Boell jedenfalls gesagt, dass Marx das gesagt hat.«

»Und ich sage dir jetzt, dass das Unsinn ist.«

Vermutlich hatte sie recht. Sicher war ich mir wie gesagt nicht, was diese letzten und vorletzten Fragen anging.

»Warum sagst du solche Sachen?«, fragte Victoria.

Ich nahm sie in den Arm und flüsterte, dass es mir leid tue. Später kletterten wir über das Skelett des Klosters, erst da bemerkte ich, dass sich hinter dem Gemäuer ein weiterer Friedhof anschloss, auf dem keine Mönche aus dem Mittelalter lagen, sondern Iren, die erst in den letzten hundert Jahren gestorben waren. Hier ruhten die O'Learys, O'Briens, O'Donoghues, O'Sullivans, O'Connors, O'Connells, die Collins oder Maloneys unter Kreuzen, an denen die Zeit knabberte, unter Grabsteinen, auf denen die schwarzen Schriftzüge mit dem Moos um Geltung rangen. Alles hier war befallen vom Schimmel der Vergänglichkeit. Dann ist man endgültig verschwunden, dachte ich: wenn es Wind und Wasser gelungen ist, den Namen vom Grabstein zu tilgen.

Ab und zu ragte ein eisernes Kreuz zwischen den steinernen hervor, es waren die Gräber von Soldaten. Dort, wo der Rost weniger gefräßig gewesen war, konnte man die Jahreszahl erkennen, 1915, der Erste Weltkrieg. Ein Rabe nahm auf einem Eisenkreuz Platz und blickte uns vorwitzig an. »Ich kann mir nichts Sinnloseres vorstellen, als im Krieg zu sterben«, sagte ich. Der Rabe schien zu nicken.

»Ich schon«, sagte Victoria.

»Was denn?«

»In einem Krieg für Großbritannien zu sterben.«

Die Kerle dort unten konnten einem wirklich leidtun. Die irische Unabhängigkeit war für sie nur wenige Atemzüge zu spät gekommen. Sie waren im Ersten Weltkrieg als Iren im Dienste Ihrer Majestät, der Königin von England, gefallen. Es war das Jahr des Osteraufstands, kurz bevor Irland in die Freiheit entlassen wurde.

Victorias Stimme hatte jenes Kämpferische, das offenbar alle Iren überkam, wenn sie über die Vergangenheit ihres Landes sprachen, und wieder fragte ich mich, warum mir mein Land viel egaler war als ihr das ihre?

Seit sie denken konnte, feierte Victoria am Ostermontag nicht nur die Auferstehung Christi, sondern auch die Auferstehung der irischen Nation, den Tag, als die Revolutionäre auf dem Dach der Hauptpost von Dublin die irische Fahne hissten. Die Bedeutung dieses Ereignisses hatte Victoria tief verinnerlicht. Jeden Abend, wenn sich die Familie um den Abendbrottisch versammelte, schaute sie sich zum einen den amtierenden Papst in seinem Bilderrahmen an, zum anderen den alten Freiheitskämpfer O'Connell.

In anderen Gräbern lagen Kämpfer, die immerhin das

Glück gehabt hatten, nicht für Großbritannien sterben zu müssen. Einem gewissen Brendan O'Flaherty, Aktivist der Irisch Republican Army, wurde auf seinem Stein für seine Tapferkeit im Kampf für die irische Unabhängigkeit gedankt. Einige Parzellen weiter bekundete eine ausgewanderte Familie aus Winchester/USA, dass sie ihre in der Heimat zurückgebliebenen Verwandten nie vergessen werde. Wer genau zuhörte, dem erzählte dieser kleine, vergessene Friedhof tief in den Wäldern vor Killarney die ganze leidvolle Geschichte dieses stolzen Landes.

Victoria war vor dem Kreuz des IRA-Kämpfers stehen geblieben, reckte die rechte Faust in den Himmel und murmelte etwas vor sich hin.

»Was machst du?«, fragte ich, als sie ausgemurmelt hatte.

»Ich bete für einen tapferen Genossen, der seinen Leib im Kampf gegen die dreckigen Engländer geopfert hat.«

Mich verwunderte ihre drastische Ausdrucksweise. »Gehörst du etwa zu diesen Terroristen?«

»Welchen Terroristen?«

»Zu dieser IRA, der Freiheitsarmee?«

»Nicht offiziell«, sagte Victoria. »Ich bezeichne mich als Sympathisantin.«

Sie klang sehr entschlossen. Sie stand da wie eine kleine Revolutionärin, das Kinn stolz nach oben gereckt, die Faust noch geballt, es wirkte nicht aufgesetzt, sondern wahrhaftig, und ich konnte nicht anders, als sie dafür zu lieben. Ich liebte diese seltene Mischung aus Rebellion und Zärtlichkeit, aus Aufruhr und Hingabe. Ich glaube, dass die meisten Männer nach dieser Kombination suchen, es soll ja nicht langweilig werden an der Seite einer Frau, aber es darf ruhig verlässlich sein. Nach Victoria habe ich diese Kombination leider nie wieder gefunden. Zumindest nicht in ein und derselben Frau.

»Hier, lies das mal«, sagte sie, sie war zwei Gräber weiter gewandert und deutete auf ein Stück Porzellan, in dessen Mitte ein Gedicht geschrieben stand:

Steh nicht an meinem Grab und weine. Ich bin nicht hier, ich schlafe nicht.

So begann das Gedicht, es folgte eine Liste all dessen, was der Verstorbene, der behauptete, nicht hier zu sein, stattdessen macht: *Ich bin der Wind, der stürmt, das Kristall des Schnees, das Sonnenlicht über den Weizenfeldern, der sanfte Herbstregen, der zarte Stern in der Nacht.*

»Ein Tausendsassa, der Kerl«, sagte ich, jedenfalls glaubte ich, das zu sagen. »Thousand-Sassa«, hatte ich es auf Englisch versucht, aber Victorias Blick hatte mir rasch signalisiert, dass es so etwas nicht gab. Es war das erste Mal seit unserem Kennenlernen, dass wir Verständigungsprobleme hatten. Mein Englisch hatte sich als tauglicher erwiesen, als ich selbst gedacht hatte.

»Tausendundeine Nacht?«, fragte Victoria.

»Schon gut«, sagte ich.

»Dann lies einfach weiter«, befahl sie streng. Ich gehorchte und las den Schlussvers laut in ihrer Sprache vor:

Do not stand at my grave and cry. I am not here, I did not die.

Victoria sah mich mit großen Augen an. »Wäre es nicht wundervoll, wenn er recht hätte? Wenn er nur seine morschen Knochen zurückgelassen hätte, seine Seele aber bei Gott im Paradies wäre?«

»Ja, das wäre großartig.« Ich hatte vorerst kapituliert.

Wir stiegen weiter durch das hohe Gras zwischen den Gräbern, balancierten über Randsteine, die wacklig geworden waren und Mühe hatten, die letzten Reiche, die den Menschen auf Erden geblieben waren, voneinander abzugrenzen. Plötzlich standen wir vor einem Grab mit vielen kleinen Steinen und Inschriften, die alle auf den gleichen Nachnamen endeten: O'Grady.

In der Mitte lag eine mit Wasser gefüllte Glaskugel, in der Plastikblumen um den gekreuzigten Jesus schwammen. *Sweet Jesus have Mercy* stand auf einem der Grabsteine, eine merkwürdige Formulierung. Ich hatte Jesus in den Geschichten und Bildern meiner Kindheit als bärtigen Herrn kennengelernt, mit bescheidenem Umhang und bequemen Sandalen, wie die Achtundsechziger sie trugen. Er war mir gewiss höflich und freundlich vorgekommen, aber »süß« traf es meines Erachtens nicht.

»Hier werde ich auch einmal liegen«, sagte Victoria, sie zeigte auf das Wasserglas, in dem der süße Jesus schwamm. Dann schob sie noch etwas hinterher: »Wenn du mich nicht mitnimmst.«

Wir standen im fahlen Licht der Dämmerung, der Wind heulte jetzt durch die Klostergemäuer, als würden die Mönche noch immer ihr *Ave Maria* singen. Nach einer Weile sagte ich, dass wir alle irgendwann sterben müssten – wissend, dass es etwas anderes war, was sie von mir hören wollte.

ELFTES KAPITEL

Boells Berichte zur Lage der Nation interessierten mich immer weniger, was auch daran lag, dass es im Vergleich zu den ersten Tagen nach dem Fall der Mauer kaum noch Dramatisches zu berichten gab. Während die Menschen aus Ost und West sich gegenseitig besuchten und dabei vor allem das Angebot der jeweiligen Kaufhäuser verglichen, hatten sich die Politiker von den Balkonen und Marktplätzen in die Hinterzimmer zurückgezogen.

Zum ersten Mal wurde mir die Relativität von Geschichte bewusst. Es mochte stimmen, was Boell und Kohl und alle anderen sagten, dass dieses historische Ereignis Tausende, vielleicht Millionen Menschen glücklich machte. Mir aber war all das ziemlich egal. Ich erlebte gerade meinen eigenen Mauerfall.

An den Tagen nach unserem Ausflug war es nicht möglich gewesen, Victoria zu sehen. Leider wurde wahr, was sie schon bei unserem Abschied befürchtet hatte. Ihr Vater ließ sie nicht aus dem Haus, angeblich musste sie ständig für die Schule lernen, was ich als Katastrophe empfand, weil die letzte Woche unseres Aufenthaltes angebrochen war. Am Wochenende würden wir bereits abreisen, Zeulenroda, ich konnte es noch immer nicht fassen.

Der Ausflug hatte mich verändert. Plötzlich tat ich seltsame Dinge. Abends lief ich durch die Gassen von Killarney und genoss es, dieselbe irische Luft zu atmen, die auch sie in diesen Stunden atmete. Ich ging sogar freiwillig in die Kirche. Um sie wenigstens aus der Ferne zu sehen, blieb mir vorerst nur der Gottesdienst am Mittwochabend. Victoria hatte mir erzählt, dass ihre Familie neben der Sonntags- meist auch die Mittwochsmesse besuche.

Schon beim Betreten der St. Mary's Cathedral erkannte ich ihren Hinterkopf. Sie saß vorne in der ersten Reihe, gleich neben ihrem Vater. Ich musste einen Platz finden, der mir die Sicht auf sie ermöglichte und mich zugleich vor den Blicken des Bürgermeisters schützte. Ich fragte mich, ob er Victoria nach dem Vorfall in seinem Büro auf mich angesprochen hatte. Während unseres Ausflugs hatte sie das Thema nicht erwähnt, deshalb hoffte ich, die Sache sei vergessen. Ich setzte mich in Reihe neun.

Es war eine finstere Kirche, karge graue Mauern, wie im Innern einer Burg. Sie ragten in gewaltige Höhen, wo ein hölzerner Dachstuhl ihrem Streben ein Ende bereitete. Alles an diesem Bau schien gemacht, um den Menschen die Macht des Schöpfers vor Augen zu führen, sie gehorsam und gefügig zu machen. Hier schrumpften Menschen zu Zwergen.

Glocken läuteten, die Orgel hallte, ein dicker Priester in grünem Gewand schleppte sich aus der Sakristei. Der Bischof persönlich lese heute die Messe, sagte meine Banknachbarin ehrfürchtig. Als der Bischof endlich am Altar angekommen war, sagte er »Kniet nieder«, und die Gemeinde kniete nieder.

In meiner Hosentasche steckte ein Zettel, auf dem ich Victoria geschrieben hatte, dass wir schon am Wochenende abreisen würden und dass sie mir vorher noch ein paar Stunden schenken müsse. Ich wusste nur noch nicht, wie ich ihn überreichen sollte.

Wenn man nicht auf die Worte hörte, sondern nur auf die Bewegungen achtete, dann folgte die Messe ihrem eigenen Rhythmus, einer sich wiederholenden Abfolge aus Aufstehen, Knien, Hinsetzen, Aufstehen, die nur einmal unterbrochen wurde, als der Bischof das Brot brach und die Gemeinde aufforderte, zum Empfang der heiligen Kommunion nach vorne zu kommen.

Ich war schon lange nicht mehr zur Kommunion gegangen. Andererseits bot der Leib Christi auch die Chance, Victoria näher zu kommen. So reihte ich mich in die Schlange ein, die sich vor dem Priester gebildet hatte. Aus der Orgel floss Besinnliches, langsam rückten wir vor zum Altar.

Ich sah, wie Victoria die Hostie in Empfang nahm, sich bekreuzigte und sich in die Schlange derjenigen einreihte, die zu ihrem Platz zurücktrotteten. In wenigen Sekunden würde sie an mir vorbeiziehen, ich griff nach dem Zettel in meiner Hosentasche, er war noch da. Mein Herz hämmerte.

Ich traute mich nicht, nach links, in ihre Richtung, zu blicken, zu groß schien mir die Gefahr, dass ihr Vater direkt vor oder hinter ihr sein würde. So schielte ich nur aus den Augenwinkeln, um den Moment, da sie auf meiner Höhe sein würde, nicht zu verpassen. Es konnte nicht mehr lange dauern. Ich hielt meine linke Hand mit dem Zettel zwischen den Fingern ins Nichts, sah nicht hin und betete, dass sie mich und die Situation erkennen würde. Die Zeit, in der nichts geschah, kam mir vor wie eine Ewigkeit. Was, wenn ein anderer Kirchenbesucher nach dem Zettel greifen würde? Was, wenn es ihr Vater wäre?

Es war die zarte Haut, an der ich ihre Hand erkannte. Sie griff nach dem Zettel, und als ich mich endlich traute, wieder hochzusehen, da stand schon der dicke Bischof vor mir, sah mich an, als hätte ich gesündigt, hielt mir die Hostie entgegen und sagte »Der Leib Christi«. Vor Aufregung vergaß ich, dass man mit »Amen« antworten sollte. Stattdessen sagte ich »Thank you«.

Ich hätte mir für unser letztes Treffen einen schöneren Ort vorstellen können, aber der Regen zerstörte den Traum, den ich seit unserem Ausflug geträumt hatte. Ein weiterer Nachmittag im Versteck der Natur war ausgeschlossen, der Himmel heulte, als sei die Welt verstorben. Stattdessen Bushaltestelle.

Nass wie Seehunde standen wir uns nun gegenüber, sagten nichts, fraßen uns erst mit den Augen, dann mit Armen und Händen, schließlich mit den Lippen auf, küssten uns wie Verdurstende. Ich spürte ihr Herz an meiner rechten Brust rasen.

Hätte uns jemand beobachten können, so wäre ihm die Maßlosigkeit nicht verborgen geblieben, mit der wir vorgingen, wir küssten uns, getrieben von der Angst, dass es unsere letzten Küsse sein könnten, womöglich für immer. Aber die Straße war leer, niemand beobachtete uns. Ich fragte mich, ob Victoria sich dessen bewusst war, und ob sie sich genauso hätte gehen lassen, wenn jemand in der Nähe gewesen wäre. Wir messen die Zuneigung eines anderen gern an der Höhe des Risikos, das er für uns einzugehen bereit ist.

Ein Donnerschlag trennte uns, er hallte durch Straßen und Knochen, und als er verstummt war, legte Victoria ihre hellgrüne Regenjacke über unsere Köpfe und zog mich in das Haus, das hinter der Bushaltestelle stand. Der Laden hieß Bambury Bookmakers, ein in die Jahre gekommenes Wettbüro, ein Paradies des kleinen Spielers. Sechs leicht zerlumpte Männer jenseits der sechzig saßen auf Schemeln, durch deren Lederbezüge der Schaumstoff quoll. Die Schemel waren in vier Reihen aufgestellt, wie im Theater, aber dort, wo die Männer hinstarrten, hingen lediglich zwei Fernsehschirme, über die entweder Pferde oder Windhunde galoppierten.

Neonröhren erleuchteten den Raum, die Wände waren mit billigem Holz getäfelt, das von Faustschlägen der Verzweiflung gesplittert war, weil ein Tier mal wieder nicht die Erwartungen erfüllt hatte. Es roch nach Bier und Schnaps und dem milden, nicht mehr ganz so beißenden Schweiß alter Männer. Ringsum waren Zeitungsseiten mit Heftzwecken an das dünne Holz gebunden, auf langen Listen wurde das Teilnehmerfeld aller Rennen im ganzen Land vermeldet. Es waren viele hundert Pferde und Windhunde, die allein an diesem Tag unterwegs waren, damit viele tausend Männer etwas hatten, auf das sie wetten konnten.

Eine alte Frau saß hinter einem Tresen. Sie starrte übellaunig auf ihre Wettbücher und harrte der Aufträge der Alten, ohne diese auch nur eines Blickes zu würdigen.

Auf dem linken Bildschirm wurde jetzt das nächste Rennen angekündigt, »3.50 Tipperary« blinkte es auf dem Schirm, dahinter sah man eine noch pferdlose Pferderennbahn. Um zehn vor vier, also in wenigen Minuten, würde in Tipperary ein Rennen gestartet. Die Männer versammelten sich vor jener Zeitungsseite, die alle Zahlen bereithielt, die man für »3.50 Tipperary« in Betracht ziehen musste: Anzahl der Siege des Pferdes, Anzahl der Siege des Jockeys, Platzierungen in den letzten Rennen. Aus den Zahlen versuchten sie eine Formkurve abzuleiten und – das war die eigentliche Herausforderung – sie weiterzumalen in die Zukunft, bis 3.50 Tipperary. Sie taten dies mit einer ungeheuren Ernsthaftigkeit, traten von einem Bein aufs andere, in ihren Hosentaschen klimperte Kleingeld.

Aus der Ferne hätte man sie für eine Gruppe Wissenschaftler halten können, die über einer Versuchsanordnung brüteten. Aus der Nähe aber sah und roch man die Spuren, die ein raues Leben hinterlassen hatte. Bei einigen hatte sich der Alkohol im Laufe der Jahrzehnte unter den Augen abgelagert, anderen war er in die Nase geflossen, hatte diese aufgepumpt auf die Größe von Kartoffeln. Ihr Haar, oder das, was davon übrig geblieben war, klebte mehr am Kopf, als dass es lag.

Im Vergleich zum Rest der Gesichter wirkten ihre Ohren unglaublich groß. Dass Ohren selbst dann noch wachsen, wenn der Rest des Körpers schrumpft, erschien mir immer schon unheimlich.

»Was machen wir hier?«, fragte ich.

»Wir verstecken uns vor dem Regen.«

»Im Wettbüro?«

Victoria nickte, sie setzte sich in die letzte Reihe und bedeutete mir, ich solle neben ihr Platz nehmen. Das Wettbüro, erklärte sie, gehöre zu den wenigen Orten, an denen sie sicher sein könne, weder ihrem Vater noch einem Bekannten ihres Vaters zu begegnen. »Vater verabscheut jede Form von Glücksspiel. Er sagt, der Teufel habe das Wetten erfunden, um die Menschen vom Pfad der Tugend zu lotsen. Er selbst hätte dieses Wettbüro schon lange schließen lassen, aber auf diesem Gebiet hat er nichts zu melden. Die Glücksspielgesetze macht die Regierung in Dublin.«

Ich hatte in meinem bisherigen Leben weder eine Rennbahn noch ein Wettbüro besucht, plötzlich aber empfand ich eine unglaubliche Sympathie fürs Pferdewetten. »Lass uns mitmachen«, sagte ich. »3.50 Tipperary, das nächste Rennen. Du suchst dir ein Pferd aus.«

Allein der Gedanke, sie zum Pferdewetten zu verführen, bereitete mir Genugtuung. Es gab offenbar nicht viel, womit ich ihrem Vater größeres Leid hätte zufügen können. Ich würde sie seinem väterlichen Reich entreißen und dem Teufel zuführen. Und sei es nur für die Dauer eines Rennens.

»Du spinnst!« Sie sah mich an, als wollte ich sie an einen Kamelhändler verhökern.

»Warum denn nicht?«

»Ich kenne doch keins dieser Pferde«, sagte Victoria. Immerhin, sie schien nicht mehr ganz abgeneigt.

»Das macht nichts«, sagte ich. »Such dir einfach einen Namen aus, der dir gefällt. Auf dieses Pferd setzen wir dann.«

»Rosebud«, rief einer der Männer mit den großen Ohren. Die Runde schien zu einer Entscheidung gekommen zu sein. »Rosebud«, wiederholten die anderen, sie nickten heftig, als könnte das Nicken die Zweifel verscheuchen. Die Startnummer 3, Rosebud, war wirklich keine schlechte Wahl, zuletzt zwei dritte Plätze, zwei Siege, aufsteigende Form, das war wichtig. Die Männer hatten beschlossen, für dieses Rennen zusammenzulegen, ein hoher Einsatz, statt vieler kleiner. Ein Hut ging rum, sie griffen in ihre Hosentaschen, pulten mit ihren groben Händen den geforderten Betrag heraus, zehn irische Pfund für jeden, der Lohn für zwei, drei Stunden harter Arbeit wurde nun in Rosebud investiert. 3.50 Tipperary, Kleiner Einlauf, Sieger: Rosebud. Die Frau hinter dem Tresen notierte die Wette in ihren Büchern, dann hielt sie jeden ihrer Geldscheine aufreizend lange gegen das Licht.

Aus heutiger Sicht muss ich sagen, dass es sich bei Rosebud um eine solide Investition handelte, wenn man bedenkt, in welche Produkte wir von der Bank die Millionen unserer Anleger stecken. Damals aber stockte mir der Atem, als ich sah, dass sechs zerlumpte Männer sechzig Pfund in einen Hengst investierten, den sie nur aus der Zeitung kannten.

Ich habe mich später gefragt, warum gerade die Iren wie die Verrückten auf Pferde, Windhunde und andere Vierbeiner wetteten, obwohl Gott das Glücksspiel doch zu einer der sieben Todsünden erhoben hatte. Vermutlich war es ihre Art zu flüchten. Vielleicht kamen sie in diese Wetthöllen, um sich der Kirche und ihren Regeln für ein paar Stunden zu entziehen. Pferdewetten und Alkohol waren die erfolgreichsten Fluchthelfer des Landes.

»Was für ein schöner Name«, murmelte Victoria.

»Was meinst du?«

»Rosebud. Der Name gefällt mir.«

Ich stand auf, holte drei irische Pfund aus meinem Portemonnaie und reichte sie der Hexe hinter dem Tresen. »Einmal Rosebud, bitte.« Sie murmelte irgendetwas von Ackergaul und gab mir ein Papier als Beleg zurück. Dann bestellte ich zweimal Tee, den sie aus einer Thermoskanne in Porzellantassen pumpte.

»Dein Vater würde toben, wenn er das wüsste«, sagte ich und legte Victoria unseren Wettschein neben dampfende Tasse.

»Du hast etwas gegen ihn, nicht wahr?«

»Du etwa nicht?«

»Ich weiß nicht, ob man das so sagen kann«, sagte Victoria. Ich konnte sehen, wie ihr Kopf arbeitete, offenbar überlegte sie, wie viel Wahrheit sie mir über ihre Familie anvertrauen sollte. »Es ist nicht so einfach, weißt du? Nicht so einfach wie für dich.«

»Was ist nicht so einfach?«

»Etwas gegen seinen Vater zu haben.« Sie machte eine Pause. »Du hast vielleicht meine Schwester gesehen, sie saß neben mir in der Kirche.«

»Das Mädchen mit den roten Haaren?«

»Ja, sie stand neben mir auf dem Bahngleis, als euer Zug in Killarney ankam. Sharon ist zwei Jahre älter als ich. Wir teilen uns ein Zimmer, oben unter dem Dach, und in all den Jahren habe ich mich nie nach einem eigenen Zimmer gesehnt. Sharon war immer so fröhlich. Wenn sie abends im Bett lag und ein Buch las, das sie komisch fand, lachte sie leise vor sich hin. Sie konnte lange lachen, und ich konnte wunderbar darüber einschlafen. Zum Geburtstag und zu Weihnachten habe ich ihr immer nur lustige Bücher geschenkt.«

Victoria stockte, ihre Stimme war von Wort zu Wort leiser geworden, nun sammelten sich Tränen in ihren Augen.

»Aber dann wurde Sharon das Lachen geklaut.«

»Wer hat ihr das Lachen geklaut?«

Victoria drehte den Kopf zur Seite.

In Tipperary sah man nun, wie die Pferde von ihren Pflegern aus dem Fuhrring zur Startbox begleitet wurden. *5 minutes till start* blinkte es auf dem Bildschirm. Die Alte hinter dem Tresen zählte das Geld nach.

Es dauerte, bis Victoria weiterreden konnte. Sie erzählte von jenem Sommer vor zwei Jahren, als Johnny Logan für Irland den Grand Prix gewann und ihre Schwester die Liebe entdeckte. Er hieß Christian, kam aus Hamburg, und war mit seinen Eltern in den Schulferien nach Killarney gereist. Sie hatten unten in der Nähe des Sees ein Cottage gemietet, nicht weit von der Stelle, an der Victoria und Sharon an den warmen Tagen zum Baden gingen.

»Als wir Christian das erste Mal sahen, saß er mit einem Stereorekorder auf einem kniehohen Felsen am Wasser und hörte *Welcome to the Jungle* von Guns N' Roses. Dazu legte er sich immer neue Kieselsteine auf den Kopf und versuchte seinen eigenen Rekord zu brechen. Seine Eltern waren wandern, sie verbrachten ihr halbes Leben wandernd.«

2 minutes till start.

»Eines Tages ging Sharon alleine zum Baden. Abends im Bett erzählte sie mir, wie weich seine Lippen seien. Sie lachte viel, als sie mir von Christians Lippen berichtete und seinem leichten Schnaufen, während sie sich küssten. Dann versuchte sie, das Schnaufen nachzuahmen, aber es hörte sich wie ein Esel an, nicht wie ein deutscher Junge. Ich hatte meine fröhliche Schwester noch nie so fröhlich erlebt wie in jenen zwei Wochen. Vor dem Einschlafen bat ich den lieben Gott, dass er mir auch einen deutschen Jungen mit weichen Lippen vorbeischicken möge.«

Sie legte ihre Hand auf meine Wange und sah mich an. Für einen Moment fragte ich mich, ob ich beim Küssen ebenfalls schnaufte, dann hörte ich einen dumpfen Knall. Die Pferde schossen aus ihren Boxen, als habe man sie Jahre dort eingesperrt. *Princess of Connemara* leicht an der Spitze, *Rosebud* in Position, das Feld geschlossen.

»Als Christian wieder in Deutschland war und der Sommer vorbei, da entdeckte Sharon, dass sie schwanger war. Sie hatte es lange nicht bemerkt, aber dann war ihr morgens beim Aufwachen ständig übel gewesen, ich hatte sie oft ins Badezimmer begleiten müssen. Und dann fuhren wir eines Tages mit dem Bus in die Nachbarstadt zu einem Arzt, bei dem wir sicher waren, dass er unseren Vater nicht kannte. Sie war bereits in der zwölften Woche. Während wir den langen Weg von der Praxis zurück zur Bushaltestelle liefen, redeten wir kein Wort. Später im Bus war es Sharon, die als Erste ihre Sprache wiederfand. Sie sagte, sie werde sich nun umbringen müssen. Dann fragte sie mich, ob ich ihr dabei helfen wolle.«

Victoria machte eine Pause. Sie wirkte sehr konzentriert, als gehe es jetzt allein darum, die Details jenes Nachmittags nicht durcheinanderzubringen.

»Als Sharon das gesagt hatte, fühlte ich mich ohnmächtig. Ich konnte plötzlich nicht mehr nachdenken, nicht mehr reden, ich fühlte nur noch diesen Drang, meine Schwester zu küssen. Ich küsste ihre Wangen, ihren Hals, ihre Haare, selbst ihren Pullover küsste ich. Ich wollte Sharon zeigen, wie kostbar sie mir war.«

Die Pferde liefen nun direkt vor der Tribüne vorbei, Startnummer 3, *Rosebud*, an dritter Position, spürt nun die Gerte auf seiner Flanke, eine Länge davor *Princess of Connemara*, in führender Position *Rising Soul*, bisher die Überraschung dieses Rennens, abgeschlagen schon jetzt *Captain Ahab* und *Eddie the Eagle*, so geht es in den vorletzten Halbbogen.

»Wir sind gemeinsam die Möglichkeiten durchgegangen. Umbringen kam für mich nicht in Frage. Das Kind zu bekommen, kam für Sharon nicht in Frage. Sie besaß nicht mal Christians Adresse, denn dieser Schuft hatte darauf bestanden, ihr als Erster schreiben zu dürfen. Sharon wartet noch heute auf diesen Brief.

Die dritte Möglichkeit hieß Abtreibung, aber es war zugleich die komplizierteste. Ich weiß, dass es bei euch kein Problem ist, ein Kind wegmachen zu lassen, aber in Irland ist es strengstens verboten.«

Plötzlich kam mir das Mädchen aus der Fußgängerzone in Dublin in den Sinn, ich erinnerte mich an die Babyköpfe, den Eifer, mit dem die Aktivisten die Passanten zur Unterschrift drängten. Ich erinnerte mich auch an all die Momente irischer Frömmigkeit, die ich seit meiner Ankunft erlebt hatte, die alten Frauen, die mit Hingabe ihren Rosenkranz beteten, das Bibelzitat am Bahngleis: *Niemand kommt zum Vater außer durch mich*, dachte auch an das, was Böll in seinem Tagebuch geschrieben hatte, ... *die Kirche braucht sich, glaube ich, nicht zu viele Sorgen zu machen um jenes Land, das ja eigentlich ihre älteste, ihre treueste Tochter ist*, und wunderte mich nicht mehr darüber, welche Macht die katholische Kirche über Glück und Unglück ihrer irischen Söhne und Töchter hatte. Natürlich war Abtreibung hier verboten.

»Nach diesem Nachmittag im Bus ging alles sehr schnell. Der Arzt hatte uns die Telefonnummer einer Frau aus dem Nachbardorf auf einen Zettel notiert, die behilflich sein könne, falls Sharon sich über eine Abtreibung in England informieren wolle, wozu er aber keineswegs raten wolle. Er fürchtete um seine Zulassung als Arzt. Vermutlich hatte er häufig verzweifelte Mädchen bei sich sitzen, die ihre Schwangerschaft als dunkles Geheimnis mit sich herumtrugen.«

»Ziiiiiieh, nun zieh doch endlich«, rief einer der Männer vor uns. Vor dem Schlussbogen unveränderte Lage in Tipperary, *Princess of Connemara* vor *Rising Soul*, vor *Rosebud*. »Warts ab, der bricht noch ein da vorne«, versuchte ein anderer Hoffnung zu wecken. »Der stirbt auf den letzten Metern.«

»Es lief dann alles ziemlich geschäftig ab, fast wie im Reisebüro. Die Frau, deren Nummer der Arzt uns gegeben hatte, empfahl Sharon eine Klinik in der englischen Stadt Swansea, das ginge am schnellsten, weil sie in der Nähe jenes Hafens liege, wo die Fähre aus Cork anlege. Außerdem habe sie über diese Klinik nicht viele Klagen gehört, es komme nur selten zu Komplikationen. Am Ende verlangte sie eine »Buchungsgebühr« von fünfzig Pfund und vereinbarte einen Termin für die übernächste Woche.«

Victoria hielt inne, um einen Schluck von ihrem Tee zu trinken. Mit beiden Händen führte sie die Tasse an ihre Lippen. Ich hatte die ganze Zeit schon beobachtet, wie sie das Porzellan umklammerte, als hüte sie ein zartes Lebewesen. Ich war völlig begeistert von ihrer Art, die Teetasse zu halten. Wäre es nicht längst geschehen, ich hätte mich allein dafür in sie verliebt. Ich sah sie an und spürte, wie eine angenehme Wärme sich in meinem Körper verbreitete, in den Oberschenkeln, im Bauch, in der Brust. Ich wünschte mir auf einmal, ähnlich zart von ihr umklammert zu werden. Als Nächstes stellte ich mir vor, wie es wäre, nackt mit ihr im Bett zu liegen, Haut an Haut, unsere Körper aneinandergeschmiegt. Schließlich zwang ich mich, meine Fantasie zu zügeln. Sie war ihrer Erzählung nicht angemessen. Als sie die Tasse wieder abgesetzt hatte, fuhr sie fort:

»Ich bewunderte meine Schwester dafür, wie ruhig, man muss fast sagen, wie professionell sie von da an mit der Situation umging. Ich half Sharon, ihre Tasche für die Reise nach England zu packen; aus dem Versteck meiner Mutter nahmen wir 200 Pfund, weitere 200 hatten wir selbst gespart. 380 Pfund sollten Reise und Operation insgesamt kosten. Am nächsten Morgen verließen wir gemeinsam das Haus, wie an allen Schultagen. An diesem Tag aber ging nur ich zur Schule, Sharon nahm den Bus nach Cork. Meinem Vater, der uns zu der Zeit noch nicht ganz so streng kontrollierte, erzählten wir, dass Sharon für ein verlängertes Wochenende bei einer Freundin übernachte, sie wollten für die nächsten Klausuren lernen und gemeinsam ein Referat vorbereiten. Nichts anderes hätte er als Grund für eine viertägige Abwesenheit akzeptiert. Meine Mutter weihte ich kurz nach Sharons Verschwinden ein. Wir wussten, dass es ein Schock für sie sein würde, aber wir wussten auch, dass sie unserem Vater nichts erzählen würde. Sie fürchtete die Folgen genauso wie wir.

Sharons Reise verlief nach Plan. Auch bei der Operation traten keine Komplikationen auf. Bevor sie aus der Klinik entlassen wurde, steckte der Arzt ihr noch eine Packung Antibiotika zu. Die gebe er allen Mädchen aus Irland, sagte er, er kenne doch deren Lage: Falls im Nachhinein noch eine Infektion auftrete, würden sie zu Hause nicht an die nötigen Medikamente kommen, ohne dass die Abtreibung auffliege. Auf der Rückfahrt nach Cork dachte Sharon, sie hätte alles überstanden.«

Die Männer vor uns unterbrachen Victorias Erzählung mit schrillen Lauten, die sich wie Wiehern anhörten. Inzwischen prügelten alle Jockeys auf ihre Pferde ein, »*Princess of Connemara* und *Rising Soul* fast gleichauf, gefolgt von *Rosebud … Rosebud* macht jetzt Boden gut, schiebt sich an *Princess of Connemara* vorbei, nur noch wenige Meter, *Rising Soul* vorne, *Rosebud* jetzt fast gleichauf … *Rising Soul* oder *Rosebud, Rising Soul* oder *Rosebud … Rising Soul* gewinnt, *Rosebud* knapp geschlagen …« Hinter ihrem Tresen sah ich die Alte zufrieden grinsen.

»Mein Vater wusste Bescheid, noch bevor Sharon aus Swansea zurückgekehrt war. Sein Freund, der Schuldirektor, hatte ihn gefragt, ob Sharon etwas fehle oder warum sie am Morgen nicht zum Unterricht gekommen sei. Daraufhin hatte mein Vater Zweifel an unserer Geschichte bekommen und unsere Mutter so lange bedrängt, ihm die Wahrheit über Sharon zu erzählen, bis sie irgendwann ihr Schweigen brach. Ich habe einen Menschen noch nie so wütend gesehen wie damals meinen Vater. Es folgten fürchterliche

Wochen, und eigentlich dauern diese Wochen bis heute an. Sharons Geschichte ist das große Geheimnis, die große Schande, die über unserer Familie schwebt. Dass ausgerechnet seine Tochter eine solche Sünde begangen hatte, dass sie zur »Mörderin« wurde, und dass dieser Mord auch noch im verhassten England verübt wurde, wird mein Vater wohl nie verwinden.«

Victoria machte eine kurze Pause, atmete tief ein und wieder aus, dann sagte sie: »Ich glaube, dass mein Vater seit diesem Tag alles dafür tut, mich vor dem Schicksal meiner Schwester zu bewahren. Er möchte verhindern, dass ich wie Sharon vor Verliebtheit den Kopf verliere und dass mich irgendein Junge mit einem Baby zurücklässt.« Wieder machte sie eine kurze Pause. »So, jetzt ist es raus, jetzt weißt du, warum es mir trotz allem nicht gelingt, meinen Vater zu hassen.«

Es war jetzt völlig still im Wettbüro. Nach der Enttäuschung wegen *Rosebud* waren die Männer wie geschlagene Krieger nach Hause gewankt, die Alte hatte sich wieder in ihre Bücher vertieft. Ich war ergriffen von Victorias Ernsthaftigkeit. Sie hatte sich weit mehr Gedanken über das Leben und seine Abgründe gemacht als ich. Sie wirkte plötzlich viel reifer als das tanzende Mädchen, das ich vor wenigen Tagen erst kennengelernt hatte.

Noch immer peitschte ein kalter Wind durch die Straßen, der Regen hatte etwas nachgelassen. »Wir sehen uns am Samstagabend«, sagte Victoria. Ich sah sie fragend an.

»Es soll ein Abschiedsfest geben, alle Schüler der Oberstufe sind eingeladen, genau wie am Abend eurer Ankunft. Und wenn es einen offiziellen Anlass gibt, kann mein Vater mir nicht verbieten, hinzugehen. Ist das nicht großartig?«

»Das ist wirklich großartig«, sagte ich.

»Noch einmal lieb halten«, sagte sie, drückte ihre Brust gegen meine und umklammerte mich, so fest sie konnte.

»Lieb halten oder warm halten?«, flüsterte ich in ihr Ohr.

»Das ist doch dasselbe«, sagte sie.

ZWÖLFTES KAPITEL

Ich hatte mich noch nie so sehr auf einen Abend gefreut. Wieder sollte eine Band spielen, sicher würde nach kurzer Zeit getanzt werden. Gegen acht brachte Shawn mich mit meinem Gepäck zur Schule. Dort schoben wir meine Koffer in den Bauch des Busses, der uns später zum Flughafen nach Dublin bringen sollte. Die Abfahrt war für Mitternacht vorgesehen.

»Kommt deine Alte auch?«

Bruno lehnte mit dem Rücken gegen das Heck des Busses und saugte an einer Zigarette, die er etwas ungelenk zwischen Mittelfinger, Zeigefinger und Daumen eingeklemmt hatte. Er rauchte sonst nie, weil er fürchtete, das Rauchen könnte einen schlechteren Fußballer aus ihm machen. Er klang schlecht gelaunt.

»Ist was?«, fragte ich.

»Was soll'n sein?«

Ich kannte dieses Gesicht von Bruno. So beleidigt guckte er mich sonst nur auf dem Platz an, wenn er der Meinung war, dass ich ihm hätte abspielen sollen, statt selber aufs Tor zu schießen. Nun schaute er wieder so, Kinn und Unterlippe nach vorn geschoben, die Augen halb geschlossen. Ich hatte schon in den Tagen zuvor das Gefühl, dass etwas mit ihm nicht stimmte. Er war die ganze Zeit schlecht gelaunt gewesen, und mich hatte er, so mein Empfinden, bewusst geschnitten. Seit dem Länderspiel gegen die Iren hatten wir jedenfalls nichts mehr zusammen unternommen. Und auch morgens, in der Schule, verhielt er sich, als würden wir uns kaum kennen. Jetzt hatte er Victoria auch noch »Alte« genannt. Sein Gesicht verriet, dass es keiner seiner üblichen Späße gewesen war.

»Kommt sie nun, oder kommt sie nicht?«

»Sie kommt«, sagte ich.

Eigentlich hätte ich Bruno verstehen müssen. Ich hatte mir schon oft die Frage gestellt, wie es wäre, wenn Bruno plötzlich eine Freundin hätte. Der Gedanke war schwierig, um nicht zu sagen unerträglich. Ich hatte bei anderen Jungs beobachtet, wie sie sich veränderten, sobald sie mit einem Mädchen gingen, wie sie auf einmal auf Parkbänken rumsaßen, Schwäne fütterten, mit Enten sprachen oder ganze Nachmittage mit dem Essen von Spaghetti-Eis füllten. Das alles war mir ziemlich albern vorgekommen.

Ich war froh gewesen, dass Bruno am Abend unserer Ankunft auch ein Mädchen zum Küssen gefunden hatte. Ich dachte, dass es gut sei für unsere Freundschaft, wenn wir beide die gleiche Erfahrung machten. Leider hatte die Sache mit Kathleen schnell an Zauber verloren. Schon nach wenigen Tagen behauptete Bruno, er habe kein Interesse mehr an ihr. Später, als er merkte, dass ich nur noch an Victoria denken konnte, hatte er noch nachgeschoben, dass ihm seine Freunde wichtiger seien als irgendwelche irischen Mädchen.

Victoria, die Kathleen kannte, hatte mir die Geschichte der beiden etwas anders erzählt. Nach dieser Erzählung war es Kathleen, die bald auf weitere Treffen verzichtete. Es habe sie irritiert, dass Bruno beim Knutschen so viel Speichel absonderte.

Ich hatte mir anschließend überlegt, ob es meine Pflicht war, Bruno auf die Sache mit dem Speichel aufmerksam zu machen, vielleicht gehörte das ja auch zu den Aufgaben eines guten Freundes. Aber ich ließ es bleiben. Für den Moment hielt ich es für klüger, Bruno in Ruhe zu lassen. Die Eifersucht würde sich schon wieder legen, sobald wir abgereist waren.

»Kommst du mit rein?«

»Rauche noch«, brummte Bruno.

»Dann bis später«, sagte ich und ging in den Festsaal.

Drinnen drängten sich die Ersten bereits um das Buffet, in einer Ecke hatte die Band ihre Instrumente aufgebaut. Alles war angerichtet, nur Victoria fehlte.

Vielleicht musste sie ihrer Mutter noch im Haushalt helfen, vielleicht kontrollierte ihr Vater noch ihre Hausaufgaben. Es gab sicher eine Erklärung. Außerdem hatte sie mir erzählt, dass sie häufig zu spät komme und dass in Irland sowieso niemand pünktlich sei.

Ich musste an das irische Sprichwort aus Bölls *Tagebuch* denken: *Als Gott die Zeit machte, hat er genug davon gemacht.* Es war die schönste Erklärung für das Zuspätkommen. Noch dreieinhalb Stunden bis zur Abfahrt.

Um neun setzte die Musik ein. Die Band spielte *Waltzing Matilda*, ein schwermütiges Lied, das wie ein Trauerzug voranstampfte. Es erzählte von einem Soldaten, der als junger Mann seine Beine im Krieg verloren hatte und mit den Beinen die Lust am Leben. *»Never knew there were worse things* *than dying«*, sang der alte Mann ins Mikrofon, und er machte dabei ein so schmerzverzerrtes Gesicht, als gebe es wirklich Schlimmeres als den Tod.

Ich saß allein in einer Ecke, beobachtete den Sänger und empfand Trost bei dem Gedanken, nicht der einzige traurige Mensch in diesem Raum zu sein. Alle zwanzig Sekunden wanderte mein Blick von der Band hinüber zur Tür und wanderte enttäuscht wieder zurück. Der Trauerzug stampfte weiter.

Wenn mir für eine Sache die Begabung fehlt, dann ist es das Warten, dabei ist es der eigentliche Inhalt des Lebens. Das Leben ist eine Aneinanderreihung von Wartezuständen. Als Kind wartete ich darauf, endlich in die Schule gehen zu dürfen. Als ich zur Schule ging, wartete ich darauf, sie wieder verlassen zu dürfen. Ich wartete auf den ersten Kuss, auf die erste Knutscherei, schließlich auf den ersten Sex, wartete auf den ersten Job, dann auf einen besseren Job, warte darauf, Vater zu werden, und irgendwann wird nichts mehr übrig sein, worauf ich warten könnte. Damals aber hatte ich noch keine Vorstellung von der Vergeblichkeit des Wartens. Ich dachte wirklich, mit Victoria käme das Glück.

Das Glück ließ weiter auf sich warten. Ich sah auf die Uhr, dann spürte ich, wie jemand an meinem Ärmel zupfte. »Post für dich.« Neben mir stand das Mädchen, das seit fast drei Wochen als Briefträgerin unserer Liebe fungierte. Wieder erhielt ich einen Zettel. »Und das hier soll ich dir auch noch geben.« Sie beugte sich zu mir und gab mir einen Kuss auf die Wange. Dann verschwand sie wieder.

Es waren nur wenige Zeilen, offenbar hastig verfasst, die Schrift war krakeliger als auf den Zetteln, die ich bisher erhalten hatte. »*Mein lieber Benjamin*«, schrieb sie, »*wir werden uns nicht verabschieden können.*« Sechs Worte, schwer wie ein Sarg, ich las sie wieder und wieder, hoffte, ein Wort überlesen zu haben, das dem Satz eine andere Bedeutung verliehen hätte. Aber es blieb derselbe düstere Satz.

Mein Vater lässt mich nicht aus dem Haus. Er hat mich gefragt, ob ich Kontakt zu einem deutschen Jungen mit blonden Haaren habe. Dann hat er gesagt, dass ich heute zu Hause bleiben müsse, weil ich rumerzählt hätte, dass mein Vater mich einsperre. Und wenn ich seinen guten Ruf in der Stadt schon ruinieren wolle, dann solle es wenigstens stimmen. Heute Abend werde er mich tatsächlich einsperren. Ich weiß nicht, wie er darauf kommt, ich verstehe das alles nicht. Ich weiß nur, dass ich das traurigste Mädchen der Welt bin. Bitte komm zurück eines Tages, komm und hol mich hier raus!
In Liebe, Victoria.

Mein Herz klopfte wie ein Gefangener gegen eine Zellentür. Ich weiß nicht, wie lange ich so saß, auf meinen Stuhl gepresst, unfähig, mich zu bewegen. Die Traurigkeit wog zentnerschwer, sie lähmte Knochen und Geist. Es dauerte, bis meine Kräfte langsam zurückkehrten. Zwei Stunden bis zur Abreise.

Ich lieh mir ein Fahrrad, mit der Begründung, ich hätte etwas zu Hause vergessen. Wo Victoria genau wohnte, wusste ich nicht. Sie hatte den Namen ihrer Straße erwähnt und hatte mir gezeigt, aus welcher Richtung sie gekommen war, als wir uns für unseren Ausflug zum See getroffen hatten. Ich fuhr zurück zur Tankstelle und von dort jenen Berg hinauf, den sie heruntergerollt war. Je weiter ich strampelte, desto höher schienen die Mauern der Häuser zu wachsen. Klassische Bürgermeistergegend, dachte ich, aber die Straße hieß Rain Street, nicht Ardshanavooly, der Name, den Victoria genannt hatte.

Die Mauern zogen sich bald in den Boden zurück und gaben den Blick frei auf Felder und Äcker und die Nacht. Ich musste die Stadt hinter mir gelassen haben, wollte schon umkehren, da blitzten am Horizont, viele Ackerlängen entfernt, die schüchternen Lichter einer Siedlung auf. Der Nebel hatte sie umhüllt wie ein seidenes Gewand. Es ging nun bergab, die Pedale überschlugen sich fast, bis die zarten Lichter zu hell erleuchteten Küchenfenstern gewachsen waren und das graue Dach am Himmel sich als Rauch zu erkennen gab, der aus vielen kleinen Kaminen kroch und sich über der Siedlung zu einer großen, schützenden Wolke vereinte.

Nach links zweigte eine Straße in die Siedlung ab. Auf einem Schild stand »Ardshanavooly«, ein merkwürdiger Name, aber hier musste es sein. Ich stieg vom Fahrrad, jetzt musste ich nur noch das richtige Haus finden. Victoria hatte so oft die Worte *einsperren* und *rausholen* benutzt, dass das Gebäude, in dem sie wohnte, in meinem Kopf einem Gefängnis glich.

Die echten Gebäude sahen wie Spielzeughäuser aus. Sie standen als Reihenhäuser zusammen, besaßen ein Obergeschoss und wirkten doch wie Bungalows. Die Vorgärten, groß wie Tischtennisplatten, waren von kniehohen Mauern begrenzt. Der Platz hinter den Häusern gehörte den Wäscheleinen und dem Torf, der sich bis an die Rinnen der

Dächer stapelte. Es waren die Heime von Leuten, die irgendwann an den Rand der Stadt gezogen waren, um sich den Traum eigener vier Wände zu erfüllen. Inzwischen war der Traum in die Jahre gekommen, das Moos kroch die Fassaden hinauf und hinterließ seine Altersflecken. Auch der Asphalt der Straße hatte Falten bekommen.

Ich konnte in alle Wohnzimmer sehen, die ganze Siedlung war eine große Möbelmesse. Zu besichtigen waren Couchgarnituren, Wanduhren, Bücherregale, Wandkreuze und Zimmerpflanzen in jeglichen Größen und Farben. Die Menschen, die hier wohnten, hatten entweder Freude daran, ihr Familienleben zur Schau zu stellen, oder sie gingen davon aus, dass sich sowieso niemand für sie interessiert. Von irgendwoher kläffte von Zeit zu Zeit ein Hund.

Leider kannte ich ihre Hausnummer nicht, und die Namensschilder waren in der Dunkelheit nicht leicht zu erkennen. Der Schein der Straßenlaternen mischte sich mit dem Nebel zu einem schaurigen Licht. Ich war bereits eine Straßenseite abgelaufen, ohne ihren Namen gefunden zu haben, nun arbeitete ich mich in jene Ecke vor, aus der das Bellen des Hundes kam. Ich roch den Torf, der in den Kaminen knackte. Der Torf war das Öl der Iren, ein Bodenschatz, den Jahrhunderte der Feuchtigkeit hatten wachsen lassen. Unter den Wiesen und Feldern lag so viel davon, dass er nicht mehr wert war als die Mühe, die es machte, ihn freizulegen. Der Torf war aber auch das Parfüm Irlands, süß und erdig zugleich.

Ich eilte von Eingang zu Eingang, die Namen fremder Menschen liefen wie ein Fließband durch meinen Kopf: Andrew T. Ranken, John Fearnly, Paul Terrywoods, M. M.

Collins, S. M. Gowan / K. McColl, Stacy Spider, Padraigh Doogort, Brandon B. Henn und so weiter. Fast immer war der Name des Familienoberhaupts angegeben, auf all den Türschildern, die ich gelesen hatte, gehörte nur ein einziger Name erkennbar einer Frau: Cait O'Riordan, eine Witwe, wie ich vermutete, denn durch das Wohnzimmerfenster sah ich eine alte Dame alleine vor dem Feuer sitzen. Ich hatte die Siedlung fast vollständig abgesucht, als ich endlich fand, wonach ich gesucht hatte: John Jeremias O'Grady, Hausnummer 114.

Das Haus war etwas größer als die anderen, ein Backsteinbau, dessen Vorgarten ebenfalls von einer kleinen Mauer geschützt wurde. Vom Bürgersteig aus bot sich mir eine gute Sicht in ihren Samstagabend.

Als Erstes erkannte ich das Messingkreuz und die Lilientapete wieder, die ich auf dem Foto gesehen hatte, das auf John O'Gradys Schreibtisch stand. An das Wohnzimmer schloss sich hinten ein weiterer Raum an, vermutlich das Esszimmer, in dem die gerahmten Porträts von Johannes Paul II. und Daniel O'Connell hingen, davor der Schirm einer Lampe, so tief, dass es sich nur um eine Esstischlampe handeln konnte.

Eine Frau huschte aus einem Nebenraum, beugte sich über den Esstisch und verschwand dahin, wo sie hergekommen war. Das Ganze wiederholte sich siebenmal, bis der Tisch vollständig abgeräumt war. Die Frau hatte hellbraune, streng nach hinten gebundene Haare. Wenn es ihre Mutter war, wovon ich ausging, dann musste sie Victoria in sehr jungen Jahren zur Welt gebracht haben. Ihrem Gesicht nach war sie noch keine vierzig. Die steife Bluse, die Perlenkette, auch die strenge Frisur waren der Versuch, sie künstlich alt zu machen, aber ihr Gesicht trotzte diesem Versuch. In jedem Fall sah sie bedeutend jünger aus als ihr Mann, der vorne im Wohnzimmer in einem Ohrensessel saß und Zeitung las. John O'Grady wirkte an diesem Abend weniger lässig als beim Empfang unserer Klasse, er trug eine braun-grau gestreifte Strickjacke, Wollsocken und Pantoffeln an den Füßen.

Ein Schatten lenkte meine Aufmerksamkeit auf sich. Er zog meinen Blick nach oben, auf das Fenster im ersten Stock. Der rote Vorhang war zugezogen, dahinter brannte Licht. Es war mir, als hätte ich jemanden am Fenster vorbeigehen sehen. Stille. Dann hörte ich wieder den Köter bellen. Halts Maul, dumme Töle, dachte ich, dann kehrte der Schatten zurück und verweilte in der Fenstermitte. Es war Victoria, auch wenn ihre Haare, anders als sonst, nicht zu einem Pferdeschwanz gebunden waren, sondern frei über den Nacken fielen.

Es sah aus, als betrachte sie sich im Spiegel. Unvermittelt drehte sich der Schatten um sich selbst, wie ein tanzendes Gespenst, dann verschwand er aus meinem Blick.

Ich versuchte, mir einen Plan zurechtzulegen. Bis hierher, bis an die Mauern ihres Hauses, hatten mich Wut, Sehnsucht und Verzweiflung getrieben, nun war es an der Zeit, den Verstand hinzuzunehmen. Als Erstes musste ich mich irgendwie bemerkbar machen, Victoria zeigen, dass ich hier bin, damit sie ihr Fenster öffnet. Ich schlich näher an das Haus heran.

Solange O'Grady in seinem Sessel hockte, war ich vor seinem Blick sicher. Er saß mit dem Rücken zum Fenster, ich konnte die vordere Hälfte seines Profils sehen, die spitze Nase, die buschigen Augenbrauen, auch seine Zeitung konnte ich lesen, zumindest die Überschriften. *Germany threatens the world*, stand auf der Titelseite. *Chancellor Kohl wants Unification.* Der Rest der Welt war offenbar stinksauer auf Kohl. Wenn ich das, was ich lesen konnte, richtig verstand, dann waren die Sowjets am Toben, die Briten verärgert, die Franzosen verschnupft. Es gebe eine *Fear of Fourth Reich* hieß es in O'Gradys Zeitung. Nur unser bester Freund, der amerikanische Präsident, hatte offenbar grünes Licht gegeben.

Ich verstand nicht ganz, wie man Angst vor den Deutschen haben konnte. Ich selbst fürchtete mich höchstens vor dem Russen. Seit ich zur Schule ging, probten wir einmal im Jahr für den Fall, dass der Russe kam. Eine Sirene heulte, und wir mussten, »geordnet« in Zweierreihen, unser Klassenzimmer verlassen. Ungeordnet hätten wir es dem Russen vermutlich zu leicht gemacht. Vor der Schule sollten wir uns auf einem Parkplatz versammeln und dort exakt fünfzehn Minuten »im Klassenverband«, auch das war wichtig, warten. Offiziell hieß dieses Manöver »Probealarm«, aber meine Großmutter hatte mich früh über den wahren Charakter dieses Alarms aufgeklärt. »Dat is alles wejen dem jecken Russen«, hatte sie mir in breitestem Kölsch erklärt, »eines Daachs kütt der Russe, un dann määt er uns alle kapott.« Diese Einschätzung deckte sich mit der meiner Mitschüler, deren Großeltern über ähnliche Erkenntnisse verfügten.

Die Kälte war mir inzwischen bis in die Knochen gekrochen. Meinen Rücken gegen die Hauswand gepresst, ging ich in die Hocke. Mit den Händen wischte ich über den Boden, auf der Suche nach einem Stein, der schwer genug war, um fliegen zu können, und leicht genug, um das Glas nicht zu zerstören. Der Aufprall musste so laut sein, dass Victoria ihn durch die Vorhänge hören konnte, und leise genug, dass ihr Vater nichts mitbekam. Ich kratzte einen Stein aus der Erde, befreite ihn vom Dreck und ließ ihn zur Probe in meiner Hand hüpfen. Er schien geeignet.

Vorsichtig richtete ich mich auf. Ich musste mich ein paar Meter von der Hauswand entfernen, um den Stein aus einem geeigneten Winkel gegen ihr Fenster werfen zu können. O'Grady saß noch immer wie festgewachsen in seinem Sessel. Bleib sitzen, dachte ich, tu mir diesen einen Gefallen, wenn du mir sonst schon keinen tust. Ein Blick von ihm aus dem Fenster, und ich war erledigt. Bleib ja sitzen.

Der letzte prüfende Blick. Die Ausholbewegung. Der kurze Schwung. Das Öffnen der Finger. Ich schloss die Augen und wartete auf den Klang der Scheibe.

Viel zu lange hörte ich nichts. Dann ein Scheppern. Der Stein hatte die Scheibe verfehlt, er war gegen die schieferne Verkleidung des Fenstersimses geprallt. Nun befand er sich auf dem Rückweg, rutsche polternd die Dachziegel herunter, titschte auf den Rand der Dachrinne und landete schließlich auf der Windschutzscheibe des Autos, das John O'Grady gleich hinter der Mauer geparkt hatte.

Ich sah, wie die Zeitung sich senkte. Panik schoss durch meine Adern. Dann ging alles ganz schnell. Beim Versuch, zu flüchten, stürzte ich rückwärts über einen Blumentopf, fiel auf den schottrigen Weg und fand mich schließlich auf dem Rücken wieder.

Ehe ich aufstehen konnte, sah ich eine sabbernde Schnauze über meinem Kopf. Der Hund bellte mich an wie einen

Einbrecher. Er stellte die rechte Vorderpfote auf meine Brust, als sei er es gewesen, der mich zur Strecke gebracht hatte, ein stinkender Köter, aus dessen Mundwinkeln dicke Spucke triefte und dessen trockenes Bellen in meinen Ohren schmerzte. Ich wollte ihn zur Seite drücken, aber dadurch schwoll sein Bellen nur noch weiter an. Als ich mich endlich befreit hatte, sah ich, wie die Haustür sich öffnete und John O'Grady hinausstürzte. In der Hand schwang er einen Gegenstand, über den ich auf den ersten Blick nicht sagen konnte, ob er Stock oder Gewehr war.

Ich musste aufstehen, es waren sieben, acht Meter, die mich noch von ihm trennten. Er war stehen geblieben, um die Lage vor seinem Haus zu sondieren. Der Köter stand nun genau zwischen ihm und mir, wie der Richter eines Duells, und bellte sich die Hundeseele aus dem Leib. In diesen Lärm hinein brüllte O'Grady etwas, das ich nicht verstand. Er stand da mit seinen Pantoffeln und seiner Strickjacke, und sein Kopf glühte wie die Torfscheite im Kamin.

Als ich mich aufgerichtet hatte und auf dem Boden kniete, hob O'Grady die Hand, in der er den Gegenstand hielt, bis sie auf der Höhe meines Kopfes zu stehen kam. Ich sah Holz, an dessen Ende ein metallenes Zielrohr blitzte. Es gab jetzt keinen Zweifel mehr, dass es sich um ein Gewehr handelte.

»Hände hoch«, schrie er. Der Hund verstummte.

Ein Zucken seines Zeigefingers, und ich war tot. Vermutlich würde ihn nicht mal jemand verraten, sie hatten doch alle Angst vor ihm, die Nachbarn, die Gläubigen von St. Mary's Cathedral, die Bürger seiner Stadt. Für einen Mächtigen wie ihn würde es ein Leichtes sein, meine Leiche diskret zu entsorgen.

Ich nahm die Hände hoch. Meine Arme zitterten, alles zitterte. Der Zorn in seinem Gesicht verriet mir, dass er bereit war, bis zum Äußersten zu gehen.

»Aufstehen!«, rief er. Ich gehorchte.

»Rückwärtsgehen!«

Vorsichtig tasteten meine Füße über den Weg. Ich spürte jedes Steinchen unter meiner Sohle, als liefe ich barfuß.

Ob O'Grady mich erkannt hatte? Einerseits standen wir nur wenige Meter entfernt voneinander. Andererseits war es recht finster in seinem Vorgarten, und da ich bislang kein Wort gesagt hatte, konnte er mich auch nicht an meinem Akzent erkannt haben.

»Wer sind Sie?« Er hatte mich nicht erkannt. »Was wollen Sie?«

Nicht reden, sagte ich mir, bloß nicht reden! Ich hatte Angst, er könnte Victoria etwas antun, wenn er herausfand, dass ich ihretwegen ums Haus geschlichen war und ihn aus seinem Samstagabend gerissen hatte. Inzwischen war ich auf Höhe der Mauer angekommen, die den Vorgarten von der Straße trennte.

»Was wollen Sie?«, er klang mit jeder Frage ungehaltener. Er folgte mir immer schneller, bis die Dunkelheit allmählich sein Gesicht freigab. Ich musste mich entscheiden: Wenn ich nicht erkannt werden wollte, musste ich genau jetzt flüchten, auch auf die Gefahr hin, dass er schoss. Wenn ich stehen blieb, würde er mich erkennen, und ich würde Victoria wohl nie wieder sehen dürfen.

Ich warf einen letzten Blick auf die Spitze seines Gewehres. Sie war nicht mehr auf den Kopf gerichtet, sondern zielte jetzt auf meine Kniescheibe. Das war das Signal. Ich drehte mich um und sprintete los, erst an O'Gradys Auto vorbei, dann geduckt, im Schutz des Wagens über die Straße, ich rannte, dass meine Lunge heulte, hörte, wie er mir hinterherbrüllte, dass ich stehen bleiben solle, erreichte endlich das Fahrrad an der Zufahrt zur Siedlung, sprang auf den Sattel und flog gesenkten Kopfes davon.

Und es fiel kein einziger Schuss.

Selbst als die Siedlung schon weit hinter mir lag, wagte ich nicht, mich umzudrehen. Wie eine Maschine trampelte ich in die Pedale und schoss den Berg hinab in Richtung Stadt. Erst als ich den vertrauten Turm der Kirche sah, legte sich die Angst allmählich.

Als ich dem Stadtzentrum entgegenrollte, merkte ich, wie sich alles in mir veränderte. Mein Denken. Mein Empfinden. Ich spürte, wie ein unzähmbarer Hass sich in mir breitmachte, ein Hass auf die katholische Kirche, auf Irland, auf Böll, ein Hass auch auf sein *Tagebuch*, in dem alles so schön, so idyllisch und menschlich war. In Bölls Buch gab es keine Menschen, die andere mit dem Gewehr bedrohten, es war frei von Widerlingen. Was für ein verlogener Quatsch! Ich konnte plötzlich nichts Menschliches an Irland mehr erkennen: einem Land, in dem die Kirche die Liebe verbot, der Weihrauch die Hirne verharzte und Bürgermeister die Liebhaber ihrer Töchter jagten wie Jäger das Wild.

Als ich endlich die Schule erreicht hatte, waren die anderen schon in den Bus gestiegen. Nur Boell stand noch draußen und hielt, wenn ich mich nicht täuschte, Miss O'Donoghues Hand. Er wollte gerade auf seine Uhr schauen und zu mahnenden Worten anheben, da sah er meine nassen Augen und ließ es bleiben. Ich wusste jetzt wieder, warum

Boell trotz allem mein Lieblingslehrer geworden war. Sein Schweigen erschien mir wie eine stille Teilnahme an meinem Leid. Aber vielleicht litt er selber gerade ein wenig.

Ich setzte mich allein in die letzte Reihe und streifte die Kopfhörer meines Walkmans über wie einen Schutz vor der Welt. Es gibt Momente von dieser Rückreise, die erscheinen mir noch immer so klar, als seien sie gestern geschehen, meine Stirn an der kalten Scheibe, das Klacken der Rückspultaste meines Walkmans, der Halt an einer Wiese, weil Benedikt gedroht hatte, sich vollzupissen. Das alles weiß ich noch ganz genau. Aber ganze Passagen sind ausradiert wie die Stunden eines Vollrausches.

Immer wieder spulte ich zum Anfang dieses Liedes zurück, *Sunday Bloody Sunday*, fünf Stunden lang. Es fühlte sich an, als hätten U2 das Lied extra für diesen Moment geschrieben:

I can't believe the news today,
Oh, I can't close my eyes and make it go away.

Meine eigene Verzweiflung und das Leid der irischen Geschichte vermischten sich zu einem bittersüßen Brei. In den zackigen Trommelschlägen glaubte ich den stampfenden Marsch britischer Soldaten zu erkennen, die einen Aufstand irischer Freiheitskämpfer niedertrampelten. In der wehmütig anklagenden Stimme des Sängers schien die gestaute Trauer eines ganzen Volkes endlich ein Ventil gefunden zu haben. *Cause tonight … we can be as one. Tonight … Tonight …* Ich blickte aus dem Fenster. Es kam mir vor, als schaue ich durch ein umgedrehtes Fernglas auf die Welt.

DREIZEHNTES KAPITEL

Die Stockwerke waren in römischen Ziffern angegeben, das Innere des Aufzugs glänzte golden. Verglichen mit der Extravaganz unserer irischen Brüder und Schwestern wirkte unsere Zentrale in Frankfurt wie eine KFZ-Zulassungsstelle. Allerdings mussten sich die Iren das Gebäude mit anderen Finanzdienstleistern teilen, welche die Aussicht auf Profit in die Docklands gelockt hatte und deren Namen in goldenen Plaketten neben den Knöpfen für die Stockwerke eingraviert waren. Von unten nach oben las ich:

»Veneto Ireland Financial Services Ltd.«

»Clever Financial B Treasury Services«

»BNY Mellon Asset Servicing«

»Compass Securitisation«

»Sachsen LB Europe Ltd.«

»Shamrock Latin American Development Financial Ltd.«

»BBVA Ireland PLC.«

»Green Fortune Financial Services«

Schließlich der Name unserer Bank, er stand ganz oben und war der kürzeste auf dieser langen Liste. Ich drückte die Taste mit dem X, das oberste Stockwerk. Als die Türen auseinanderschnurrten, wartete ein Mann mit halb geöffneten

Armen auf mich. »Da ist er ja, unser Sherlock Holmes aus Germany«, sagte er zur Begrüßung, er lachte schallend. Alles an ihm funkelte, die Schuhe, die Uhr, die Zähne. Die Zahnspezialisten der Docklands hatten ganze Arbeit geleistet.

»War nur ein Scherz«, schob er hinterher, als sein Lachen abgeklungen war.

»Sind die Zähne echt?«, fragte ich. Er blickte mich irritiert an.

»War auch nur ein Scherz«, sagte ich. Wieder wieherte er los. Bis zu diesem Moment war ich davon ausgegangen, dass Lachen die Menschen schöner mache.

»Edward Davenport«, sagte er und fuhr seine Hand wie einen schussbereiten Colt aus. »Just call me Ed.« Er klopfte mir auf die Schulter, als wären wir alte Kumpel. »Ich bin hier der Senior Vice President, der Hilfssheriff, wenn Sie so wollen. Der Sheriff selbst ist gerade in London.« Dann wies er mir den Weg in einen Besprechungsraum, aus dem sich ein prächtiger Blick auf den Fluss öffnete.

»Schön haben Sie's hier.«

»Wer hart arbeitet, darfs auch schön haben«, entgegnete Davenport. Er blickte mich an. »Oder?«

»Absolut«, sagte ich. »War auch nicht als Vorwurf gemeint.« Ich wusste, dass es in unserer Branche von Lackaffen wimmelte, manche hielten mich wahrscheinlich selbst für einen, obwohl ich mich immer bemüht hatte, keiner zu werden. Ein solcher Oberlackaffe wie Davenport aber war mir schon lange nicht mehr begegnet.

»Ich weiß, dass Sie sich in Deutschland Sorgen über unsere Performance machen. Kommen wir also gleich zur Sache. Brandy?« Ich schüttelte den Kopf.

»Ich habe eine kleine Übersicht vorbereitet, wenn Sie gestatten.« Er drückte die Tasten einer Fernbedienung, vor den Fenstern fuhren Lamellen herunter. Dann stand er auf und klappte ein weißes Notebook auf, das am Ende des Tisches auf seinen Einsatz gewartet hatte. »Ich denke, das gibt Ihnen einen guten Eindruck, was wir hier machen.« An der Wand erschien ein Schriftzug: »Herzlich willkommen in Dublin, Benjamin.«

Bald flogen Kurven und Diagramme an die Wand, kleine Bilanzkunstwerke, einige farbig, andere schwarzweiß, denen der Künstler das immer selbe Thema gegeben hatte: Erfolg.

Nach fünf Minuten unterbrach ich die Präsentation.

»Entschuldigung, aber das ist alles bekannt, das ist alles Vergangenheit. Was mich interessiert, ist die Gegenwart.«

»Tja, die Gegenwart«, murmelte Davenport, nachdem er eine Zeit lang überlegt hatte, was er antworten sollte. »Die ist in diesen Diagrammen natürlich noch nicht ganz eingespeist.«

Er wolle aber festhalten, fuhr er fort, dass die Vergangenheit großartig gewesen sei, fette Jahre mit fetten Gewinnen, von denen wir in Deutschland fett profitiert hätten. Er könne sich jedenfalls nicht erinnern, dass es in der Vergangenheit Klagen oder Warnungen aus Frankfurt gegeben habe.

»Geschenkt«, sagte ich. »Und wie ist es nun um die Gegenwart bestellt?«

»Um ehrlich zu sein: schlecht.« Er wartete vergeblich auf eine Reaktion von mir, schließlich ergänzte er: »Sehr schlecht.«

So viel wusste ich bereits. Um Präziseres über den wahren Zustand unserer irischen Tochter zu erfahren, hatte Edzatt mir einen Fragenkatalog auf meinen Blackberry geschickt, den ich nun abarbeiten wollte.

»Machen Sie das Ding bitte aus.« Ich zeigte auf den Laptop. »Jetzt reden wir über die Wirklichkeit.« Ich holte meinen Blackberry aus der Sakkotasche, um Edzatts Fragen zu überfliegen. Auf dem Display sah ich, dass »Wolfgang« eine zweite Kurzmitteilung geschickt hatte. *Um konkret zu werden: Ich bin heute Abend mit Chris verabredet … Affäre ist Affäre. Du hast es so gewollt. Einen Kuss nach Irland. Komm bald wieder! Deine Debs.*

»Was ist los?«, fragte Davenport.

»Ach, nichts«, stammelte ich.

Hektisch suchte ich nach Edzatts Katalog und las die erste Frage ab. »Mich würde zum Beispiel interessieren, ob es in letzter Zeit Stresstestmessungen gegeben hat?«

»Hat es«, antwortete Davenport. »Wobei aber kein vollständiges Worst-Case-Szenario unterstellt wurde.«

»Und was hat der Stresstest ergeben?«

»Dass sich in zwanzig Geschäftstagen erstmals ein negativer Liquiditätssaldo ergeben könnte.«

Wieder fiel mir auf, was ich in letzter Zeit häufiger bemerkt hatte: in was für merkwürdigen Sätzen wir miteinander sprachen, ohne dabei lachen zu müssen. Die gesamte Finanzbranche hatte sich zu einer gigantischen Verpackungsindustrie entwickelt. Mit den faulen Krediten verfuhren wir ähnlich wie die Leute auf dem Rummelplatz mit alten Äpfeln oder Bananen: Sie überzogen sie einfach mit Schokoladenglasur und verkauften das Ganze als Spezialität.

Unsere Glasur war die Sprache; wir waren durchaus kreativ gewesen.

»Ein negativer Liquiditätssaldo also?«

Davenport nickte.

»Im Klartext: Ihr seid pleite.«

Er zuckte mit den Schultern. Als er merkte, dass mein Blick nicht von ihm wich, nickte er, erst zögernd, dann bestimmter.

»Ist mir nicht geheuer, das Ganze« – ich sprach schon wie Edzatt. Ich spürte eine leichte Übelkeit in mir aufsteigen, es war einer jener Augenblicke des Unwohlseins, die sich in letzter Zeit gehäuft hatten. Zum ersten Mal seit vielen Jahren stellte ich mir ernsthaft die Frage, wie ich zum Bankmenschen hatte werden können.

Als ich einsehen musste, dass aus mir kein Fußballprofi werden würde, musste ich mir notgedrungen neue Ziele setzen. Rund um das Abitur hatte ich noch keine Vorstellung von meinem künftigen Leben. Hätte ich unbedingt Förster werden wollen, hätte ich gewiss Forstwirtschaft studiert. Aber dem war nicht so. Ich war weitgehend planlos, weshalb ich mich bereitwillig an den Vorstellungen und Ratschlägen jener orientierte, die bereits einen Plan für ihr Leben hatten.

Die meisten meiner Freunde schrieben sich für Betriebswirtschaftslehre ein, eine Lehre, die mir bis dahin ziemlich fremd war. Aber da mir meine Freunde sehr wichtig waren und weil Eltern wie Lehrer dies für eine weise Entscheidung hielten – denn damit stehe einem »heutzutage wirklich alles offen« –, sah ich keinen Grund, mich nach Alternativen zu erkundigen. Zudem versicherten sie mir, dass man mit BWL auch finanziell »in ganz andere Sphären« vorstoßen könne. Das erschien mir durchaus attraktiv.

Was das Geld anging, spukte ein abschreckendes Beispiel in meinem Kopf herum. Mein Onkel Günther hatte früh sein Lehramtsstudium abgebrochen, weil er plötzlich meinte, Schauspieler werden zu müssen. Leider war seine Karriere über die Freie Theaterwerkstatt Wipperfürth nie wirklich hinausgekommen. Einige Jahre hielt er sich mit Engagements am Neusser Stadttheater über Wasser, wo er einmal sogar die Hauptrolle in Goldonis *Diener zweier Herren* spielen durfte. Die ganze Familie saß bei der Premiere im Zuschauerraum. Ich war zwölf und bewunderte Günther. Leider war dieser Abend der Höhepunkt seines Schauspielerlebens. Es folgten noch ein paar Nebenrollen, dann die Arbeitslosigkeit.

Welche Rolle Geld in einem Leben einnehmen kann, erfuhr ich an meinem vierzehnten Geburtstag. Wie jedes Jahr hatte meine Mutter die ganze Verwandtschaft zum Kaffeetrinken eingeladen. An diesem Tag aber hatte es große Verwirrung gegeben, weil Günther, der mir jedes Jahr nicht nur persönlich gratuliert, sondern auch immer ein großes Geschenk mitgebracht hatte, kurzfristig abgesagt hatte. Am Nachmittag meines Geburtstags rief er an, um wenigstens telefonisch zu gratulieren. Nachdem er mit zittriger Stimme *Happy Birthday* gesungen hatte, war er in Tränen ausgebrochen. Schließlich verriet er mir den wahren Grund seines Fernbleibens: Er schäme sich, hatte Günther geschluchzt, er sei völlig pleite. Dass er seinen Wagen habe verkaufen müssen und deshalb die Anreise mit öffentlichen Verkehrsmitteln mühsam geworden wäre, sei noch verkraftbar gewesen. Aber dass er sich kein schönes Geschenk für mich habe leisten können, das habe ihn wirklich in tiefe Scham versetzt. Deshalb habe er sich nicht zu kommen getraut.

Nach diesem Geburtstag hatte Günther sich immer tiefer in sich selbst verkrochen. Seit Jahren, hieß es, sitze er nun zu Hause und trinke Alkohol. Mich hatte das sehr aufgewühlt. Ich mochte ihn, aber ich wollte nicht enden wie er.

So studierte ich brav BWL, reihte mich ein ins Heer der Barbour-Jacken, ohne selbst eine dieser Uniformen zu tragen, und fand im Laufe der Semester sogar ein wenig Gefallen an der Materie. Betriebswirtschaft war weit weniger anstrengend als ein Jurastudium, trotzdem verhieß es die Chance auf eine ordentliche Karriere. Was mir weniger gefiel, waren die Mädchen mit den Perlenohrringen.

Kurz vor dem Examen waren die Gesandten großer Unternehmen, Beratungsfirmen und Banken an unsere Fakultät gereist, hatten ihre Infostände im Foyer aufgestellt und sich große Mühe gegeben, uns Absolventen für eine Karriere in ihrem Haus zu begeistern. Sie hatten Hochglanzbroschüren, Visitenkarten und die Aussicht auf ein aufregendes Berufsleben mitgebracht. Sie erzählten von einem Alltag, der in den großen Städten dieser Welt spielte, von Geschäftsreisen nach Rio und New York, von schicken Hotels und noch schickeren Gehältern. Leider hatten sie nicht erwähnt, dass jegliche Zeit fehlen würde, um das Geld auch auszugeben.

Ihre Erzählungen und Broschüren hatten Eindruck bei mir hinterlassen. Es klang, als ließe sich mein Wunsch nach Wohlstand mit dem Traum, die Welt zu entdecken, verbinden.

An meinem ersten Tag bei der Bank beeindruckte mich

die Eleganz meines künftigen Arbeitsplatzes. Ich erhielt einen Schreibtisch mit freier Sicht auf die Stadt, ein Diensthandy und einen Antrag für das Vielfliegerprogramm der Star Alliance. Das rentiere sich schnell, erklärte mir meine Sekretärin. Sie wirkte sehr freundlich, überhaupt machten alle im Büro einen äußerst hilfsbereiten Eindruck. Ich war glücklich und auch ein wenig stolz. Am selben Abend telefonierte ich mit meinen Eltern. Es kam mir vor, als sei mein Vater zum ersten Mal richtig zufrieden mit mir.

Neun Jahre gehörte ich nun schon zur Familie der Banker, die in den vergangenen Monaten allerdings kräftig geschrumpft war. Vierzehn Entlassungsrunden hatte ich seit meinem Einstieg bereits überlebt, im vergangenen Jahr hatte es alle drei Monate eine solche Runde gegeben. Zu Beginn der Krise hatten wir noch neun Etagen in unserem Turm gemietet, inzwischen waren es nur noch vier. Ständig arbeiteten wir gegen die Angst an, schon morgen nicht mehr dazuzugehören. »Nur die Löwen überleben«, hatte mir Edzatt gleich zum Einstand gesagt. »Sehen Sie zu, dass Sie zum Löwen werden.«

Lange Zeit habe ich mich an diesen Rat gehalten. Aber jetzt weiß ich nicht mehr, ob ich länger Löwe sein will. Worauf ich einst stolz gewesen war – das Geld, das Reisen, die schicken Hotels, das Gefühl, Teil eines wichtigen Ganzen zu sein –, kommt mir inzwischen wie eine Belastung vor. Ich spüre, dass es an der Zeit ist, etwas zu ändern; nur was genau, das weiß ich leider nicht.

Vor ein paar Monaten hatten meine Zweifel ihren vorläufigen Höhepunkt erreicht. Ich traute meinen Augen nicht, als ich diese E-Mail in meinem Postfach vorfand.

Absender: Bruno Hallinka. Er habe in letzter Zeit oft an mich denken müssen, schrieb er, und da es nun einen offiziellen Anlass gebe, die Feier seines 35. Geburtstages, würde er sich sehr freuen, mich nach all den Jahren wiederzusehen. Schließlich sei ich derjenige, mit dem er sein erstes Bier getrunken habe. *Vielleicht erinnerst du dich noch.*

Unsere Freundschaft war definitiv an Victoria zerbrochen. Offenbar hatte unser Verhältnis wirklich keine Mädchen vertragen, zumindest keine hübschen. Es war etwas geschehen, was Bruno für uns nicht vorgesehen hatte. Zum ersten Mal war er nicht der Regisseur gewesen, ich hatte ihm nicht den Vortritt gelassen. Erst später begriff ich, dass ich damit das Fundament zerstört hatte, auf dem unsere Freundschaft gebaut war.

Hinzu kam, dass Bruno in jenem Sommer zu einem besseren Verein wechselte, der schon lange um ihn geworben hatte. Kurz darauf beendete ich meine Laufbahn als Fußballer. Die ersten Spiele ohne ihn hatten mir deutlich gezeigt, wie abhängig ich als Stürmer von seinen Pässen gewesen war.

Unser letzter Kontakt musste gut fünfzehn Jahre zurückliegen. Nach dem Abitur hatten wir uns ganz aus den Augen verloren. Er war zum Studieren nach Gießen gegangen, das war das Letzte, was ich gehört hatte. In der Zeit danach hatte ich oft an Bruno denken müssen, meist waren es wehmütige Gedanken gewesen, denn gute alte Freunde, das habe ich mit den Jahren erfahren müssen, ließen sich nachträglich nicht mehr backen. Die einzigen Menschen, mit denen ich wirklich zu tun hatte, waren seit Jahren meine Kollegen.

Natürlich erinnere ich mich noch an unser erstes Bier, hatte ich gleich zurückgeschrieben, mich für die Einladung bedankt und zugesagt. *Dann können wir dem ersten Bier hoffentlich ein paar hinzufügen.*

Leider hatte mich Edzatt am Tag vor Brunos Feier spontan nach London beordert, wo ich mich das ganze Wochenende lang für den Abschluss eines Deals bereitzuhalten hatte. Im Nachhinein stellte sich heraus, dass ich die ganze Zeit umsonst in London herumgesessen hatte. Der Deal kam nicht zustande.

Wahrscheinlich hatte auch der nachgeholte Besuch bei Bruno meine Zweifel an der Richtigkeit meines Lebens verstärkt. Zwei Wochen nach seiner Feier fuhr ich an einem Sonntag in die Kölner Südstadt. Als ich pünktlich um drei vor der Tür seiner Wohnung stand, umarmte mich Bruno mit großer Herzlichkeit. Er freute sich wirklich, mich zu sehen, mir ging es genauso. Seine Frau hatte Streuselkuchen gebacken, jenen Kuchen, den wir damals nach den Beerdigungen unserer Tipp-Kick-Figuren gegessen hatten.

Marlies trug Jeans, T-Shirt und langes braunes Haar. Alles an ihr erschien mir liebenswürdig, ihr Gesicht, die klare helle Stimme, auch das, was sie sagte. Bruno hatte also doch noch Glück mit den Frauen gehabt. Jetzt war ich es, der ihn beneidete.

»Setz dich doch.« Marlies wies auf den Tisch in ihrem Esszimmer, der auf drei Seiten mit vollen Bücherregalen umringt war. Sie hatte Literatur studiert und arbeitete als Lektorin bei einem Kölner Verlag. »Bruno hat mir viel von dir erzählt.«

Dass sie schwanger war, konnte ich unter ihrem weiten T-Shirt nicht gleich erkennen. Fabian, so hieß ihr Sohn, freue sich schon riesig, bald nicht mehr allein zu sein, erzählte Marlies. Er male bereits Bilder, als Willkommensgeschenk für seine Schwester sozusagen. Wir setzten uns an den Tisch und aßen Streuselkuchen. Mir fiel auf, dass ich schon seit Jahren nicht mehr zum Kaffeetrinken eingeladen gewesen war. Ich sah die frisch geschlagene Sahne auf dem Tisch, roch den Kaffee, und es fühlte sich wunderbar an.

An der einzigen freien Wand im Esszimmer hing ein Poster, das Brunos Gesicht unter einem Cowboyhut zeigte. *Halli Hallo Hallinka* stand am unteren Rand des Posters. *Bürgerhaus Stollwerk, Samstag, 10. Mai 2008. Beginn: 20 Uhr, Eintritt: 15 Euro.*

»War ein toller Abend«, sagte Bruno, als er sah, dass ich das Poster musterte. Er hatte sein Geschichtsstudium in Gießen nach dem fünften Semester abgebrochen, um sich ganz der Kleinkunst zu widmen. An der Uni war er gleich zu Beginn einer Kabarettgruppe beigetreten und merkte schnell, dass ihm Abende auf der Bühne weitaus besser gefielen als die Vorlesungen am Vormittag. Er war zuerst mit einem Kumpel aus der Kabarettgruppe durch die Dörfer getingelt, nach zwei Jahren war er als Solokünstler weitergezogen. Inzwischen spielte er sein viertes Programm.

In seinem ersten Programm, *Netzers Erben,* hatte er einen abgehalfterten Fußballprofi gespielt, der von den großen Triumphen seiner Vergangenheit erzählte. Im zweiten und dritten habe er ganz auf seine Kunstfigur Erwin Jablonski gesetzt, erzählte Bruno, einen enttäuschten Sozialdemokraten, der aus Protest gegen die Reformpolitik der Partei einen eigenen Arbeitskreis gegründet hatte: Sozialdemokraten in der SPD. Im aktuellen Programm *Halli Hallo Hallinka* ging es nun um die verschlungenen Pfade der Liebe.

»Kann man dich auch mal in Frankfurt sehen?«, fragte ich.

»Theoretisch schon«, sagte Bruno. Aber nur in den kleinen Häusern oder den Kleinstädten im Umland. Für die großen Häuser müsse man bekannter sein, einen Namen haben, im Fernsehen auftreten. Dazu habe es bislang nicht gereicht. »Die vom Fernsehen wissen eben nicht, was gut ist«, unterbrach ihn Marlies und streichelte seinen Unterarm. Hinzu komme, sagte Bruno, dass er vornehmlich im Rheinland und im Ruhrgebiet auftrete, damit er es nach den Auftritten noch nach Hause schaffe. Er sah zu Marlies. Sie lächelten sich an.

»Natürlich träumt man vom großen Durchbruch«, ergänzte Bruno, während er sich ein Stück Streuselkuchen in den Mund schob. »Aber unterm Strich kann ich nicht klagen.« Bruno machte tatsächlich einen glücklichen Eindruck. Später erzählte er von seinem Geburtstagsfest, siebzig Leute seien dagewesen, sie hätten gefeiert bis halb sechs in der Früh. Als es schon hell wurde, seien sie noch rüber zum Freibad gelaufen und über den Zaun geklettert. »Wie damals«, sagte Bruno. »Schade, dass du nicht dabei warst.«

»Ja, schade«, sagte ich. Mir fiel auf, dass ich selbst schon lange kein Fest mehr gegeben hatte.

Bevor ich zum Bahnhof aufbrach, versprachen wir uns, bis zum nächsten Treffen keine weiteren fünfzehn Jahre verstreichen zu lassen. Als ich im ICE saß, hatte ich eine Ahnung, wonach ich mich inzwischen sehnte. Warum war es mir nicht gelungen, ein kleines Idyll wie diese Dreizimmerwohnung in der Südstadt zu zimmern? Der Nachmittag bei Bruno hatte mich verwirrt.

»Sherlock Holmes hätte im Prinzip nur noch eine Frage.« Ich blickte Davenport an.

»Nur zu«, sagte er.

»Wie konnten Sie so weit gehen, ich meine, bis an den Rand der Pleite?«

Inzwischen erinnerte nichts mehr an jenen Davenport, der mich vor einer halben Stunde mit strahlendem Grinsen am Aufzug empfangen hatte. Er sah aus wie ein Kind, das beim heimlichen Naschen ertappt worden war. Selbst seine Zähne wirkten plötzlich belegt.

»Das größte Problem sind diese Dinger.«

Er klappte seinen Laptop wieder auf und suchte etwas auf der Festplatte. Auf der Leinwand erschienen die Umrisse eines Hauses, darüber stand *North Wall Quay*. »Eine unserer Einzweckgesellschaften, taucht in keinen Büchern auf. Randvoll mit Credit Default Swap, das meiste aus den USA.« Seine Stimme klang so unaufgeregt, als rede er über Sparschweine. »Wir sprechen hier über Ramschkredite, oder?«, unterbrach ich ihn. »Über Kredite für Häuser, die sich die Menschen in Wahrheit gar nicht leisten können.«

»Dass sie es sich nicht leisten können, konnte ja vorher keiner wissen«, antwortete Davenport. »Außerdem haben wir schon seit einiger Zeit Probleme, selbst an Kredite zu kommen. Seit dem Fall der Mauer aber geht gar nichts mehr.«

»Seit dem Fall der Mauer?«

»Ist lustig, was? Habe ich in der Zeitung gelesen: dass der Fall der Lehman-Bank für den Kapitalismus das sei, was der Fall der Berliner Mauer für den Kommunismus gewesen ist. Keine Ahnung, ob das stimmt.«

Ich musste an das Interview mit diesem katholischen Erzbischof denken, das ich neulich im Radio gehört hatte. Es ging darum, ob der Mauerfall etwas mit der gegenwärtigen Finanzkrise zu tun habe. »Gibt es einen Zusammenhang zwischen der Entfesselung des Kapitalismus und dem Zusammenbruch des Kommunismus?«, wurde der Bischof gefragt, der lustigerweise Marx hieß und lange Zeit in Trier gepredigt hatte. »Absolut«, meinte er. Im Wendejahr 1989 finde man den tieferen, den eigentlichen Ursprung für diese Zockerei an den Finanzmärkten, unter deren Folgen wir jetzt litten. »Da war der Druck des Systemwettbewerbs plötzlich weg.«

Ich glaube, Marx hat recht. Seit der Kommunismus an seinem Unvermögen starb, fehlt dem Kapitalismus der Anreiz, nett zu sein. Er muss sich nicht mehr schön machen, er kann sich gehen lassen, er hat ja gewonnen. Es ist wie bei Eheleuten, die hemmungslos futtern, sobald sie verheiratet sind.

Als es den bösen Ostblock noch gab, hatte der Kapitalismus Maß gehalten, obwohl das seinem Wesen eigentlich fremd ist. Er wollte nicht nur effizienter sein, sondern auch anständiger als sein Feind, der Kommunismus. Er wollte überlegen sein, in jeder Hinsicht. Als der Gegner dann besiegt war, als die Menschen, die lange im Kommunismus gelebt hatten, ihm willenlos in die Arme fielen, da musste der Kapitalismus sich nicht mehr rechtfertigen, da hatte er nicht mehr viel zu verteidigen. Vor allem keinen Ruf.

»Seit Lehman Brothers vor zwei Wochen kapituliert hat, geht gar nichts mehr«, sagte Davenport. »Keine Bank leiht der anderen mehr Geld.« Er deutete aus dem Fenster. »Niemand dort draußen traut seinem Nachbarn noch über den Weg. Dabei benötigt niemand dringender Kredite als wir.«

»Und nun?« Ich zeigte auf die Leinwand, wo noch immer die Umrisse des Hauses leuchteten. »Was passiert jetzt mit North Wall Quay?«

Davenport war völlig in sich zusammengesunken, er hing schlaff mit seiner Brust gegen die Tischkante. »Wir brauchen ein paar Milliarden aus Frankfurt, ihr müsst uns helfen«, sagte er leise. »Sonst gehen wir alle unter.«

»IHR geht dann unter«, erwiderte ich.

»Nein, wir alle gehen dann unter. Ihr haftet für uns, falls ihr das vergessen habt.«

»Wie viel braucht ihr genau?«

Er ließ sich lange Zeit mit seiner Antwort. »Sechs Milliarden vielleicht.« Er schwieg eine Weile. »Vorerst.« Wieder eine Pause. »Später eventuell mehr.«

Ich hatte den Eindruck, meinen Auftrag damit erledigt zu haben, den Rest mussten andere regeln. »Okay Ed, dann überlassen wir alles Weitere unseren Chefs«, sagte ich. »Den Obersheriffs, wenn Sie so wollen.«

»Einverstanden«, sagte Davenport, er klang erleichtert. »Kommen Sie, wir gehen jetzt was essen. Ich habe einen Tisch in der Ely Brasserie reservieren lassen, gleich drüben am George's Dock, wo früher die Frachter entladen wurden. Da gibt es die blutigsten Rumpsteaks der Stadt. Dazu trinken wir einen schönen Pétrus Pomerol, Jahrgang 2000.«

»Warum gerade den?«, fragte ich. »Zur Feier des Tages?«

»Weil er der Beste ist. Ist sicher nicht zufällig der teuerste Wein der Karte.«

Ich kannte dieses Argument. Der Preis diente in meiner Branche häufig als Geschmackshilfe. Nicht nur bei Weinen.

»Tut mir leid«, antwortete ich. »Aber das geht nicht.«

»Kommen Sie, ein Fläschchen geht immer. Wenn unser Kahn hier schon untergeht, sollten wir die letzten Stunden an Bord wenigstens genießen.« Er grinste jetzt wieder wie zu Beginn unserer Begegnung.

»Haben Sie keine Angst, Ihren Job zu verlieren?«, fragte ich.

»Ehrlich gesagt: nein. Wir haben hier in den vergangenen Jahren fantastisch verdient. Mir war klar, dass das nicht ewig so laufen würde. Außerdem bin ich mir sicher, dass die Party bald weitergehen wird. Und wenn die mich hier rausschmeißen, dann eben bei einer anderen Bank. Gibt ja genug davon. Also, was ist jetzt, kommen Sie mit?«

»Geht leider nicht, ich habe noch eine Verabredung.«

»Nun denn«, sagte Davenport. »Dann hoffe ich, dass es sich wenigstens um eine Frau handelt.«

»In gewisser Weise schon.«

»Ist sie hübsch?«

»Ich hoffe es.«

»Wie? Das wissen Sie nicht?«

Ich gab ihm die Hand, sagte noch, dass Edzatt in den nächsten Tagen sicher vorbeikommen werde, drehte mich um und verschwand im Aufzug.

Als ich das Gebäude verlassen hatte und nach einem Taxi Ausschau hielt, um schneller bei Victorias Briefen zu sein, fiel mir eine Graffiti-Zeichnung an einem der Bankgebäude auf. Sie zeigte einen in seinem Blut liegenden Tiger, der ein Halsband der Marke Gucci trug. Darunter hatte der Künstler einen Spruch gesprayt: *Keltisches Kätzchen, ruhe in Frieden.*

Wir hatten damals, im November 1989, nicht wissen können, dass Irland gerade auf der Kippe stand. Dass wir ein Land besuchten, dessen beste Jahre erst kommen würden, das sich stärker wandeln würde als alle anderen Länder im Westen Europas. Hätten wir es geahnt, vielleicht wäre dann manches anders gekommen.

VIERZEHNTES KAPITEL

Wir steckten im Feierabendverkehr fest, die Finanzmenschen drängten in ihre Siedlungen am Stadtrand. Wir müssten etwas Geduld haben, sagte der Taxifahrer. Endlich im Hotel angekommen, gab ich Victorias Geburtsdatum ein, und der Safe öffnete sich. Ich entnahm die Schätze, die er barg, ging mit ihnen ins Wohnzimmer und setzte mich auf die marineblaue Ledercouch. Vor dem Fenster sah ich die Liffey vorbeifließen, es dämmerte bereits.

In meiner linken Hand hielt ich nun den Brief, den ich am Morgen vorgefunden hatte, in der rechten die blaue Mappe, in der ich Victorias alte Briefe wie Kronjuwelen hütete. Ich hatte sie in chronologischer Reihenfolge einsortiert, so war es zu einem kleinen Tagebuch unserer Liebe geworden.

Noch immer hielt mich etwas davon ab, den Umschlag in meiner Linken zu öffnen und den Brief zu lesen. Immerhin wusste ich am Ende dieses aufwühlenden Tages endlich, was genau mich bislang hatte zögern lassen. Die Ankunft des Briefes und die Reise nach Irland hatten mir noch einmal deutlich gemacht, dass ich nie richtig mit Victoria abgeschlossen hatte. Unserer Liebe hatte das natürliche Ende gefehlt. In mir war sie wohl nie erloschen. Nun fürchtete ich, dass alles wieder hochkommen würde, der ganze Kummer, der alte Schmerz.

Ich war mir plötzlich sicher, dass der Brief nur eine traurige Nachricht enthalten konnte. Es war eine Intuition. Wenn es keine Todesanzeige war, dann musste etwas anderes Ernüchterndes der Anlass sein, die Bekanntgabe ihrer Hochzeit oder der Geburt ihres soundsovielten Kindes. Oder aber sie hatte nach all den Jahren doch noch das Bedürfnis gehabt, mir zu erklären, warum sie mich so abrupt nicht mehr lieben konnte.

Bevor ich die traurige Wahrheit erfahren würde, wollte ich mir noch einmal vor Augen führen, wie besonders das mit uns gewesen war. Ich legte den verschlossenen Umschlag in meiner Linken auf den Wohnzimmertisch und öffnete die blaue Mappe.

Ihr erster Brief hatte mich wenige Tage nach unserer Abreise erreicht. Er war auf Mädchenbriefpapier geschrieben, im oberen Drittel prangte ein Herz, aus dem ein Paar mit nassgegelten Haaren blickte. Der Mann trug eine weiße Fliege, die Frau ein pinkfarbenes Kleid und türkisfarbenen Lidschatten.

Mein lieber Benjamin

Ich lebe also noch. Im Moment kommt mir das wie ein Wunder vor. Gestern Abend, als ich nicht kommen durfte, um dir zum Abschied mein Herz zu schenken, ist mir alles so sinnlos vorgekommen. Ich hatte Angst, dich für immer verloren zu haben. Ich spüre diese Angst noch immer, aber jetzt kann ich sie wengistens in Worte fassen.

Ich liebe dich so sehr. Ich hasse meinen Vater so sehr. Jetzt also doch. Er sagte mir, gestern Abend sei jemand um unser Haus geschlichen, ein junger Bursche, wahrscheinlich ein Einbrecher, aber mir kam die Idee, dass du es gewesen sein könntest.

Stimmt das? Warst du wirklich hier und wolltest mich sehen?

Die Vorstellung wäre wundervoll.

Während ich diesen Brief schreibe, weine ich. Nie zuvor in meinem kleinen Leben war ich trauriger als jetzt. Ich vermisse dich bereits, obwohl du erst wenige Stunden fort bist; so sehr, dass ich mich frage, wie es sein wird, wenn die Zeit erst weitergezogen ist.

Ich glaube, ich habe dir nie gesagt, warum ich mich in dich verliebt habe. Ich habe es bislang nur ahnen können, jetzt weiß ich es. Ich habe mich in der Gegenwart eines Menschen noch nie so frei gefühlt wie mit dir. Du musstest einfach nur dasitzen und mich ansehen mit deinen warmen blauen Augen wie an jenem Nachmittag im Wettbüro, und ich spürte, dass du mir guttust. Bei dir durfte ich sein, wie ich bin, und das Schöne war, dass du mich dafür sogar noch geliebt hast. Du hast über irgendwas, was ich gesagt habe, gelacht, und ich fand es wunderschön, dich zum Lachen bringen zu können. Seit Sharon ihr Lachen verloren hat, ist mir dieses Glück nicht mehr zuteilgeworden.

Ich habe mich auch in die Leidenschaft verliebt, die du in dir trägst, deinen Sinn für Gerechtigkeit. Ich habe die Wut in deinem Gesicht sehen können, als ich dir erzählt habe, wie mein Vater mich behandelt. Ich habe an jeder Faser deines Körpers gespürt, dass du gerne mit mir zusammen bist, dass du mich am liebsten länger und öfter sehen wolltest. Du hast mir jene innere Ruhe und Zufriedenheit geschenkt, von der unser Bischof immer predigt.

Ich legte den Brief kurz beiseite und überlegte, was der Junge, den sie in ihrem Brief beschrieb, mit mir zu tun hatte. Vermutlich nicht viel, jedenfalls hatte ich lange nicht mehr solch nette Sachen über mich gelesen oder gehört. Traurig las ich weiter.

Ich könnte noch viel mehr schreiben, über dein Gesicht, deine Haare, deine Stimme, deinen Geruch, darüber, wie du dich anfühlst, oder die Art, wie du dich bewegst, aber erstens will ich vorerst nur einen Brief schreiben und keinen Roman, und außerdem wollen wir ja nicht, dass du am Ende noch eingebildet wirst …
Ich wünschte, ich könnte bei dir sein, mein Benjamin, bei dir für immer. Mein Herz rast, wenn ich an dich denke. Es müsste eigentlich vollends erschöpft sein, ich denke nämlich an nichts anderes als an dich.
Erinnerst du dich noch, als wir an der Bushaltestelle standen und du mir gesagt hast, mein Herz würde so schnell schlagen? Es war nicht nur an diesem Nachmittag so, mein Herz schlägt Purzelbäume, seit ich dich das erste Mal gesehen habe. Ihm müsste längst schwindelig sein.
Ich habe nie jemanden wie dich getroffen. Und ich werde nie einen Zweiten wie dich treffen. Ich hoffe, du kommst zurück und holst mich hier raus. Wirst du das machen? Versprichst du mir das?
Komm zurück und heirate mich.

Meine ewige Liebe,
Victoria
PS: xxxxxxxxxXx

Sofort stieg jenes Gefühl in mir auf, das ich damals, als ich den Brief gelesen hatte, empfand: Ich dachte, ich müsste sterben vor Rührung. Mit einer solchen Liebesüberdosis hatte ich keinerlei Erfahrung.

Jedes x, das hatte Victoria mir bereits in Irland erklärt, stand in ihrem Alphabet der Liebe für einen Kuss. Ein großes X stand für Knutschen. Wie gerne hätte ich ihr sofort große und kleine X zurückgeschickt, ihr geschrieben, dass ich sie nicht vergessen werde, dass ich sie rausholen werde, dass sie nur durchhalten müsse. Mir schmeichelte die Rolle des Retters, die sie mir zugedacht hatte, auch wenn ich keinen Schimmer hatte, wie ich sie ausfüllen sollte.

Ich konnte ihr ja nicht mal zurückschreiben. Ihr Vater hätte jeden Brief, der aus Deutschland kam, sofort aussortiert und selbst geöffnet. Sie anzurufen, kam auch nicht in Frage, abgesehen davon, dass ich ihre Telefonnummer nicht kannte. So blieb uns vorerst nur die Telepathie.

Zwei Tage später lag ein weiterer Umschlag von ihr im Briefkasten. Darin bat sie mich, falls ich ihr antworten wolle, an folgende Adresse zu schreiben: *Martha O'Keeffe, 46 Barry's Lane, Killarney, Co. Kerry.* Martha sei das Mädchen, das mir in Irland immer die Zettel gebracht habe, mit ihr sei alles besprochen, sie werde die Briefe diskret weiterleiten.

Außerdem schrieb Victoria, dass sie mich anrufen wolle, sobald ich ihr meine Telefonnummer geschrieben habe, und zwar am ersten Dienstagnachmittag nach Eingang meines

Briefes, um Viertel nach vier, das sei kurz nach Ende der Chorprobe, und wenn sie sich beeile, schaffe sie es auf dem Heimweg noch zur Telefonzelle. Sie hoffe, mich dann hören zu können, eine weitere Woche ohne meine Stimme halte sie nicht aus. Ich war tief beeindruckt von der Präzision ihrer Planung. Sofort schrieb ich an Marthas Adresse und hinterließ meine Telefonnummer.

An jenem Dienstag, von dem ich dachte, dass er der erste nach Ankunft meines Briefes sein könnte, saß ich schon um halb vier vor dem Telefon. Ärgerlich war, dass unser Apparat auf einem brusthohen, eigens zu diesem Zwecke angeschafften Telefontisch stand. Bei uns wurde also im Stehen telefoniert und zudem meist vor Publikum, denn das Kabel war nicht lang genug, um sich mit dem Telefon in einen separaten Raum zurückziehen zu können. Ich hoffte, meine Mutter würde nicht ins Esszimmer kommen, wenn Victoria anrief. Ich fürchtete, sonst kein Wort herauszubringen.

»Hallo?«

Ich hatte den Hörer von der Gabel gerissen, bevor das erste Klingeln verklungen war.

»Hallöchen, kann ich deine Mutter sprechen?« Es war Rita, das aufgekratzte Huhn aus dem Kegelklub meiner Eltern.

»Geht jetzt nicht«, sagte ich.

»Es ist nur schnell wegen dem Nudelsalat. Für Freitagabend.«

»Geht jetzt nicht«, wiederholte ich und legte auf.

Was, wenn Victoria es genau in diesen fünfzehn Sekunden versucht hatte? Was, wenn ihr jetzt die Zeit oder der Mut fehlte, es erneut zu versuchen? Da warte ich auf den wichtigsten Anruf meines Lebens und Rita will über Nudelsalat reden.

»Wer war das?«, hörte ich meine Mutter aus dem Nebenzimmer rufen. »Falsch verbunden«, rief ich zurück.

»Hallo?« Diesmal war ich noch schneller als beim ersten Klingeln.

»Hallöööchen, noch mal die Rita hier. Benjamin? Du, das war aber ziemlich unfreund…«

Noch ehe sie den Satz vollenden konnte, hatte ich mit der Handkante auf die Gabel gehauen. In diesem Moment rappelte das Telefon erneut, ich hob meine Hand und hörte ihre Stimme.

»Hier ist Victoria.« Stille.

»Benjamin?«

»Ja … ja, ich bin es, Victoria, meine Liebste, oh Gott, ist das schön, ist das schön …«

»Du, Eierbär, wer ruft denn da dauernd an?« Meine Mutter kam durch die Tür geflitzt und griff nach dem Hörer. »Ist das für mich?«

»Nein, für mich. Kannst du mich bitte zwei Minuten telefonieren lassen?«

»Könntest du vielleicht mal die Dachrinnen säubern?«, gab sie ähnlich gereizt zurück. »Das hattest du eigentlich schon vor zwei Wochen versprochen.«

Es war ein Fehler, ihr nicht vorher von Victorias Anruf zu erzählen. Sie hätte nichts dagegen gehabt, sich sogar für mich gefreut, aber ich hatte befürchtet, dass sie vor lauter Neugier an der Tür lauschen würde. Nun aber war es schlimmer gekommen. Nun stand meine Mutter, für die Diskretion immer ein Fremdwort geblieben war, mit ausgestrecktem Arm vor mir und ließ unsere kostbare Zeit in ihren Dachrinnen versickern.

»Das ist Victoria«, sagte ich, die Muschel zuhaltend. »Sie ruft extra aus Irland an. Lass mich einfach zwei Minuten in Ruhe telefonieren. Bitte. Sofort. Danach poliere ich dir sogar deine Dachrinnen.« Ich muss panisch auf sie gewirkt haben. Kopfschüttelnd verschwand meine Mutter in die Küche.

»Was ist denn bei dir los?«, fragte Victoria.

»Ach, gar nichts. Wie geht es dir?«

»Gut. Aber da war doch gerade jemand bei dir im Zimmer. Es hat sich so angehört.«

»Ja, ja, doch, meine Mutter, meine Mutter war im Zimmer.«

»Aber das ist doch nichts Schlimmes.«

»Nein, natürlich nicht, das ist gar nichts Schlimmes.«

»Aber was macht dich dann so gereizt?«

»Ich bin nicht gereizt.« Ich versuchte, tief Luft zu holen. Ich ärgerte mich, dass unser Gespräch so unglücklich begonnen hatte. Ich hörte, wie ihre Münzen in den Automat fielen, ein trockenes, metallisches Klacken, Zeit verrann.

»Ich liebe dich.«

»Ich liebe dich auch.«

Wieder das Klacken. Ich wollte ihr so viel sagen, was mir seit meiner Abreise durch Kopf und Herz gegangen war, aber ich wusste nicht, wo ich anfangen sollte. So viel zu sagen, so wenig Zeit, als versuche man, seine Memoiren in der Mittagspause zu schreiben.

»Was machst du heute noch?« Wieder so eine banale Frage! Ich ärgerte mich noch mehr über mich.

»Nach unserem Telefonat muss ich schnell nach Hause laufen, damit mein Vater nicht misstrauisch wird. Dann muss ich meine Hausaufgaben machen, dann essen wir zu Abend, und dann geh ich auch schon bald ins Bett.«

Stille. Wieder hörte ich die Sekunden in der Leitung verrinnen. »Und du?«

»Ach, bei mir ist es ganz ähnlich, ich mach auch nicht mehr viel heute.«

Wir schwiegen.

»Gleich ist das Geld weg«, sagte Victoria.

»Wie, jetzt schon?«

»Dabei habe ich zwei Wochen dafür gespart.«

»Es war schön, dich zu hören«, sagte ich. »Nächsten Dienstag wieder?«

»Ja, ich versuche es.«

»Ich vermisse dich.«

»Ich dich auch.« Dann war unsere Zeit abgelaufen.

Als ich aufgelegt hatte, war ich unendlich traurig. Wie sehr hatte sich dieses Telefonat von ihrem Brief unterschieden. Wie groß war mir dieser Brief vorgekommen, wie wertlos erschien mir dagegen, was wir uns gerade gesagt hatten. Und es lag nicht nur an Rita und den Dachrinnen.

Mit der Zeit wurden wir besser im Telefonieren. Wir verzichteten darauf, einander zu fragen, wann es Abendbrot gibt. Wir fragten auch nicht mehr, wie es in der Schule war. Wir gingen jetzt besser vorbereitet in die Gespräche. Ich überlegte mir vorher zwei, drei Sätze, die sie glücklich machen könnten; manchmal hörten wir uns auch einfach nur beim Atmen zu. Es dauerte eine Weile, aber dann beherrschten wir sogar die Kunst, nicht reden zu müssen.

Das Problem war bald ein anderes. Ein vierminütiges Gespräch aus der Telefonzelle kostete dreieinhalb irische Pfund, das waren gut acht Mark, viel zu viel für Victoria. Ihr Vater war der Ansicht, dass sie nicht viel Taschengeld benötige, weil das Geld nur vom Wesentlichen ablenke. Einmal erzählte Victoria mir, dass sie heimlich eine Fünf-Pfund-Note aus dem Kollektenkorb gezogen hatte, der während der Sonntagsmesse durch die Reihen wanderte. Danach plagte sie ihr Gewissen. Sie müsse es bitte anders sehen, sagte ich. Ein Gott, der die Menschen liebe, der freue sich bestimmt über uns beide, und wenn er sich über uns freue, dann sei er sicher auch bereit, ein paar Pfund seines Vermögens fürs Telefonieren zu spendieren. Sie musste lachen.

Trotzdem wollte ich nicht, dass Victoria klauen musste, um unsere Telefonate zu finanzieren. Im nächsten Brief schickte ich ihr zwanzig irische Pfund, die ich vorher bei der Kreissparkasse umgetauscht hatte. Eine Woche später kam die Zwanzig-Pfund-Note zurück. Sie wisse, dass ich es nur gut meine, schrieb Victoria, aber sie wolle trotzdem kein Geld von mir annehmen.

Wir vereinbarten, nur noch jeden zweiten Dienstag zu telefonieren, für die Länge von genau zweieinhalb irischen Pfund. Einmal im Monat durfte ich zudem selbst in Irland anrufen, nicht bei Victoria, das blieb streng verboten, aber bei einer Freundin, der sie Nachhilfe in Gälisch gab und deren Mutter keine Einwände hatte.

So hatten wir mit der Zeit ein System entwickelt, uns zu hören, uns zu lesen, ohne dass ihr Vater Verdacht schöpfte, wie ein Tunnelgeflecht, das tief unter dem Reich seiner Herrschaft verlief und seine Autorität unterwanderte.

Wenn ich heute an diese Zeit zurückdenke, wird mir klar, dass erst die Verknappung den Dingen ihre Kostbarkeit verleiht, dass Kommunikation, die bequem ist, nicht viel wert ist. Ich frage mich manchmal, ob der technische Fortschritt für die Liebe nicht ein Rückschritt war. Meine gegenwärtigen Beziehungen waren ein trauriges Beispiel dafür. Was sind die ganzen E-Mails und SMS gegen einen durchdachten Brief? Wir Verliebten der Gegenwart produzieren Massenware. Wir setzen unserer Liebe keine Denkmäler mehr.

An eines unserer Telefonate erinnere ich mich noch, als hätte es gestern stattgefunden. Ihre Frage war aus heiterem Himmel gekommen, wir hatten vorher nichts besprochen, woran sie angeknüpft hätte, aber das war durchaus typisch für Victoria.

»Wie würdest du dein Kind nennen?«, fragte sie.

Es fühlte sich wunderbar verboten an, in diesem Alter über eigene Kinder nachzudenken. Ich hatte noch nie mit einer Frau geschlafen, sollte aber schon über die Folgen reden. »Zuerst dein Sohn«, sagte Victoria. »Wie soll dein Sohn heißen?«

Ich suchte nach einem Namen, der mir gefiel, fand aber keinen. Ich versuchte, mir die Namen von den Männern ins Gedächtnis zu holen, die ich kannte und mochte, blieb aber immer wieder bei meinem Fußballtrainer hängen. Und der hieß Heribert.

»Tut mir leid, ich weiß gerade nicht, wie ich meinen Sohn nennen würde.«

»Dann einen Mädchennamen. Wie würdest du deine Tochter nennen?«

»Laura.«

Ich war selbst überrascht, wie schnell mir der Name über die Lippen gekommen war.

»Warst du mal in eine Laura verliebt?«

»Nein«, antwortete ich.

»Wie kommst du dann so spontan auf diesen Namen?«

»Weiß ich nicht.« Ich kannte wirklich keine Laura. Vielleicht träumte ich insgeheim von einem Mädchen, das hielt, was der Name für mich versprach: braune Augen, dunkles Haar, glatte Haut und volle, etwas nach vorn gestülpte Lippen. Diese Laura aus dem Reich meiner Sehnsüchte war eine Südländerin, vermutlich Italienerin, ein Mädchen, das dort, wo ich lebte, etwas Außergewöhnliches sein würde, so besonders wie die Stimme von Gianna Nannini, die zu dieser Zeit immer im Radio lief, ein Mädchen, so rührend und schön wie ein Lied von Katie Melua, die damals noch nicht im Radio lief.

»Wie würdest du denn deine Tochter nennen?«, fragte ich zurück.

»Maria«, antwortete sie ähnlich entschieden, wie ich geantwortet hatte. Sie erzählte mir von der Feier ihrer ersten heiligen Kommunion und wie sie ein Bild von der Jungfrau Maria geschenkt bekommen hatte, ihr erstes Marienbild, und dass ihr der Großvater gesagt hatte, sie müsse das Bild jetzt küssen, denn Maria sei die vornehmste und edelste unter allen Frauen. Victoria sprach andächtig, ihre Stimme klang fromm.

»Seit diesem Tag weiß ich, dass ich meiner Tochter den Namen Maria schenken werde, den vornehmsten und edelsten Namen, den es gibt.«

»Laura kommt für dich also nicht in Frage?«

»Nein, tut mir leid.«

»Das ist dein letztes Wort?«

»Ja, mein letztes.«

Ich hätte gerne von ihr gehört, dass sie bereit sei, eine Ausnahme zu machen, sollte sie je mit *mir* ein Mädchen bekommen, aber den Gefallen tat sie mir nicht. Wir beließen es dabei. Später habe ich von einer Theorie gehört, wonach Menschen ihre Kindheit in jenem Moment verlassen, wenn sie sich Gedanken über den Namen ihrer Kinder machen.

Ich steckte ihr erstes Schreiben zurück in die blaue Mappe und blätterte ein paar Briefe vor.

To my Love *12. Dezember 1989*
Ich danke dir für deinen extrasüßen Brief. Ich bin das glücklichste Mädchen der Welt, weil ich so viel an dich denke.
Dass ihr schon wieder verloren habt, tut mir wirklich leid. Jeden Montag suche ich in der Zeitung meines Vaters nach den Fußballergebnissen aus Deutschland, so lange, bis ich dieses Munchengladbach gefunden habe, deinen Lieblingsverein. Und wenn ihr gewonnen habt, freue ich mich, weil ich weiß, dass du dich freust. Leider ist das nur selten der Fall.
Eines wollte ich dich die ganze Zeit schon fragen: Willst du eigentlich eine deutsche Familie haben oder eine irische? Wenn du eine deutsche möchtest, werden wir zwei Kinder haben. Das habe ich in meinem Schulbuch gelesen, dass die Deutschen zwei Kinder bekommen. Falls es eine irische sein darf, werden es fünfzehn sein!!!
Ich denke an dich, an uns, an die Zeit, wenn wir endlich ver-

heiratet sein werden. Das Schwierige ist nur das Warten. Aber ich habe mir Tricks überlegt, die das Warten erträglicher machen, Tricks, die helfen im Kampf gegen die Zeit und die Sehnsucht.
Willst du wissen, wie ich warte? Aber du darfst nicht lachen, versprochen?
Also, jede Nacht schaue ich aus meinem Schlafzimmerfenster und suche nach einem ganz bestimmten Stern. Dieser Stern heißt Benjamin. Es ist nicht leicht, ihn wieder zu finden, es gibt so viele Sterne dort draußen, aber ich suche immer weiter, jede Nacht, so lange, bis ich ihn gefunden habe. Und wenn ich ihn dann sehe, so schön und so entfernt, fühlt es sich an, als würdest du auf mich hinabschauen, als wachtest du über meinen Schlaf. Es ist ein wundervolles Gefühl. Ich fühle mich sicher, nur weil ich diesen Stern gefunden habe, von dem ich glaube, dass du auf ihm sitzt.
Meine Freundinnen sagen, dass ich nicht mehr dieselbe sei, seit dem Tag, da du Irland verlassen hast. Sie sagen, ich sei nicht mehr so fröhlich, aber das stimmt nicht. Es sieht für sie nur so aus, weil mich vieles aus meinem alten Leben nicht mehr interessiert. Es gibt nun eine andere Quelle für meine Freude, sie sprudelt von innen. In Wahrheit bin ich fröhlicher als je zuvor. Du hast mein Leben reicher gemacht.
Für den allergrößten Notfall wollte ich dir noch unsere Telefonnummer schicken: 00351-703-4238. Aber wirklich: nur für den Notfall!
In ewiger Liebe mit dir verbunden,
Victoria
xxXX

PS: Ich hoffe, ich habe dich nicht geschockt, als ich von fünfzehn Kindern schrieb. Ich bin in Wahrheit ziemlich flexibel. Es können auch zwölf sein ... xxXX

Victoria war eine leidenschaftliche PS-Schreiberin. Meine Beobachtungen im Briefbereich hatten ergeben, dass es drei Sorten von Briefeschreibern gibt. Die Vertreter der ersten Kategorie kommen schnell zum Punkt und schnell zum Schluss. Nie käme es ihnen in den Sinn, dem eigentlichen Ende ein zweites Ende hinterherzuschicken, sie gelangen PS-frei durchs Leben. Die Schreiber der zweiten Kategorie hingegen quälen sich den ganzen Brief lang herum, um am Ende mit Hilfe des PS doch noch eine verdruckste, verklemmte Botschaft loszuwerden.

Victoria aber gehörte zur dritten Kategorie. Sie wusste um die herausgehobene Stellung des Postskriptums, um seine Schaufensterfunktion, sie setzte es bewusst, ja lustvoll ein, als fein geplante Pointe, als diene der ganze Text nur als Ouvertüre für diesen alles entscheidenden Schlussakkord.

Noch immer erschien mir der Brief so kostbar, dass ich ihn mit größter Sorgfalt zusammenfaltete, ehe ich ihn zurück in die Mappe steckte. Er wies noch immer kein Eselsohr auf, obwohl ich ihn schon unzählige Male gelesen hatte.

An jenem Tag, als ich Victorias Brief mit den fünfzehn Kindern erhalten hatte, sah ich abends im Fernsehen, wie Helmut Kohl Dresden besuchte. Er stand auf einer Bühne, umgeben von einem schwarz-rot-goldenen Fahnensalat. Zehntausende Menschen waren gekommen, viele hatten Transparente mitgebracht. »Es geht nicht um Bananen, es geht um die Wurst!« las ich auf einem von ihnen. Und während sie mit ihren Flaggen und Transparenten wedelten, skandierten die Menschen: »Wir sind ein Volk!« Sie riefen es mit Ausrufezeichen.

Bis zu diesem Tag hatte ich die Leute im Osten etwas anderes rufen hören. Aber in ihr »Wir sind das Volk« hatte sich im Laufe der Zeit ein »ein« geschmuggelt und das »das« still und heimlich verdrängt. Aus dem Anspruch, selbst zu regieren, war der Wunsch geworden, von anderen regiert zu werden. Zuweilen genügen drei Buchstaben, um den Sinn einer Revolution zu verändern.

Nun war Kohl, vormals Birne, im Begriff, zum »Kanzler der Einheit« zu reifen. Das war wesentlich besser, als nach Obst benannt zu werden. Auf dem Bildschirm erschien Kohls Gesicht in Nahaufnahme. Ich hatte ihn in all den Jahren noch nie so glücklich gesehen.

Im Fernsehen hatten sie zudem gesagt, dass die Briten und die Franzosen ihren Widerstand gegen die Einheit inzwischen aufgegeben hätten. Nun müsse der Kanzler vor allem die Sowjetunion und ihren Anführer Michail Gorbatschow überzeugen.

Mein Vater erzählte, dass Kohl Pfälzer Würste an Gorbatschows private Kreml-Küche geschickt habe. Es war seine Art, Geschichte zu schreiben.

To my love! *10. Februar 1990*
Ich habe mir Heinrich Bölls Irisches Tagebuch *in der Bibliothek ausgeliehen. Es hat lange gedauert, bis sie die englische Ausgabe aus Dublin besorgen konnten. In Irland scheint dieses Buch nicht so beliebt zu sein wie bei euch. Ich habe den*

Bibliothekar vorwurfsvoll angesehen, als er gestand, noch nie etwas vom Irish Journal*, so heißt es hier, gehört zu haben.*
»Also hören Sie mal«, habe ich ihm gesagt, »es handelt sich um Weltliteratur.« Gut, was?
Es ist wirklich ein wunderschönes Buch. Am besten gefällt mir die Geschichte der Mary McNamara. Das muss man sich mal vorstellen: Da lebt eine junge Frau allein mit ihren vier Kindern im hintersten Winkel Irlands auf einer Klippe, über ihr nur die Münze des Mondes, unter ihr die brüllende See, Mary McNamara, die Frau mit den schönsten Füßen der Welt, und jedes Jahr im September, immer um den 23. herum, wächst ihre Familie um ein Kind, denn ihr Mann, Aedan McNamara, der auf englischen Baustellen schuften muss, weil es in Irland keine Arbeit für ihn gibt, kommt nur zur Weihnachtszeit nach Hause, und dann zeugen sie ein weiteres Kind, er bleibt noch drei Monate, sticht den Torf, streicht das Haus, repariert das Dach, es gibt immer viel zu tun, denn unter den verfallenen Häusern des Dorfes ist das Haus der McNamaras das einzige noch bewohnte, im März muss er dann wieder aufbrechen, nach Birmingham oder sonst wohin im verfluchten England, weil dort das Geld wartet, und Mary hütet seine Schafe und seine Kinder, und jedes Jahr eins mehr.
Das ist fantastisch, was dein Böll sich da ausgedacht hat, wobei, vermutlich ist es gar nicht ausgedacht.
»Sind nicht alle Iren an der Westküste fast wie Feriengäste, weil das Geld für ihren Lebensunterhalt anderswo verdient wird?«, fragt sich dein Böll. »Hart ist die Bläue der Ferne, die Inseln sind wie aus Basalt aus ihr herausgehauen; sehr selten einmal ein winziges schwarzes Boot: Menschen.«

Ist das, wovon er schreibt, die Romantik einer fernen Zeit, Benjamin, oder bin auch ich ein Feriengast in meiner eigenen Heimat? Und glaubst du, ich könnte auch eine Art Mary McNamara werden, nur dass mein Mann nicht in Birmingham, sondern in Deutschland arbeitet?
Auf das Zärtlichste,
Victoria
XXXXXXX

PS: Vergangene Nacht habe ich den kleinen Stoffhund geknuddelt, den du mir geschenkt hast. Er heißt jetzt Benjamin, und ich halte ihn nachts so fest in meinen Armen, dass er keine Chance hat, zu entkommen. Letzte Nacht hatte ich kurz das Gefühl, als habe er an meinen Brüsten geknabbert. Jedenfalls fühle ich mich dir auf diese Weise nahe, auch wenn wir viel zu viele Meilen voneinander entfernt sind.
Noch so ein Trick gegen das Warten.

Ich faltete den Brief zusammen und war plötzlich ähnlich erregt wie vor neunzehn Jahren, als ich die Stelle mit dem knabbernden Hund zum ersten Mal gelesen hatte. Bis dahin hatte ich ihre Brüste nur als kleine, schüchterne Wölbungen unter ihrem T-Shirt gekannt, die leicht zu übersehen waren, wenn man nicht nach ihnen suchte.

An jenem Nachmittag am See war meine Hand eher zufällig über die rechte Wölbung gefahren, ich hatte durch das Hemd hindurch ihre Brustwarze fühlen können, klein und hart wie ein winziger Kiesel. Irgendwann, das hoffte ich, würde nicht nur mein Stoffhund ihre Brüste berühren dürfen.

Es wunderte mich nicht, dass Victoria von den achtzehn Geschichten des *Irischen Tagebuchs* ausgerechnet die der Mary McNamara zu ihrem Liebling erkoren hatte. Sie war romantisch, dass es rauschte, auch das hatte Victoria für mich so einzigartig gemacht.

Die Frage war nur, was ich ihr antworten sollte.

Am Morgen jenes 10. Februar hatte Boell in der Schule angekündigt, dass an diesem Tag mal wieder Geschichte geschrieben werde. Der Herr Bundeskanzler sei nach Moskau gereist, um mit dem Herrn Generalsekretär zu verhandeln, nun dürfe man gespannt sein, was er mit nach Hause bringe. Es könne jedenfalls ein wichtiger Tag auf dem Weg zur Wiedervereinigung werden. Die Geschichte wurde in diesen Wochen am Fließband produziert.

Am Abend saß ich gemeinsam mit meinen Eltern vor dem Fernseher, wir warteten, dass Kohl in Moskau vor die Kameras treten würde. Ich hatte wenig Ahnung von Politik. Mein Vater hatte mir erklärt, dass wir SPD seien, weil sein Großvater Arbeiter war, und dass Arbeiter immer SPD seien. Er hatte aber auch gesagt, dass wir uns das SPD-Sein heute eigentlich nicht mehr leisten könnten, denn mein Vater war leitender Angestellter in einer Firma, die Elektroartikel produzierte – Bügeleisen, Toaster, Saftpressen –, und hatte über die Jahre »ein paar Rücklagen« bilden können, wie er mir feierlich beim Abendbrot eröffnet hatte. Ich schloss daraus, dass die SPD nichts für Menschen mit Rücklagen sei.

Es war spät geworden, als der Kanzler und sein Außenminister sich an den langen Tisch setzten. Vor ihnen standen die Mikrofone der Fernsehsender, die ihre Worte in die Heimat schicken sollten. »Ich habe heute Abend den Deutschen eine einzige Nachricht zu übermitteln«, erklärte Kohl. »Generalsekretär Gorbatschow und ich stimmten darin überein, dass es das alleinige Recht des deutschen Volkes ist, die Entscheidung zu treffen, ob es in einem Staat zusammenleben will.«

»Sensationell«, rief mein Vater.

Ich verstand nicht. Kohl hatte den Satz so von seinem Blatt abgelesen, als eröffne er gerade ein Gartenbaucenter. Aber der Inhalt dieses Satzes hatte es offenbar in sich. Mein Vater blickte hinüber zu meiner Mutter, sie blickte zurück, plötzlich herrschte Wunderkerzenstimmung in unserem Wohnzimmer. Gorbatschow hatte also seine Zustimmung zur deutschen Einheit gegeben. Von nun an ging es um das Kleingedruckte.

»Meine Damen und Herren, dies ist ein guter Tag für Deutschland«, sagte Kohl. Mir selbst gelang es noch immer nicht, dieselbe Begeisterung aufzubringen wie Kohl und all die anderen Euphoriker, deren Zahl in diesen Wochen rasant gewachsen war. Überall sprachen sie mit glänzenden Augen vom großen Geschenk, das uns Deutschen gemacht würde, selbst meine Eltern waren inzwischen von dieser merkwürdigen Stimmung infiziert. Das neue Nationalgefühl breitete sich aus wie Weihrauch in der Kirche.

Victorias Frage, ob sie eine moderne Mary McNamara werden könne, beantwortete ich noch in derselben Nacht. Ich setzte mich an den Schreibtisch und stellte eine Gegenfrage:

»Fändest du es gut, wenn dein Mann dich nur einmal im Jahr besuchen käme? Für drei Monate, ab Weihnachten?«

Eine Woche später erhielt ich ihre Antwort, eine Postkarte, darauf nur dieser eine Satz:

Wenn du es wärst, der an Weihnachten käme, dann fände ich es gut.

Wir schrieben uns Briefe, in denen von Heiraten und Kinderkriegen die Rede war, dabei war nicht mal klar, ob wir uns je wieder sehen würden. Anspruch und Wirklichkeit unserer Liebe klafften auseinander. Die Liebe braucht den Blick nach vorn, sonst wird ihr langweilig.

Da uns nur die Ferien blieben, um uns zu sehen, und da Victoria mich auf keinen Fall in Deutschland würde besuchen dürfen, stand fest, dass ich nach Irland kommen musste. Nachdem wir in unseren Briefen schon mehrfach die Frage nach dem Wiedersehen aufgeworfen hatten, ohne darauf zu antworten, war es Victoria, die der Unverbindlichkeit an einem Dienstagnachmittag um Viertel nach vier ein Ende bereitete.

»Willst du mich eigentlich wirklich wieder sehen?«, fragte sie am Telefon.

Ich schwieg. Die Frage hatte mich kalt erwischt. »Ich möchte, dass du mir ehrlich sagst, wenn es nicht mehr so ist, wenn du mich doch nicht mehr sehen willst.«

»Jetzt reichts mir aber«, sagte ich, ich verstand wirklich nicht, wie sie das bezweifeln konnte. »Natürlich will ich dich sehen. Wie kommst du denn darauf?«

»Weil du nie einen Vorschlag gemacht hast, etwas Konkretes, einen Termin.«

»Du willst einen Termin? Fein, lass uns über einen Termin reden.«

Ich hatte mich vor diesem Gespräch gefürchtet, weil es offenlegen würde, wie aussichtslos es um unsere Beziehung bestellt war. »Das ist überhaupt kein Problem, Victoria, lass uns über einen Termin reden, lass uns gleich etwas festmachen, warte, ich hole nur gerade meinen Terminkalender … so, da ist er, lass uns doch mal schauen. Wie wärs diesen Donnerstag, so gegen fünf?«

Am anderen Ende der Leitung hörte ich ihren Atem, der sich langsam in ein Schluchzen verwandelte.

»Tut mit leid«, sagte ich. »Ich würde dich am liebsten wirklich schon diesen Donnerstag sehen. Ich vermisse dich. Wie der Uhu die Nacht.«

»So ein Unfug«, sagte sie. »Der Uhu vermisst die Nacht gar nicht. Nacht wird es jede Nacht, er kann sie also gar nicht vermissen, höchstens tagsüber, aber tagsüber hat er die Gewissheit, sie bald wiederzuhaben, seine geliebte Nacht. Wir dagegen haben überhaupt keine Gewissheit, dass wir uns wiedersehen.«

»In den Sommerferien könnte ich nach Killarney kommen«, sagte ich. »Wie wäre das?«

»Nicht gut. Im Sommer fahre ich ins Camp.«

Sie hatte mir schon in Irland erzählt, dass sie in den Sommerferien gemeinsam mit anderen Mädchen das Jugendcamp der Gemeinde leitete. Jedes Jahr bot die Kirche in der Ferienzeit ein Zeltlager für die kleineren Kinder der Stadt an. Sie fuhren mit riesigen Zelten an einen See oder ans Meer und blieben dort, bis die Ferien zu Ende gingen. Die Kinder mussten morgens, mittags und abends beten. Beten gegen Urlaub, das war der Deal.

Den Ferienjob hatte ihr Vater vermittelt, indem er persönlich bei seinem Freund, dem Bischof, vorgesprochen hatte. Schon als Vierzehnjährige war Victoria mit ins Camp gefahren, seit dem vorletzten Sommer gehörte sie zum vierköpfigen Leitungsteam.

»Ich wünschte, ich könnte es absagen«, sagte Victoria. »Aber das geht nicht. Mein Vater würde mich umbringen.«

Mal wieder, dachte ich.

»Gibt es bei euch denn keine Osterferien?«, fragte Victoria.

»Doch. Aber das geht bei mir nicht.« Noch während ich antwortete, ärgerte ich mich über die Osterpläne meiner Eltern, und noch mehr ärgerte mich, dass ich mich nicht stärker gegen sie gewehrt hatte.

»Warum nicht?«

»Wegen der deutschen Einheit«, sagte ich, und das stimmte irgendwie sogar.

Eines Tages war mein Vater von der Arbeit nach Hause gekommen und hatte uns gut gelaunt, ja sogar ein wenig stolz verkündet, dass wir eine spannende Reise machen würden. »Haltet euch fest, wir fahren nach drüben«, hatte er gesagt. Später sprach er dann von einer »Expedition in den wilden Osten« und freute sich immer wieder über den Ausdruck.

Ich hatte mitbekommen, dass sich immer mehr Familien aus dem Westen auf Entdeckungsreise in die DDR begaben. Auch aus meiner Stufe waren einige bereits drüben gewesen, »Ossis gucken« wie jene Touren schnell genannt wurden. Es hatte etwas von einem Besuch im Zoo. Bald kursierten die ersten Erfahrungsberichte, sie handelten von DDR-Grenzern, die noch kontrollierten, von Brüdern und Schwestern, die nicht grüßten, von Bedienungen, die nicht bedienten, von Essen, das nicht schmeckte. Alltagsgeschichten, die in den Erzählungen zu Abenteuergeschichten gerieten.

Mein Vater musste im Auftrag von Elektrostar, der Firma, für die er seit achtzehn Jahren arbeitete, volkseigene Betriebe der DDR besuchen. Er sollte herausfinden, ob es sich lohne, sie aufzukaufen. Für die westdeutsche Wirtschaft war das Frühjahr des Jahres 1990 wie ein langer Heiliger Abend. Ein ganzes Land lag plötzlich offen und wehrlos vor ihnen: Betriebe, die darauf warteten, übernommen zu werden, Märkte, die es zu erschließen galt, und Menschen, die der Sozialismus ausgehungert und somit optimal vorbereitet hatte auf ihre Rolle als künftige Konsumenten. Man hoffte auf blühende Landschaften. Jetzt ging es darum, seinen Samen als Erster zu säen.

Ich hatte durchaus versucht, mich gegen die Reise zu wehren, hatte gesagt, dass es mich nichts angehe, wenn mein Vater im Osten volkseigene Bügeleisen aufkaufe. Aber meine Eltern, die aus dem Auftrag meines Vaters eine achttägige Reise quer durch die DDR machen wollten, bestanden darauf, dass ich mitkomme. Ich sei verrückt, mir diese Gelegenheit entgehen zu lassen, hieß es. Später würde ich froh und dankbar sein, zu dieser historisch einzigartigen Zeit drüben gewesen zu sein. Meinen Enkeln würde ich noch von dieser Reise erzählen. Das ganze Programm. Irgendwann hatte ich mich geschlagen gegeben. Heute frage ich mich, ob vielleicht alles anders gekommen wäre, wenn ich rebelliert hätte, wenn ich allein meinem Herzen gefolgt wäre. Leider war ich kein Rebell.

»Verstehe«, sagte Victoria, als ich ihr all das erzählt hatte, aber der Klang ihrer Stimme verriet, dass sie es eigentlich nicht verstehen wollte. »Dann ein andermal.«

Wieder verfluchte ich, was im Osten passiert war. Ohne den Mauerfall wären wir nie im Leben in die DDR gefahren. Die Zukunft mit Victoria verschwand hinter Milchglas.

»Halt«, rief ich plötzlich, dankbar, dass mir die Sache noch eingefallen war. »Ich wollte dir eigentlich etwas anderes erzählen, etwas sehr Schönes.«

»Es kann ja nur besser werden«, entgegnete Victoria resigniert.

»Als wir an deinem Geheimort saßen, da warst du doch so traurig wegen dem Ende. Erinnerst du dich?«

»Welchem Ende?«

»Dem Ende von *Ansichten eines Clowns*.«

»Wie könnte ich das vergessen? Ein ziemlich ärgerliches Ende.«

»Dann pass mal auf, die Sache hat mir nämlich keine Ruhe gelassen. Vorige Woche habe ich mich einen ganzen Nachmittag in unsere Schulbibliothek gesetzt und mir die Sekundärliteratur zu Heinrich Böll geben lassen. Du wirst nicht glauben, was ich darin gefunden habe.«

Ich wartete auf eine Reaktion, aber es kam nichts. »Interessiert es dich?«

»Doch, doch, es interessiert mich. Was hast du gefunden?«

»Also, es ist so: Böll hatte tatsächlich ein anderes Ende vorgesehen. In seinem Nachlass haben Wissenschaftler gleich zwei Manuskriptfassungen gefunden, in deren Schlusskapitel die traurige Marie doch noch zu ihrem Clown zurückkehrt. Böll hatte also ein glückliches Ende im Sinn gehabt. In der Druckfassung ist dann allerdings auf diesen Schluss verzichtet worden. Die Wissenschaft mutmaßt, der Verlag habe dem Autor ein offenes Ende aufgenötigt, weil das als schicker gelte.«

Ich wartete erneut, ob Victoria etwas sagen würde, aber sie schwieg. »Und, was sagst du nun?«

»Das wäre ja wirklich ganz schön für die beiden.« Sie klang noch immer resigniert. »Aber am Ende ist und bleibt es eine erfundene Geschichte.«

FÜNFZEHNTES KAPITEL

An einem Donnerstag fuhren wir los. Schon im Morgengrauen hatten wir den Kofferraum unseres Audi 100 beladen, eine hässliche, viereckige Schachtel, von der mein Vater unablässig behauptete, dass sie »immensen Reisekomfort« biete, was immer das genau heißen mochte. Er hatte sich einen druckfrischen Straßenatlas »Deutschland« besorgt, auf dem ein roter runder Aufkleber prangte »Neu: Jetzt mit Osten«. Meine Mutter hatte Frikadellen und Nudelsalat gemacht und beides luftdicht verpackt im Kofferraum verstaut. Man wisse ja nicht, was einen drüben erwarte. Ich saß auf der Rückbank und fuhr einer trostlosen Woche entgegen, in der ich weder telefonieren noch einen Brief von ihr in Empfang nehmen konnte.

Wir erreichten Eilenburg in der Dämmerung. In Leipzig, das keine halbe Stunde entfernt lag, hatte es keine Zimmer gegeben, die Hotels quollen über vor Handelsreisenden und Zoobesuchern. Die Fahrt führte durch eine leere Landschaft, ohne Hügel, ohne Bäume. Mitten im Nichts lag Eilenburg.

Herr Bödelow von AKA Electric Sachsen, dem örtlichen Haushaltgerätekombinat, wohnte im Neubaugebiet von Eilenburg-Ost und konnte uns daher »aus eigener Anschauung« das Gasthaus zum Grauen Hirschen ans Herz legen, und zwar »bedenkenlos«. Nicht zuletzt die »zentrale Lage« gleich an der Torgauer Straße, der Hauptstraße also, sei bestechend. Er habe zwei Doppelzimmer reserviert, »nichts Mondänes, aber das macht nichts«.

Er erzählte, dass der schwedische König Gustav Adolf in diesem Gasthaus öffentlich aufgebahrt worden sei, und zwar im November des Jahres 1632, nachdem er in einer der blutigsten Schlachten des Dreißigjährigen Krieges gefallen war. Napoleon habe in diesem Gasthof sogar gegessen, 1813 sei das gewesen, wenige Tage vor der Leipziger Völkerschlacht. Dass Napoleon die Schlacht dann verloren habe, bedeute keineswegs, dass das Essen hier schlecht sei, im Gegenteil. Er, Bödelow, empfehle die Rindsroulade, »eine der besten Rindsrouladen von ganz Eilenburg!«

Als er uns vor die Pforte des Grauen Hirschen gebracht und mit meinem Vater eine Uhrzeit für den nächsten Tag ausgemacht hatte, verabschiedete er sich. »Also dann, auf die neue Zeit!«, rief er und ging zu seinem Wartburg. Auf halber Strecke drehte er um, ihm war noch etwas eingefallen. »Kennen Sie eigentlich den Slogan, mit dem wir seit Jahren für unsere Produkte werben?« Mein Vater schüttelte den Kopf.

»AKA Electric – in jedem Haus zu Hause«. Er lächelte. »Gut, was?« Bödelow schaute meinen Vater an wie ein Schüler seinen Lehrer. Ich hatte noch nie erlebt, dass mein Vater so ehrfürchtig behandelt wurde.

»Ganz hübsch«, sagte mein Vater.

Dann erzählte uns Bödelow, dass die Bügeleisen von AKA Electric in der DDR absoluter Marktführer seien, falls man dies im Sozialismus so sagen dürfe. Die anderen Hersteller könne man vergessen, alles Schundeisen, eine Schande für das Elektrogewerbe. Allenfalls die Eisen von Eltma seien noch akzeptabel, aber das seien bekanntlich Reisebügeleisen. So oder ähnlich kämpften in diesen Tagen wohl unzählige Ostdeutsche ums Überleben ihrer Betriebe.

»Was ich mich gefragt habe«, sagte mein Vater: »Wofür steht eigentlich die Abkürzung AKA bei AKA Electric?«

»Aktiv auf dem Markt – Konzentriert in der Handelstätigkeit – Aktuell im Angebot«, sagte Bödelow stolz. »Ich denke, unsere Slogans sind auch für die Marktwirtschaft geeignet, oder was meinen Sie?« Wieder schaute er meinen Vater von unten an, obwohl er mindestens gleich groß war.

»Lassen Sie uns morgen darüber reden.« Bödelow nickte, dann fuhr er davon.

Wir schauten seinem Wartburg nach, sahen die Schneise, die die Scheinwerfer in die Dämmerung schlugen. Auf der Torgauer Straße reihte sich ein Fünfziger-Jahre-Haus ans andere, vierstöckige Gebäude, deren Fassaden sich schälten, wie Haut nach einem schweren Sonnenbrand. Überall blätterte der graue Putz ab und legte neuen grauen Putz frei.

Durch die Lücken des Straßenzuges lugten Plattenbauten, sechsstöckige Betonmauern mit Fenstern, die Schächte waren, Häuser, in denen man nicht leben konnte, höchstens überleben. Über den Häusern, hinter einem Schleier, schien ein halber Mond.

Aus den Schornsteinen kroch der Ruß der Kohleöfen, Häuser, Himmel, Straße, alles verschwamm zu einer grauen Landschaftscremesuppe. Die Kommunisten hatten es geschafft, einen Staat ohne Farbe zu errichten, selbst die Bäume waren mir hinter der Grenze grau vorgekommen. Vielleicht, überlegte ich, waren die Ostdeutschen ja aus Sehnsucht nach Farbe auf die Straße gegangen.

Ein Trabant röhrte durch die Stille und warf gelbes Licht auf grauen Grund. Die Luft schmeckte rußig, nach Asthma und Einsamkeit. Bis zu jenem Abend in Eilenburg hatte ich das beklemmende Gefühl von Trostlosigkeit nur von den Sonntagen meiner Kindheit gekannt. An Sonntagen stand die Zeit still, so war es mir vorgekommen, und ich mochte nicht, wenn sie stillstand. Ich wollte, dass etwas los war, Bewegung, Geschäftigkeit, aber an Sonntagen fehlte all das, da zogen sich die Menschen in ihren Bau zurück und schlossen die Luke. Das Schlimmste an diesen Sonntagen aber war, dass sie nicht vorbeigingen, sie schoben sich voran wie ein träger Fluss.

Donnerstagabende in Eilenburg schienen mir noch viel trostloser zu sein als diese Sonntage meiner Jugend. Die Dunkelheit, diese alles gleich machende Kommunistin, tat das Übrige. Selten sehnte ich mich stärker nach Sonnenaufgang.

Zu beiden Seiten des Holztores hing ein Schild, »Hotel« stand auf dem einen, »HO Gaststätte« auf dem anderen, über beiden thronte die graue Figur eines Hirschs. Wir öffneten das Tor und gelangten in einen Flur, von dem eine Treppe ins Obergeschoss und die Tür zum Speisesaal abging. Es war fast finster, nur die zarte Lampe eines Notausgangsschildes verströmte schummriges Licht. Die Luft war stickig, als sei seit Gründung der DDR nicht mehr gelüftet worden.

»Hier ist keiner. Lasst uns gehen«, sagte ich, mir graute schon jetzt vor einer Nacht in diesem Schuppen. Mein Vater öffnete die Tür zum Speisesaal. »Hallo«, rief er, ein forsches, westdeutsches Hallo. »Hallo, wir haben reserviert.« Ich betete, dass niemand antworten würde. Nach einer Weile hörten wir ein Rumpeln im Obergeschoss. Kurz darauf öffnete sich am oberen Ende der Treppe eine Tür, ein Lichtstrahl fiel die Stufen hinab, es folgte ein schnaufender Mann in grauem Pullunder. Er machte ein Gesicht, als sei jemand gestorben.

»Anreise bis 18 Uhr«, keuchte der Mann, als er die letzte Stufe der Treppe genommen hatte. Sein Haar sah aus, als sei er gerade aufgewacht.

»Und was heißt das jetzt?«, fragte mein Vater.

»Dass es 19 Uhr ist.« Der Mann drehte sich um, als wolle er die Treppe gleich wieder hochklettern.

»Wollen Sie keine Gäste?« Noch bevor der Wirt antworten konnte, setzte mein Vater zu einem Vortrag an, in dem es, zusammengefasst, darum ging, dass man es sich in der freien Marktwirtschaft nicht leisten könne, seine Kunden derart unfreundlich zu behandeln, weil man dann bald keine Kunden mehr habe, und wer keine Kunden mehr habe, der sei schnell pleite. So jedenfalls werde er kaum in der Bundesrepublik ankommen. Solche Vorträge wurden zu dieser Zeit tausendfach gehalten. Fast alle Besucher aus dem Westen boten kostenlose Nachhilfestunden in freier Marktwirtschaft an.

»Will ich doch gar nicht«, sagte der Mann. »Ich will gar nicht in der Bundesrepublik ankommen. Das war all die Jahrzehnte mein Albtraum, dass irgendwann Leute wie Sie vorbeikommen und mir sagen, wie ich meinen Grauen Hirschen zu führen habe.« Er wirkte nicht nur zornig, sondern auch traurig. Er hatte vermutlich sein Leben lang für den

Sozialismus geschuftet, und nun war ihm mit der DDR auch der Stolz abhandengekommen. Neben dem Tresen hing eine Plakette an der Wand, die ihn als »Helden der Arbeit« auswies.

»Ich bin übrigens Berger.« Er streckte meinem Vater die Hand entgegen. »Gegessen ham Se aber?«

Berger sah nicht aus, als habe er Lust, die Küche noch zu öffnen, er sah ohnehin nicht aus, als habe er zu irgendetwas Lust. Er führte uns in den Speisesaal, knipste eine Neonröhre an und deutete auf einen Tisch. Als wir uns gesetzt hatten, zückte er Stift und Zettel aus der Gesäßtasche und knurrte: »Rindsroulade drei zehn.«

Wir sahen ihn fragend an, was Berger noch gereizter werden ließ.

»Riiinds Ruuu Laaa Deee Drei Zeeeehn.«

»Ich glaube, die Rindsroulade kostete hier drei Mark zehn«, sagte mein Vater. »Ostmark, nicht wahr?«

»Was denn sonst?«, knurrte Berger.

»Und was gibt es außerdem?«, fragte meine Mutter.

»Wie außerdem?«

»Was haben Sie noch, außer der Rindsroulade?«

»Nur Rindsroulade.«

»Dann nehmen wir die Rindsroulade«, sagte Mutter.

»Gute Wahl«, sagte Berger, machte drei Striche auf seinem Zettel und verschwand in die Küche. Nach einer Weile kam er mit drei Untertassen auf einem Tablett zurück.

»So, das wäre dann der Gruß aus der Küche.«

Auf den Untertassen lag ein dunkelbrauner, salziger Keks, er war mit einer dicken Schicht Ketchup bestrichen, worin eine spitz zugeschnittene Gewürzgurke steckte. Vermutlich hatte ihm ein anderer Gast erzählt, dass Grüße aus der Küche im Kapitalismus dazugehörten.

Wir waren in ein Land gereist, dessen alte Zeit sich noch nicht verabschiedet hatte, obwohl die neue Zeit schon da war. In drei Wochen sollten die Eilenburger erstmals seit Jahrzehnten in freier Wahl über ihr Stadtparlament entscheiden, aber der Kandidat, dem die besten Aussichten bescheinigt wurden, der Herr Bratzow von der CDU, war auch zu DDR-Zeiten schon Bürgermeister gewesen. Er hatte rechtzeitig die Partei gewechselt und warb nun mit dem Wahlspruch »Bratzow, ihr Mann fürs Morgen«.

Zwei Gesandte von Aldi seien vor einigen Tagen die Felder vor dem Ortseingangsschild abgeschritten, hatte Berger erzählt, sie planten bereits einen Markt für die Großregion Eilenburger Land. Es gab viele Vorauskommandos, die die Marktwirtschaft in jenen Wochen in den Osten schickte, Kaffeefahrtenveranstalter, Vertreter für Versicherungen und Rheumadecken, mit eigens für den Osten entwickelten Slogans (»Auch in Leuna hat man Rheuma«).

»Besenstiele«, knurrte Berger, während er die dampfenden Rindsrouladen samt Sättigungsbeilage in die Schankstube balancierte. »Stellen Sie sich das vor!« Er schüttelte den Kopf. »Neulich war so ein Affe da, den Kofferraum voller Besenstiele. Stellte sich mit seinem schwarzen BMW an den Rathausplatz, großes Pappschild auf der Motorhaube: ›West-Besenstiele, 15 Mark‹.« Berger stemmte die Hände in die Hüfte.

»Gibts denn so was? West-Besenstiele!« Er lachte laut und schrill, ein entsetztes Lachen. »Drüben im Laden«, er zeigte auf das Fenster, »da gibt es Ost-Besenstiele für achtzig Pfennig. Astreine Ware. Nun frage ich Sie: Können Sie mir verraten, warum West-Besenstiele besser sein sollten als Ost-Besenstiele?« Mein Vater zuckte die Schultern. »Sehn Se, weiß keiner, aber wir Dödelossis fallen drauf rein. Am Ende des Nachmittags war der Kofferraum leer. Dreißig Besenstiele ist der Kerl losgeworden, für fünfzehn Mark! Ich sag Ihnen was: Kapitalismus ist der permanente Versuch, einen anderen übers Ohr zu hauen. Deshalb freuen sich drüben auch so viele auf die Einheit: Weil man uns so leicht übers Ohr hauen kann. So siehts aus!«

»Setzen Sie sich doch zu uns«, sagte mein Vater. Berger band seine Kochschürze ab und nahm Platz. Seine Erregung hatte ihn zutraulich werden lassen. Die Rouladen schmeckten grauenhaft.

»Neulich«, sagte Berger, »da stolzierte einer in meinen Hirschen und meinte, ich müsse unbedingt Miesmuscheln verkaufen, wenn ich mithalten wolle. »Marktwirtschaftsmenschen essen Miesmuscheln«, sagte er. Er hatte auch kleine Kartons bei sich, mit aufgedruckten Miesmuschelfotos, die man zusammenstecken und auf die Tische stellen konnte. Wenn ich fünf Kilogramm Muscheln bei ihm bestelle, sagte der Mann, bekäme ich die Tischkartons gratis obendrauf.«

»Und?«, fragte mein Vater.

»Von mir aus soll'n sie den Sozialismus beerdigen, aber Miesmuscheln kommen mir nicht auf den Tisch.« Ich beobachtete, wie Fliegen in Zeitlupentempo die Tischkante entlangwanderten, offensichtlich hatte der Sozialismus auch sie träge werden lassen.

In letzter Zeit kehrten fast ausschließlich Handelsreisende aus dem Westen bei ihm ein, erzählte Berger, die alten

Stammgäste blieben fern. »Auch Stasi-Ewald kommt nicht mehr«, es klang so, als würde er diesen Ewald sehr vermissen. »Der konnte stundenlang an ein und demselben Bier rumnuckeln. Da vorne am Tresen stand er, nuckelte und spitzte die Ohren. War ja nicht zum Vergnügen hier, der Ewald, immer im Dienst. Nach ein paar Bier und Schnäpsen kommen die Leute ins Quatschen. Gab gutes Material für seine Berichte. Bratzow, der Bürgermeister, war immer zufrieden mit Ewalds Arbeit. Seit Januar kommt er nicht mehr, nichts mehr zu tun, nichts mehr zu lauschen, nichts mehr zu melden. War mein treuester Kunde. Vermisse ihn fast.«

Von draußen drangen die Scheinwerfer eines Autos durch die grauen Scheiben. Ein Motor wurde abgestellt, wenig später stand ein Mann mit schwarzem Hartschalenkoffer im Türrahmen.

»Moin, moin.« Er nahm seinen Hut ab und setzte sich an den Nebentisch. Dann bestellte er ein Eilenburger Pils.

»Auch aus'm Westen?«, wollte der Mann mit dem Koffer wissen. Wir nickten.

»Wo sind Sie her?«, fragte mein Vater.

»Cloppenburg«, sagte der Mann. »Bin nur auf der Durchreise, geschäftlich.«

»Verstehe«, sagte mein Vater. »Wir sind auch auf Geschäftsreise.«

»Wofür reisen Sie?«

»Elektrowaren. Und Sie?«

»Knabberwaren.«

»Schwerpunkt?«

»Erdnussflips. Und Sie?«

»Bügeleisen.«

Sie prosteten sich zu, es steckte eine tiefe Übereinkunft in diesem Prosten. Darauf bestellte der Erdnussflips-Vertreter für Berger und meinen Vater eine Runde Schnaps, dann bestellte mein Vater eine zweite Runde Schnaps, und dann brachte Berger die ganze Flasche mit und knallte sie auf den Tisch. Später, als ich in meinem Zimmer im ersten Stock auf dem Bett lag, da hörte ich eine weitere Flasche auf den Tisch knallen, aus der Schankstube schallte das Lachen von Leuten hinauf, denen zwei Flaschen Schnaps geholfen hatten, doch noch Brüder und Schwestern zu werden.

Bald entkam ich dem Grölen durch Flucht in die Träume. Ich sah Victoria vor mir, ihr Bild flackerte auf der Innenseite meiner Lider, erst unscharf wie auf einer im Wind wogenden Leinwand, danach, als die Leinwand zur Ruhe kam, immer schärfer, schließlich begann sie sich zu bewegen, zu gestikulieren, sich Strähnen hinter das Ohr zu streichen. Mein Kopfkino zeigte meinen Lieblingsfilm, Victoria war zum Maßstab meiner Träume geworden. Jeden Morgen bewertete ich meine Träume danach, ob sie darin vorgekommen war, und wenn ja, wie lange. Je länger sie in der Nacht bei mir gewesen war, desto besser hatte ich geträumt.

Am nächsten Morgen holte Bödelow meinen Vater um acht Uhr zur Werksbesichtigung ab, meine Mutter begleitete sie. Als ich gewaschen und angezogen war, stieg ich die Treppe hinab und betrat die Gaststube, in der wir die Rindsrouladen gegessen hatten.

»Na, junger Mann, wie wärs mit einem kräftigen Frühstück?«

Berger stand mit seiner Schürze in der Tür zur Küche

und lächelte, er schien bester Laune zu sein. »Kaffee oder Tee?«

»Kaffee bitte.«

Berger zog sich in die Küche zurück, ich musterte den Raum. Bei Tageslicht sah er freundlicher aus als am Abend, auch das große Wallenstein-Gemälde machte einen weniger furchteinflößenden Eindruck. Neben Wallenstein hing ein gerahmtes Foto einer jungen Frau. Sie stand im langen Kleid auf einer Wiese und posierte.

Ihr Anblick ließ mich wieder an Victoria denken, Sehnsucht stieg in mir auf. Es war erst der zweite Tag unserer Reise, aber ich hatte schon jetzt das Gefühl, eine Victoria-freie Woche, ohne unsere Briefe und Telefonate, nicht auszuhalten. Wenn es ganz schlimm würde, überlegte ich mir, würde ich trotz aller Gefahr bei ihr anrufen. Tagsüber war ihr Vater im Rathaus, es bestand immerhin die Chance, Victoria direkt am Apparat zu haben.

»Wollen wir doch mal sehen, ob wir dich satt kriegen.« Berger kam mit einem Tablett aus der Küche, auf dem ein üppiger Brotkorb, ein Teller mit Wurst und Marmeladentöpfe standen. »Lass es dir schmecken.«

Er war schon fast wieder in der Küche verschwunden, als ich ihm eine Frage hinterherrief.

»Wäre es eigentlich, also jetzt nur theoretisch, aber wäre es möglich, bei Ihnen zu telefonieren?«

»Ortsgespräch dreißig Pfennig«, sagte Berger.

»Es wäre allerdings ein Auslandsgespräch.«

»Befreundetes Ausland oder Klassenfeind?«

»Eng befreundetes Ausland«, sagte ich. »Es geht um Irland.«

»Also Klassenfeind«, sagte Berger, er lachte jetzt. »Irland geht leider nicht. Fehlt mir die Lizenz.« Er sah die Enttäuschung in meinem Gesicht. »Gehts um was Wichtiges?«

Ich nickte.

»Eine junge Dame?« Wieder nickte ich.

»Und sie wohnt in Irland? Eine Irin?«

»Ja. Sie heißt Victoria.«

»Du machst Sachen«, sagte Berger, er setzte sich zu mir an den Tisch. »Warum verliebst du dich auch in die Ferne? Gibts bei euch zu Hause denn keine netten Mädchen?«

»Jedenfalls keine Mädchen wie Victoria.«

»Besucht sie dich wenigstens?«

»Nein, das geht nicht. Sie darf nicht reisen.«

»Das kenne ich«, murmelte Berger. Er zeigte auf das Foto neben Wallenstein. »Siehst du das Mädchen dort drüben? Sie heißt Olivia, und ich habe sie geliebt, oh ja, das habe ich. Wir waren etwas älter als du heute, als wir zueinanderfanden, sie 17, ich 24. Ein Jahr lang waren wir die glücklichsten Genossen der DDR. Im Frühjahr 61 machten Olivias Eltern dann rüber in den Westen, Braunschweig glaube ich. Wir haben lange darüber geredet, ob sie hier bei mir bleiben sollte, aber ich steckte noch in der Ausbildung und verdiente zu wenig Geld für uns zwei. Zudem fehlte Olivia der Mut, sich Vater und Mutter zu widersetzen. Wir versuchten uns damals einzureden, dass es halb so schlimm sei, wenn sie nach Braunschweig ziehe. Wir würden uns trotzdem sehen können, es war ja nicht weit von hier. Aber dann kam uns die Geschichte dazwischen.«

»Welche Geschichte?«

»Der Bau der Mauer. Weißt du, wann das war?«

»Am 13. August 1961.« Die Antwort kam wie ein Blitz, es war die gleiche Frage, die mir Boell im irischen Klassenzimmer gestellt hatte.

»Genau. An diesem Tag bauten sie eine Mauer zwischen Olivia und mich.« Sein Blick wanderte zurück zu ihrem Foto. »Warum mussten sie auch rübermachen? Es war doch schön bei uns im Osten, wunderschön sogar, die beste Zeit meines Lebens. Bis zu jenem Tag.«

»Haben Sie Olivia denn wiedergesehen?«

»Nie mehr. Sie ließen mich nicht in den Westen reisen, und Olivia, die der Republik den Rücken gekehrt hatte, ließen sie nicht zurück ins Land. Olivia und ich haben uns noch eine Weile geschrieben, Liebesbriefe, ich habe sie alle noch.« Berger atmete schwer. »Irgendwann hatte sie einen anderen. Einen Wessi. Und ich sitze hier mit meinen Rindsrouladen.«

Wir schwiegen eine Weile. Dann sah Berger mich entschlossen an.

»Ich sage dir eins, mein Junge: Pass gut auf deine Irin auf. Lass dich nicht abschrecken von der Entfernung. Die einen resignieren und werden traurig und fett …« Er deutete auf seine stolze Wampe. »Die anderen aber kämpfen, sie fügen sich nicht in das Schicksal, das die Geschichte ihnen zugedacht hat. Sei ein Kämpfer, mein Junge! Manche Mädchen gibts nur einmal im Leben. Glaub mir, ich weiß, wovon ich rede.« Er klopfte mir auf die Schulter. »So, und jetzt muss ich Rouladen wickeln.« Er stand auf und schlurfte in seine Küche.

Als ich mein Frühstück beendet hatte, standen meine Eltern in der Gaststube. »Eine Bruchbude«, sagte mein Vater, er meinte das Elektrokombinat, das sie besichtigt hatten. »Da würde man bei uns nicht mal Hühner drin halten.« Dieser Satz sollte uns auf der ganzen Reise begleiten, mein Vater wiederholte ihn nach jedem besichtigten Werk.

Auf unseren Fahrten von Kombinat zu Kombinat saß ich unruhig auf der Rückbank. Ich musste oft an jene Mahnung denken, die Berger mir mit auf den Weg gegeben hatte. In regelmäßigen Abständen verlangte ich eine sofortige Rückkehr in den Westen, um endlich telefonieren zu können, was stets abgelehnt wurde. Meine Eltern fanden alles furchtbar aufregend, sie fühlten sich in jene Zeit zurückversetzt, als ihre Liebe noch Abenteuer war, als sie mit einem Käfer durch fremde Länder fuhren und mittags nicht wussten, ob sie abends ein Dach über sich haben würden.

Am siebten Tag unserer Reise erreichten wir Westberlin. Als wir auf den Kurfürstendamm einbogen und die Leuchtreklamen an den Kinos und Geschäften sahen, fühlte es sich an, als seien wir endlich wieder zu Hause. Dabei war ich nie zuvor auf dem Ku'damm gewesen. Meine Augen saugten das Bunte und Glitzernde begierig auf. Plötzlich glaubte ich zu wissen, warum ich den Westen mochte, plötzlich verstand ich, warum die Ostdeutschen am Tag nach dem Mauerfall so merkwürdige Tänze auf das Parkett des Ku'damms gelegt hatten. Die vielen Farben hatten sie vermutlich berauscht, sie waren knülle gewesen vor Vielfalt.

Das Kostbarste am Westen aber waren für mich die Telefonzellen. Nicht nur bei Berger, auch im Rest der DDR war ich mit dem Versuch gescheitert, Victoria anzurufen. Ich war auf Liebesentzug. Jetzt war ich endgültig bereit, das Verbotene zu wagen: Ich würde sie anrufen, im Haus von John O'Grady.

Kaum hatten wir unser Hotel bezogen, lief ich zur Rezeption und ließ mir einen Zehn-Mark-Schein in zwanzig Fünfzig-Pfennig-Stücke wechseln. Die Fünfziger waren meine Lieblingsmünzen, vor allem mochte ich die Figur darauf, eine Frau mit Kopftuch, die auf dem Boden kniete und eine Eiche pflanzte. Sie sah so andächtig und würdevoll aus, dass ich lange dachte, es handle sich um eine Prominente aus dem Kirchenmilieu, um Mutter Teresa oder die Mutter Gottes.

Die Hosentasche voller Münzen, lief ich zum Ku'damm, wo ich schon von ferne das Gelb einer Telefonzelle leuchten sah. Vor ihrer Tür hatte sich eine Schlange gebildet, sechs oder sieben Parteien, Paare, Passanten und am Ende der Schlange eine einzelne Dame Anfang sechzig die pralle Tüten des Kaufhauses Hertie neben sich geparkt hatte. Wenn jemand zu Ende telefoniert hatte, griff sie ihre Tüten und wuchtete sie einen halben Meter nach vorne. Ihr Nacken glühte vor Anstrengung.

Als sie selbst an der Reihe war, passten die Hertie-Tüten nicht in die Telefonzelle. Sie bat mich, auf sie aufzupassen, sie müsse nur kurz mit ihrem Mann reden, denn jetzt werde alles gut, jetzt werde endlich alles gut. Sie lächelte und verschwand in der Zelle.

»Erwin? Ich bins, deine Kleene.« Sie sprach so laut und erregt, dass ich sie durch die Massivplastikscheibe der Deutschen Post hören konnte. »Nu halt dir fest, Erwinlein. Weeste, wat passiert iss? … Wie? Ja doch, ja sicher komm ick zurück.

Heut Abend bin ick wieder in Finsterwalde, wieder bei dir, mein Schauferl. Aber weeste, wat passiert iss, Erwin, nu halt dir fest: Wir kriejen se! Ja, wir kriejen se, kannste dit globen, wir kriejen se ...«

Ich verstand noch immer nicht, was sie so euphorisch machte. Ich ließ meinen Blick über den Ku'damm schweifen, las den roten Schriftzug des Café Kranzler drüben auf der anderen Straßenseite, beobachtete die Autos und Doppeldeckerbusse, die langsam vorankrochen, dann fiel mein Blick auf die Leuchtanzeige zwischen erstem und zweitem Stock an der Wand des Kaufhauses, rote Buchstaben, die rasch vorbeigaloppierten. Lange Zeit hatte ich vor lauter Buchstaben die Nachricht nicht gesehen, die sie verkündeten, *D-Mark für die DDR*, es folgten fünf Sternchen *Währungsunion zum 30. Juni*, wieder Sternchen, *Kabinettsbeschluss.* »... ick werd verrückt, Erwin, aber dit stimmt, haick eben jehört, sie reden alle davon, selbst die Verkäuferinnen beim Hertie, die D-Mark kommt, im Sommer schon isse da. Kannste dit globen? Die D-Mark bei uns in Finsterwalde ...« Sie fuchtelte mit der rechten Hand in der Luft herum, während ihre Linke den Hörer so waagrecht vor den Mund hielt, als spreche sie in ein Walkie-Talkie. Ich hatte lange nicht mehr einen so glücklichen Menschen gesehen.

»Erwin, du, ick glob, ick muss Schluss machen, det Jeld iss alle. Heut Abend jibet Bratkartoffeln, mit Speck, zur Feier des Tages ... Ick dir och. Bis später, mein Schauferl.«

Sie stieg aus der Telefonzelle und fiel mir fast in die Arme. »Jetze wird allet jut, junger Mann. Komm 'se aus Berlin?« Ich schüttelte den Kopf. »Na ja, macht ja nüscht. Jetze wird jedenfalls allet jut.« Sie drückte mir einen Kuss auf die Wange, griff nach ihren Tüten und zog davon. Es kam mir vor, als würde sie nicht länger schleppen, sondern schweben.

Ich verstand nicht, warum die Mark eine solche Anziehungskraft auf Erwin, seine Frau und viele andere DDR-Bürger hatte. Ihr eigenes Geld nannten sie inzwischen »Ostlappen« oder »Kosakendollar«, es hatte jede Würde verloren. Heute, als Banker, weiß ich, wie wichtig eine starke, stabile Währung für das Selbstbewusstsein eines Landes ist.

Ich zog den Zettel mit der Telefonnummer aus meinem Portemonnaie und war dankbar, dass sie mir diese »für den absoluten Notfall« mitgeteilt hatte. Wichtig war jetzt, genau hinzuhören. Sollte sich eine Männerstimme melden, musste ich sofort einhängen. Bei einer Frauenstimme galt es herauszufinden, ob es sich um Victoria, ihre Schwester oder um die Mutter handelte. Wenn es die Mutter war, würde ich ebenfalls auflegen, bei der Schwester wollte ich es von der Situation abhängig machen.

Vorsichtig drehte ich die Wählscheibe, vor jeder Ziffer vergewisserte ich mich, dass es sich um die richtige handelte. Ich hörte ein Tuten, zweimal dicht aufeinander, es folgte eine Pause, dann wieder zweimal hintereinander, nach dem sechsten Tuten nahm jemand ab.

»Hello.«

Kein Mann.

Blieben Mutter, Schwester, sie selbst. Leider hatte ich Victoria noch nie ans Telefon gehen hören. Oft lässt die Art, wie die Leute sich melden, Schlüsse auf ihr Wesen zu. Gehörte dieses freundliche, aber etwas gelangweilt hervorgestoßene Hello wirklich zu ihr?

»Hello«, kam es erneut aus dem Hörer, jetzt nicht als Begrüßung, sondern als Frage. Die Betonung lag nun auf dem e, nicht auf dem o. Die Langeweile war entwichen, es klang heller als das erste Hello, neugieriger. Das passte schon eher.

»Victoria?«, fragte ich leise.

Der Engel schwieg. Vermutlich war sie zu überrascht. Oder war es doch die Mutter?

»Yes, hello.« Es war Victoria.

»Hier ist Benjamin. Sag jetzt nichts, antworte nur mit Ja oder Nein, hörst du?«

»Ja.«

»Können deine Eltern mithören?«

»Ja.«

»Sag nichts, hörst du, lass mich einfach reden.«

»Hey Susan, ist doch gar kein Problem«, unterbrach sie mich. »Ich hoffe, es geht dir gut.« Ich musste lächeln. Sie klang selbstbewusst, als mache ihr die Sache Spaß.

»Hör zu, es tut mir leid, dass ich dich in diese schwierige Situation bringe, aber es handelt sich um einen absoluten Notfall. Ich habe es nicht mehr ausgehalten ohne dich. Wir sind sieben Tage lang durch dieses seltsame Land gefahren. Sieben Tage war ich abgeschnitten von der Welt. Von ihrem Mittelpunkt. Von dir. Ich weiß jetzt, dass Sehnsucht schmerzen kann. Nie wieder möchte ich so etwas erleben.«

»Ich glaube, du hast den richtigen Doktor angerufen, Susan«, sagte sie.

»Das glaube ich auch.«

»Wirkt die Medizin denn langsam? Gehts dir schon besser?«

Ich war begeistert, wie schnell und spontan sie reagierte. Menschen gehen mit sehr verschiedenen Geschwindigkeiten durch ihr Leben, denken, schalten, laufen unterschiedlich schnell, und ich glaube, diese Grundgeschwindigkeit entscheidet über die Frage, ob zwei Menschen zueinanderpassen. Victoria schien zum Klub der schnellen Menschen zu gehören.

»Mir geht es schon viel besser«, sagte ich. »Ich kann deine Nähe spüren. Außerdem riechst du fantastisch.«

»Das ist wichtig, dass die Nase frei ist. Du musst genügend Nasentropfen nehmen, hörst du? Die Nase muss immer frei sein.«

»Ich kann auch ohne Tropfen durchs Telefon riechen. Weil ich so verliebt in dich bin.«

»Und wie riecht sie, deine Medizin?«

»Wunderbar, der angenehmste Geruch, seit es Nasen gibt. So herrlich, dass man am liebsten nie wieder auflegen möchte.«

Im Hintergrund hörte ich das Gemurmel einer Männerstimme. Ihr Vater musste sich ganz in der Nähe des Telefons befinden, es war an der Zeit, das Gespräch zu beenden. »Wenn du am Dienstag immer noch krank bist und nicht zur Chorprobe kommen kannst, dann werde ich dich anrufen und dir erzählen, was wir gemacht haben«, sagte Victoria.

»Da würde ich mich sehr freuen.«

»Dann weiter gute Besserung, Susan, bis bald.«

»Ich liebe dich«, flüsterte ich.

»Das sehe ich umgekehrt genauso.« Dann legten wir auf.

SECHZEHNTES KAPITEL

Der Sommer war auf bestem Wege, ein großer zu werden. Im städtischen Freibad wurde endlich der neue Sprungturm in Betrieb genommen, und in Italien kämpfte sich die deutsche Mannschaft ins Endspiel gegen Argentinien vor. Ich habe noch heute den Torschrei von Gerd Rubenbauer im Ohr, ein lang gezogenes »Jaaaaa«, nachdem Andi Brehme den Elfmeter im linken unteren Eck versenkt und Deutschland zum Weltmeister geschossen hatte. Franz Beckenbauer, der nach dem Spiel wie benommen im Mittelkreis umherspaziert war, hatte uns obendrein versprochen, dass wir über Jahre hinweg unbesiegbar sein würden, jetzt, da auch noch die Ossis zu uns stießen.

Es kam mir vor, als würden alle Deutschen mit einer dampfenden Tasse Euphorie in den Tag starten. Wir taumelten in diesem Sommer von Erfolg zu Erfolg, wobei der eigentliche Höhepunkt, die Wiedervereinigung, ja noch bevorstand. Obwohl mir der Osten noch immer gestohlen bleiben konnte, war das alles irgendwie ansteckend. Im Juni hatte es sogar Tage gegeben, an denen ich nicht an Victoria denken musste.

Dass die Fußballer aus dem Osten tatsächlich zu uns stoßen konnten, dafür sorgte Helmut Kohl elf Tage nach dem

WM-Finale. Gorbatschow hatte ihn in seine Heimat, den Kaukasus, eingeladen, um dort das Kleingedruckte der Wiedervereinigung zu besprechen. Wenn ich es richtig verstand, war die deutsche Einheit jetzt nur noch eine Frage des Preises. Im Kaukasus hatte Kohl seinem Freund jedenfalls eine Menge Geld für dessen kränkelnde Sowjetunion geboten, und am Ende hatte Gorbatschow sein Jawort gegeben.

Im Fernsehen sah ich an diesem Abend, wie sie im kaukasischen Wald auf Holzschemeln an einem Holztisch saßen, sie sahen aus wie zwei Rentner beim Pilzesammeln. Kohl trug eine beigefarbene Strickjacke, er trug überhaupt gerne Strickjacke. Vermutlich half seine Kleidung mehr als seine Worte, um dem Rest der Welt die Angst vor uns Deutschen zu nehmen.

An einem Sonntag im August, ich saß gerade im Garten und brütete über der schwierigen Frage, ob ich den Rest des Tages im Freibad oder auf dem Fußballplatz verbringen sollte, rief meine Mutter mich ans Telefon. Ihre Stimme klang erregt. »Komm schnell. Dein Mädchen aus Irland ist am Apparat.«

Ich erschrak. Wir waren doch erst für Dienstag zum Telefonieren verabredet. Ich sprintete zum Telefon.

»Victoria?«

»Mein Liebster …«

»Was machst du? Wo bist du?« Ich war zu aufgeregt, um erfreut zu sein.

»Auf der Flucht. Vor meinem Vater. Ich habe es nicht mehr ausgehalten.«

Ich fragte mich, ob ich von dieser Flucht hätte wissen müssen. Vielleicht hatte sie mir am Telefon davon erzählt, und ich hatte es nicht registriert. Oder sie hatte es in einem Brief angedeutet. Ich war weniger aufmerksam gewesen in letzter Zeit.

»Mach das nicht«, sagte ich schließlich. »Das macht alles nur schlimmer, hörst du? Geh zurück nach Hause, meine Süße, und dann überlegen wir uns einen neuen Plan. In aller Ruhe. Wir beide gemeinsam. Okay?«

»Zu spät«, sagte Victoria.

»Wieso zu spät?«

»Ich bin in Calais.«

»Wo?« Ich wusste nicht, wo dieses Calais war, aber es klang nicht gut.

»In einem Hafen. In Frankreich. Mein Schiff hat gerade angelegt. Auf dem Kanal hat es fürchterlich geschaukelt. Aber das hat mir nichts ausgemacht. Es geht mir gut. Ich habs geschafft. Das Meer war die Grenze. Nun bin ich frei.«

»Warum hast du mir denn nichts erzählt?«

»Ich hatte Angst, du würdest versuchen, mich davon abzubringen.«

Vermutlich hatte sie recht. »Was hast du jetzt vor?«, fragte ich.

»Ich werde weiterreisen. Zu dir.«

Jetzt war ich mir sicher, dass sie mir nichts von diesem Plan erzählt hatte.

»Vorausgesetzt, dass du mich noch haben willst. Dann wäre ich morgen früh bei dir. Ich könnte einen Bus nach Köln nehmen oder trampen. Köln war doch richtig, oder?«

Ich konnte nicht gleich antworten. Ich war überwältigt, gerührt, besorgt, alles zugleich, und die Kombination dieser Zustände ließ meine Zunge erstarren. Was all die Monate als

Option in der Ferne geleuchtet hatte, war nun ganz nah. Calais. Ich begann, den Namen zu mögen.

»Ich will dich haben«, sagte ich, als ich wieder sprechen konnte.

»Fuck«, fluchte sie plötzlich, ich hörte ein dumpfes Tuten in der Leitung.

»Nimm den Bus«, rief ich noch, dann brach das Gespräch ab. Am selben Abend fuhr ich zum Kölner Busbahnhof.

Als Victoria kurz vor Sonnenaufgang aus einem blauen Bus hüpfte, deutete noch nichts darauf hin, dass der Herbst unserer Liebe begonnen hatte. Ich war glücklich, sie nach all den Monaten endlich ansehen zu dürfen. Die ganze Welt reduzierte sich auf zwei Augen. Wir standen lange am Busbahnhof, sagten nichts und hielten uns aneinander fest.

Victoria erzählte mir, dass sie schon im Ferienlager darüber nachgedacht hatte, zu flüchten. Als sie nach den schönen Wochen am See wieder zurück in ihr Elternhaus kam, war ihr alles so unerträglich vorgekommen, dass sie beschloss, es wirklich zu wagen. Während sie von ihrer Flucht erzählte, wirkte sie fast so übermütig wie die Ossis in der Prager Botschaft.

Ich bot ihr an, so lange bei uns zu bleiben, wie sie wollte. Meine Mutter richtete ein eigenes Zimmer für sie her, mein Vater meinte, da hätte ich mir aber ein verdammt hübsches Ding ausgesucht; ich glaube, er war ein wenig stolz auf seinen Sohn. Dass Victoria in ihrem eigenen Elternhaus brennende Sorge hinterlassen hatte, versuchten wir so gut es ging zu verdrängen. Sie hatte unsere Telefonnummer bei ihrer Schwester hinterlassen. Wenn die Lage eskalierte, würde sie sich schon melden.

In den folgenden Tagen schwänzte ich so oft es ging den Unterricht. Nichts erschien mir wertvoller als die Zeit mit ihr. Die Nachmittage verbrachten wir im Freibad oder am Baggerloch, wir fuhren in die Stadt, wo wir ihr erstes Parfüm kauften und uns die Schaufenster ansahen. Victoria war begeistert, sie hatte noch nie so viele Schaufenster gesehen. »Wie in New York«, sagte sie, dabei handelte es sich nur um die Kölner Schildergasse.

Zum ersten Mal im Leben konnte auch ich stundenlang im Eiscafé sitzen und Spaghetti-Eis essen, ohne dass es mir peinlich oder langweilig war. Wir gingen sogar ins Museum und sahen uns alte Bilder an. Wann immer mich meine Eltern oder der alte Kunstlehrer ins Museum genötigt hatten, waren mir die Besuche wie eine Strafe vorgekommen, ein Bild glich dem anderen, der Rücken tat schnell weh. An Victorias Seite aber machte Museum Spaß. Sie verstand von Malerei etwa so wenig wie ich, aber an jedem Bild fiel ihr etwas Besonderes auf. Mal war es ein Titel, der ihr seltsam vorkam, mal ein Pferd, das ihrer Meinung nach ein Bein zu viel hatte. Victoria konnte zaubern, sie wandelte Zumutungen in Vergnügen.

So lernten wir allerhand Isten kennen, von denen wir nie zuvor gehörten hatten, Kubisten und Dadaisten, Surrealisten, Ex- und Impressionisten. Im Raum mit den Klassizisten blieb Victoria vor einem Gemälde stehen, das den Titel *Schöner Mann auf Stuhl* trug und einen fetten Sack mit Spitzbart und einer knittrigen weißen Halskrause zeigte.

»Komisch waren die Menschen früher«, sagte sie. »Findest du nicht?«

Doch, doch, erwiderte ich. Ich hatte gehofft, sie würde

mich küssen, wie sie es schon vor vielen Bildern getan hatte, aber sie wollte lieber diskutieren.

»Glaubst du wirklich, dieser hässliche Kerl galt früher als schöner Mann?«

»Vielleicht war er einfach ein reicher Mann und hat sich den Titel erkauft«, sagte ich.

»Ich finde ihn jedenfalls nicht schön, egal wie viel Geld er hatte«, sagte sie trotzig und küsste mich endlich. »Ich finde *dich* schön.«

Die Frage, wie sie mein Aussehen fand, hatte mich schon lange beschäftigt. Sie hatte mir viele schöne Dinge gesagt: dass sie meine Stimme möge, dass die Härchen auf meinen Armen sich angenehm weich anfühlen, dass sie oft über mich lachen müsse, solche Sachen, aber nie war es um mein Äußeres gegangen. Ich war diesbezüglich alles andere als zufrieden mit mir. Mein Gesicht war für meine Begriffe zu schmal und meine Haut nicht gerade rein. Außerdem wäre ich gern ein wenig größer gewesen.

»Findest du wirklich?«, flüsterte ich vorsichtig in ihr Ohr. Ich ließ meinen Kopf an ihrer Schulter, denn ich wollte nicht, dass sie mich ansah.

»Wie kannst du mich das ernsthaft fragen?« Sie warf ihren Kopf empört in den Nacken und starrte mich an. »Und ob ich dich schön finde. Du bist wunderschön.«

»Und dass ich diese roten Dinger im Gesicht habe, stört dich nicht?«

»Die sehe ich gar nicht.« Sie streichelte meine Wange.

»Ich hatte Angst, du würdest sie eklig finden. Ich finde sie nämlich eklig.«

»Mach dir darüber keine Gedanken. Ich habe doch selbst

welche.« Zum Beweis zeigte sie auf eine winzige Rötung an ihrem Hals. Wenn man sehr großzügig war, konnte man das als Pickel durchgehen lassen.

»Einen pro Jahr vielleicht. Und den muss man dann mit der Lupe suchen.«

»Glaub mir einfach, die paar roten Stellen, die sehe ich gar nicht«, versicherte Victoria. »Ich sehe dich. Und du bist schön.«

Sie war nach Frau Hackental der erste Mensch, mit dem ich über meine Hautprobleme sprach. Weder Freunden noch meinen Eltern hatte ich mich in dieser Frage anvertraut, erst recht keinem Mädchen, für das ich schwärmte. Selbst mit Frau Hackental hätte ich das peinliche Thema am liebsten vermieden, aber das ging nicht, denn sie war meine Hautärztin und meine Pickel unsere Geschäftsgrundlage.

Victoria küsste mich erneut, und ein Schauer huschte über meinen Körper. Ich fühlte mich wohl an ihrer Seite, entbunden von allen Ängsten, die mich sonst durch den Alltag begleiteten. Ich war mir sicher, dass es einen Menschen wie sie nur einmal gibt. Später verschwanden die Pickel, die Erinnerung aber an das befreiende Gefühl, trotz ihnen geliebt zu werden, verschwand nie.

Es war ein Vorzeigesommer. Ich erinnere mich an Hitze und Schatten, gelbe Tage, rote Abendstunden, das Knarzen ausgedorrter Äste, das Zirpen der Grillen, den Geruch trockener Kiefern. Es roch nach Süden, nach Mittelmeer, oder zumindest so, wie ich es mir am Mittelmeer vorstellte. Und wenn der Abend etwas Kühle auf unsere Haut legte, dann wuchs schon die Freude auf den nächsten Morgen und das nächste Stück vom späten Sommer.

Wir küssten uns viel in diesen Tagen, oft bis unsere Zungen schmerzten und die Kiefer steif waren. Rumküssen nannte Victoria das. Sie saugte inzwischen nicht mehr, sie ließ nun ihre Zunge tanzen, so leicht und so leidenschaftlich, dass ich mich fragte, ob sie in der Zwischenzeit geübt hatte. Aber erstens war das nicht sehr wahrscheinlich, und zweitens würde es nun keine Rolle mehr spielen. Victoria hatte sich für *mich* entschieden, ihre Flucht hatte sie zu *mir* geführt. Eigentlich gab es keinen Grund, eifersüchtig zu sein. Ich versuchte, die Monster in meinem Kopf zu verscheuchen.

Bald beschäftigte mich etwas anderes. Je öfter wir rumküssten, desto häufiger fragte ich mich, wann wir endlich miteinander schlafen würden?

Leider wusste ich nicht, wie ich es angehen sollte. Wie die meisten Jungs in meinem Alter kannte ich zwar all diese aufregenden und versauten Wörter fürs Miteinanderschlafen, war aber weit davon entfernt, sie auszuüben. Es waren Sehnsuchtsworte, keine Tuwörter, wie in der Grundschule die Verben hießen. Sie auszusprechen, war eine Ersatzbefriedigung, ich war Rhetoriker, kein Praktiker, und dieser Mangel an Erfahrung hemmte mich nun, den Schritt in die Praxis zu wagen.

Zuweilen fragte ich mich auch, wo eigentlich geschrieben stand, dass ich den ersten Schritt machen musste? Warum zeigte mir Victoria nicht, dass sie es mit mir tun wollte? Traute sie sich nicht? Wollte sie es nicht? Ich musste auch an ihre Schwester denken, daran, dass eine Schwangerschaft ihr Leben ruiniert hatte, und ich fragte mich, ob Victoria wohl aus Angst, ihr könnte es genauso ergehen, so zurückhaltend war.

Ich musste ihr auf irgendeine Weise zu verstehen geben, dass ich um ihre Ängste wusste und dass ich sie ernst nehmen würde. So kam ich auf die Idee, eine Packung Kondome zu kaufen und sie unübersehbar zwischen meinen Sachen zu platzieren. Auf diese Weise konnte ich ihr einerseits signalisieren, dass ich mir wünschte, mit ihr zu schlafen, und zugleich, dass ich gewillt war, uns zu schützen.

Gegen Ende der zweiten Woche ihrer Flucht wollte ich nicht länger zuwarten. Ich ahnte, dass uns nicht mehr viel Zeit bleiben würde. Am Vortag hatte ihre Schwester angerufen und erzählt, dass zu Hause der Ausnahmezustand herrsche, ihre Mutter weine viel und habe sich schon an die Polizei wenden wollen. Ihr Vater sei auch sehr besorgt, wenn auch weniger um Victoria als um seinen Ruf, weshalb er der Mutter auch verboten habe, die Polizei einzuschalten. Wie solle man den Leuten in der Stadt denn bitte schön erklären, dass die Tochter des Bürgermeisters von der Garda gesucht würde, habe er seine Frau angeschrien. Daraufhin habe Herr O'Grady versprochen, »die Sache selbst in die Hand zu nehmen«, was immer das bedeuten mochte. Sie selbst, hatte Sharon gesagt, habe bisher ihr Versprechen gehalten und die Ahnungslose gespielt, aber sie wisse nicht, wie lange sie diesen Zustand noch ertragen könne.

Das alles hatte mir Victoria in vollkommen ruhigem Ton erzählt, aber am Ende ihrer Erzählung hatten zwei Tränen an ihren Wimpern gehangen, und ich hatte sie in den Arm genommen und sie gefragt, ob sie zurück nach Irland wolle. Sie hatte den Kopf geschüttelt, aber ich spürte, dass sie ins Grübeln kam.

Für den folgenden Nachmittag hatten wir einen Ausflug

zum Baggerloch geplant, das sich am Rande eines Waldes versteckte und dessen Ufer im Hochsommer von faltenbehangenen Freunden der FKK-Bewegung heimgesucht wurde. Den Rest des Jahres aber blieb es von nackten Rentnern und anderen Störenfrieden verschont.

Dafür, dass der Herbst bereits begonnen hatte, war der Tag erneut sehr warm geraten. Ich hatte eine Decke und etwas zum Picknicken in den Rucksack gepackt. Victoria trug an diesem Nachmittag ein rotes Kleid, dessen Stoff ihren Körper umspannte wie eine zweite Haut. Ihre Brüste zeichneten sich schöner ab denn je. Wenn ich hinter ihr ging, konnte ich sehen, wie sich eine Pobacke im Wechsel über die andere hob, und all das, zusammen mit den Blicken, die sie mir schenkte, all das kitzelte meine Begierde so sehr, dass ich mich plötzlich zu leicht fühlte für diese Welt. Nie hatte ich mein Mädchen mehr begehrt als an diesem Nachmittag.

Sobald wir die Lichtung erreichten, von der wir auf das Wasser sehen konnten, blieben wir stehen und küssten uns lang und innig. Als sie den Takt ihrer Zunge in meinem Mund erhöhte, wusste ich, dass auch sie erregt war. Bald fehlte uns der Atem, um weiterzuknutschen. Wir schnappten nach Luft, und in diese gierige Kurzatmigkeit hinein fragte ich sie, ob ich mit ihr schlafen dürfe. Sie sagte nichts. Sie schlug die Decke auf, legte ihre Hände auf meine Schultern und drückte mich sanft nach unten.

Am Boden küssten wir uns weiter. Ich tastete mich ihren linken Oberschenkel hinauf und wagte mich vor in jenes unbekannte Reich, das ihr Kleid verbarg. Meine Finger zitterten vor Aufregung, als sie an den Gummisaum ihrer Unterhose stießen. Jenseits des Saumes spürte ich eine feuchte Wärme. Mir wurde kurz schwindelig vor Erregung, alles verschwamm. Das Erste, was mir wieder präsent war, war jener Moment, als Victoria mehrmals hintereinander aufstöhnte.

»Soll ich ein Kondom auspacken?«, fragte ich.

»Brauchst du nicht«, hauchte sie.

»Möchtest du denn nicht?«

Sie lächelte mich an. »Und wie ich möchte.«

»Aber wir brauchen doch …, ich meine, wir müssen doch …« Victoria ließ ihre Finger wie einen Kamm durch das Haar auf meiner Stirn gleiten. »Alles ist gut«, flüsterte sie, sie wirkte sehr souverän, sehr erwachsen. »Ich nehme jetzt die Pille.«

»Ich dachte, die bekommt man bei euch gar nicht.«

»Offiziell nicht«, antwortete Victoria. »Doch es gibt eine Frau in unserer Stadt, die verkauft die Pillen heimlich in ihrem Keller. Sie besorgt sie in Holland und vertreibt sie in Killarney. Eine Freundin hat mir von ihr erzählt, kurz vor meiner Flucht. Du siehst, ich habe an alles gedacht.«

»Aber …«

»Pssst …«, zischte Victoria. Sie legte den Zeigefinger der linken Hand auf ihre Lippen und bedeutete mir, es gut sein zu lassen, während ihre rechte Hand begann, die Knöpfe meiner Hose zu öffnen. Ich ließ es gerne gut sein. Sie berührte mich so wunderbar, dass ich mir sicher war, sie mache dies nicht zum ersten Mal.

Nie hätte ich mich getraut, Victoria zu fragen. Ich wollte mir die Illusion bewahren, ihr erster Mann zu sein, weil ich gelesen hatte, dass Mädchen ihren ersten Mann niemals vergessen würden. Der zweite, der dritte oder der siebte würden wieder verschwinden, der erste aber blieb. Ich wollte in ihrem Kopf wohnen für immer.

Als wir nackt auf der Decke lagen, spreizte sie die Beine. Ihr heimliches Haar wuchs so luftig, dass ihre helle Haut durchschimmerte. Ein leises Zischen aus ihrem Mund, als ich in sie eindrang, ein zartes Klacken ihres Gaumens, das auch ein Stöhnen sein konnte, als ich mich, überrascht von der Wärme, zurückzog, um gleich wieder in sie einzutauchen.

Ich konnte dieses Gefühl trotz meiner Aufregung tatsächlich genießen. Wir schaukelten unsere Hüften dem Glück entgegen, und irgendwann spürte ich, wie von den Wurzeln meines Schwanzes ein Feuerball emporkletterte, wie er meine Wirbelsäule hinaufstieg, hastig Wirbel für Wirbel nahm wie die Stufen einer Treppe, immer schneller, bis er schließlich den Kopf erreichte und alles entzündete.

So verlor ich meine Unschuld.

Es passierte etwas, nun ja, zügiger, als ich gehofft hatte, aber es war wunderschön. Ich wünschte mir, ich hätte noch viel mehr Unschuld in mir, die es künftig zu verlieren galt.

Als ich meine Augen öffnete, stand ihr Mund halb offen. Ihre Lider bewegten sich ruckartig, ein Nachzucken hatte sie erfasst; erst nach einer Weile tasteten sich ihre Augen zurück in die Welt.

»We did it«, sagte sie. Ihre Mundwinkel zogen sich zum begeistertsten Lächeln auseinander, das ich je auf einem Gesicht gesehen hatte.

»We did it«, wiederholte ich, staunend über sie und über uns.

Victoria lag unter mir und lächelte noch immer. Ich streichelte ihre Stirn.

»Ich liebe dich«, sagte ich. Nie zuvor hatte ich diesen Satz ausgesprochen. Bislang hatten Victoria und ich uns jenen Satz nur geschrieben, und das auch nur auf Englisch. Im Englischen aber wirkt er anders, da fehlten ihm Wucht und Schwere, die er im Deutschen hat. »Ich liebe dich« zu sagen und dabei in ihre Augen zu blicken, war etwas völlig anderes, etwas viel Privateres. Man durfte nicht wegsehen, während man den Satz sagte, man musste ihm standhalten.

»Ick libbe dick«, sagte Victoria.

Ich umklammerte sie so heftig, wie es die Zärtlichkeit noch erlaubt, während unsere Unterschenkel sich ineinander verhakten. So verschraubt fingen wir an, uns zu rollen, erst eine Vierteldrehung nach rechts, dann nach links, wir wollten eins sein, derselbe Körper. »We did it«, jauchzte ich. »Yeah, we did it«, jauchzte sie, und wir wälzten weiter, längst hatten wir die Grenze unserer Decke überrollt. »Ick libbe dick«, rief Victoria, so laut, dass ich ihren Brustkorb vibrieren spürte, und ich tat es ihr gleich. Wir wussten nicht wirklich, was es bedeutet, jemanden zu lieben, aber das machte es noch aufregender, es zu sagen.

Immer lauter, immer schneller schickten wir unsere zwei Botschaften in die Weite des Waldes, wir riefen und rollten uns in einen Rausch, aus dem ich nie wieder zurückkehren wollte. Irgendwann erwachten wir, erschöpft vor Euphorie und mit Laub auf der Haut. Ich wollte den Augenblick streicheln, bevor er ging. Wir lagen auf dem Rücken und japsten nach Luft. Sie schmeckte nach Glück.

Auf dem Weg nach Hause pfiff Victoria eine Melodie vor

sich hin. Es klang furchtbar schief, aber ich sagte nichts, weil sie so fröhlich dabei wirkte. Das, was sie zu pfeifen versuchte, hieß *One*, ein Lied von U2. Ich weiß nicht, ob sie es tat, weil der Song so gut zu diesem Moment passte oder weil es in diesem Sommer ein Hit war. Später musste ich mit ansehen, wie das Lied im Fernsehen benutzt wurde, um die Deutsche Einheit zu vertonen, als Soundtrack zur Wiedervereinigung sozusagen. Für die Fernsehleute war es eine beliebte Alternative zu den nervigen Jungs aus Hannover mit ihrem *Wind of Change*.

Wir sprachen darüber, gemeinsam fortzugehen, uns der Ferne zu überlassen, zu flüchten vor dem Leben, das unsere Eltern für uns vorgesehen hatten. Rasch kamen wir auf Italien. Wir waren beide noch nicht dort gewesen, aber Verliebte träumen immer von Italien, so viel hatten wir schon mitbekommen. In unserem Traum lebten wir auf dem Land. Victoria kümmerte sich um Hühner und Ziegen, während ich selbst das Feld pflügte und einen italienischen Zweitligaverein managte. Es war die klassische Rollenverteilung zwischen Mann und Frau, aber anders wäre es nicht gegangen: Victoria verstand nichts vom Fußball, und ich mochte keine Ziegen.

Als wir beim Haus meiner Eltern ankamen, sahen wir ihn auf der anderen Straßenseite. Er trug ein Tweedsakko, dazu eine graue Stoffhose. Die Hände hinter dem Rücken verschränkt, schritt er den Bürgersteig auf und ab. Er wirkte ruhig, fast friedlich, wie ein Vater, der glücklich war, seine Tochter wiederzusehen. Er nickte mir zu, als würden wir uns schon lange kennen, dann streckte er Victoria seine linke Hand entgegen, als Einladung, die von Herzen kommt.

»Komm mit nach Hause«, sagte er, seine Stimme klang sanft. »Du warst lange genug fort. Deine Mutter hat sich schon Sorgen gemacht.« Nach einer kurzen Pause fügte er hinzu: »Du brauchst keine Angst zu haben.«

Meine Gedanken schrumpften zu einem Flehen. Geh nicht, schrie ich und war doch zu feige, um einen Laut hervorbringen zu können. Geh nicht!

»Ich brauche noch einen Moment«, sagte Victoria zu ihrem Vater. »Lass mich meine Sachen packen und mich verabschieden. Dann komme ich.«

O'Grady nickte. »Nimm dir Zeit. Ich laufe schon vor zur Bushaltestelle, dort werde ich auf dich warten. Du musst nicht hetzen, wir haben Zeit.« Seine Stimme klang unheimlich unaufgeregt. »Wir haben alle Zeit der Welt.«

Er hob die linke Hand zum Abschied, dann lief er die Straße hinab, zu jener Kreuzung, an der die Bushaltestelle lag. Er hatte sich eine karierte Kappe aufgesetzt, wirkte galant, fast vornehm, in jedem Fall mehr britisch als irisch.

»Mach dir keine Sorgen«, sagte Victoria. »Ich glaube, jetzt wird alles gut. Lass mich nur mit ihm gehen. Ich denke, er hat etwas verstanden.«

»Du bist froh, dass er gekommen ist, nicht wahr?«

»Irgendwie schon. Ich hätte nicht gewusst, wie meine Flucht sonst enden sollte.«

»Vielleicht in Italien.« Es war ein letztes Aufbegehren, dann ergab ich mich. »Du hast recht, es ist gewiss besser so«, sagte ich und sah sie eindringlich an. Ich suchte nach etwas, das mir Sicherheit geben würde, ein Blick, eine Geste, ein Satz, nach dem nicht mehr in Frage stand, ob es weitergehen würde mit uns.

»Liebst du mich?«

»Und wie.« Sie streichelte meine Augenbrauen mit ihren Fingerkuppen. Dann ging sie ins Haus, holte die kleine Tasche, mit der sie zwölf Tage zuvor aus dem Bus gehüpft war, zog ihre Jacke an und umarmte mich.

»Diesmal wird es nicht so lange dauern, bis wir uns wiedersehen«, sagte sie. »Ich werde nicht mehr flüchten müssen.«

Die Euphorie darüber, dass wir gerade erst miteinander geschlafen hatten, verlieh diesem Abschied eine Zuversicht, die stärker war als alle Ängste. Wir versprachen uns, schon am nächsten Dienstag zu telefonieren, und ich behauptete, mein erster Brief werde noch vor ihr in Killarney ankommen. Es hatte plötzlich eine Leichtigkeit, die an Routine grenzte. Hatten wir nicht schon Erfahrung im Abschiednehmen?

Das Letzte, was ich je von ihr gehört habe, waren diese zwei Sätze: »Komm zu mir, spätestens zur Weihnachtszeit. Ich will deine Mary McNamara sein.«

Und ich antwortete, das sei fest versprochen.

Als sie gegangen war, schaltete ich zu Hause das Radio ein. Ich hörte genau zu, was sie über die Abenteuerreise erzählten, auf die sich mein Land gemacht hatte. *»Drei Wochen sind es noch, liebe Hörer, dann wird geschehen, wovon wir alle seit Jahrzehnten geträumt haben: Deutschland wird vereint sein«*, sagte der Mann im Radio. *»Und deshalb: Halten Sie sich jetzt bereit für unser großes Wiedervereinigungs-Gewinnspiel, gewinnen Sie eine Busreise in die schöne Lausitz oder einen von zehn praktischen Taschenreiseführern Ostdeutschland. Doch zunächst hören wir jetzt noch ein paar Takte Musik, genießen Sie den großen deutschen Komponisten, Ihren und unseren Carl Maria von Weber.«*

Die deutsche Wiedervereinigung war die Begleitmusik unserer Liebe gewesen. Die ganze Zeit hatte ich sie gehört, nie aufdringlich, wie ein Radio eben, das tapfer vor sich hin dudelt und ständig Aktualität ausspuckt, ohne dafür volle Aufmerksamkeit zu verlangen. Hin und wieder hatte ich aufgehorcht, aber nur selten hatten die Ereignisse die Kraft, mich aus meiner eigenen Geschichte hinüber in die Geschichte Deutschlands und der Welt zu locken. Und doch kam es mir irgendwann vor, als seien Herr Kohl, Herr Gorbatschow, Herr Bush und Herr Mitterrand und selbst die strenge Mutti aus England zu Zeugen unserer Liebe geworden. Noch heute tanzen sie durch meine Erinnerung, drängen sich in mein Gedächtnis wie krakeelende Gäste einer Geburtstagsparty, die man gar nicht eingeladen hat.

Als Victoria mit ihrem Vater nach Hause zurückgekehrt war, lief es ein paar Wochen lang weiter, wie vor ihrem Besuch. Ihre Eltern hatten ihr die Flucht offenbar verziehen, jedenfalls schienen sie erleichtert zu sein, dass ihre Tochter nicht verschollen war. Ihr Vater verbot ihr zwar nach wie vor den Kontakt zu mir, weshalb wir weiter auf das Tunnelsystem unserer Liebe zurückgreifen mussten, aber insgesamt schien sich die Lage für sie nicht verschlechtert zu haben. Wir schrieben uns Briefe und telefonierten jede Woche. Sie musste noch immer aus der Telefonzelle anrufen, aber das war sie ja gewohnt.

Nach einiger Zeit aber waren ihre Briefe und unsere Telefonate anders geworden, ich konnte nicht genau sagen, was den Unterschied ausmachte, aber etwas war geschehen. Sie war nicht unfreundlich, das nicht, aber mir schien, als sei die große Leidenschaft aus ihren Worten gewichen. Am

Telefon war sie nun kürzer angebunden, ihren Briefen fehlten die großen Sätze.

Der Brief, der alles beendete, kam an einem Freitag.

Ich erinnere mich noch genau an diesen Tag. Sieben Wochen waren seit ihrer Abreise vergangen.

Es war der letzte Brief in meiner blauen Mappe. Ich knipste das Licht in meiner Suite an, draußen war es inzwischen finster geworden. Der Brief klebte in der durchsichtigen Plastiktasche fest, er war über die Jahre festgewachsen, als weigere er sich, noch einmal gelesen zu werden. Ich faltete ihn auseinander. Sie empfinde schlicht und einfach nicht mehr genug für mich. So sei das im Leben, Menschen kommen, Menschen gehen. Sie wolle sich bedanken für die schöne Zeit, aber nun sei es richtig weiterzuziehen. Das sage ihre innere Stimme. Diesmal kein PS.

Ich hatte ihr nach diesem Brief noch einmal geschrieben, nur eine einzige Frage. Ich wollte wissen, ob dieser Schluss ein endgültiger sei oder eher ein offenes Ende, wie bei Marie und ihrem Clown Hans. Ich bekam nie eine Antwort.

SIEBZEHNTES KAPITEL

Es klopfte. »Im Moment bitte nicht«, rief ich, aber das Wohnzimmer lag zu weit von der Eingangstür entfernt, als dass man mich hätte hören können. Bald stand ein Mann mit einem klimpernden Wagen im Türrahmen.

»Darf ich die Minibar kontrollieren?«

»Passt gerade nicht so gut. Ich muss ein wichtiges Dokument lesen«, antwortete ich, bemüht, meine Ungeduld nicht wie Unfreundlichkeit wirken zu lassen.

»Ich will nur kontrollieren, ob Ihnen unsere komplette Auswahl zur Verfügung steht.«

»Ich habe bisher nichts herausgenommen. Haben Sie trotzdem vielen Dank.«

»Soll ich nun kontrollieren oder nicht?«

»Nein, danke. Ich hätte einfach gerne meine Ruhe.«

»Kein Problem, Sir, warum sagen Sie das nicht gleich?« Er verbeugte sich und zog sich klimpernd zurück.

»Ach, warten Sie«, rief ich ihm nach.

»Ja, Sir.« Er sah mich erwartungsfroh an.

»Haben Sie Whiskey?«

»Sollte in der Minibar sein, Sir. Ich wünsche einen angenehmen Abend.«

Möwen kreisten vor meinem Fenster im Licht der Dämmerung. Der Fluss kroch träge dahin, als sei er zu müde, sich am Abend noch zu bewegen. Drei Schwäne paddelten am Ufer entlang in der Hoffnung, dass es Brot regnete.

Ich griff nach dem Brief, der an diesem Morgen eingetroffen war. Ob er die Antwort enthielt, auf die ich seit fast neunzehn Jahren wartete, seit dem Dezember 1990?

Ich hatte mich oft gefragt, warum Victoria kurz nach ihrem Besuch in Deutschland Schluss gemacht hatte. Es hatte doch keinen Grund gegeben, unsere Beziehung so überstürzt zu beenden. Eine überzeugende Antwort habe ich mir bis heute nicht geben können. Ich hatte mir eine Zeit lang eingeredet, dass sie sicher einen Neuen kennengelernt hatte; die Verlassenen vermuten immer, dass ein Neuer im Spiel ist, vermutlich weil es leichter ist, wegen eines anderen nicht mehr gewollt zu sein, statt einfach so nicht mehr gewollt zu sein.

Es mussten fünf Jahre seit ihrem letzten Brief ins Land gezogen sein, als meine Mutter sich eines Tages meldete, um mir von ihrem Anruf zu berichten. Ich wohnte schon lange nicht mehr zu Hause und bereitete mich gerade auf das Examen vor.

»Bist du dir sicher, dass es Victoria war?«, fragte ich. Meine Mutter sprach im Prinzip kein Englisch. Was sie einst in der Schule gelernt hatte, war nahezu vollständig dem Vergessen anheimgefallen.

»Es sind ganz bestimmt die Worte ›Victoria‹ und ›Ireland‹ gefallen, ich bin doch nicht blöd«, sagte sie leicht beleidigt. »Allerdings war die Verbindung schlecht, es rauschte unentwegt.«

»Hast du irgendwas geantwortet?«, fragte ich.

»›Benjamin not home‹, habe ich gesagt, oder so was Ähnliches. Und noch irgendwas mit ›University‹. Mehr ist mir leider nicht eingefallen. Aber ist doch nett, dass sie sich gemeldet hat. Warum rufst du sie nicht einfach zurück?«

»Wenn das so einfach wäre«, seufzte ich.

Ich grübelte einen Tag und eine Nacht, am nächsten Morgen suchte ich in meiner blauen Mappe nach dem Brief, in dem sie mir einst ihre Nummer mitgeteilt hatte. Noch immer überkam mich Angst bei dem Gedanken, in ihrem Elternhaus anzurufen, andererseits waren inzwischen fünf Jahre vergangen. Was sollte schon geschehen?

»Hello?« Es war ihre Mutter.

»Hier ist Benjamin aus Deutschland. Könnte ich bitte mit Victoria sprechen?«

Ich wartete auf eine Antwort und bekam nur ein Schnaufen. Sekunden vergingen, in denen ich mich fragte, ob ich nicht besser wieder auflegen würde.

»Benjamin aus Deutschland?«, fragte sie, ihre Stimme klang entgeistert. Ich kam nicht dazu, zu antworten. »Was fällt dir eigentlich ein, hier anzurufen? Hast du denn gar keinen Anstand im Leibe? Du hast das arme Mädchen damals völlig verwirrt. Schämst du dich gar nicht, dass du sie nach Deutschland gelockt hast?«

»Aber ich habe doch gar nicht …« Sie ignorierte meinen Einwand.

»Es hat einige Zeit gedauert, ehe sie wieder Tritt gefasst hat. Wir haben uns große Sorgen um sie gemacht. Nun hat sie endlich zu einem glücklichen Leben gefunden, endlich ist sie glücklich verheiratet, und ausgerechnet jetzt wagst du es, in dieses Glück hineinzuplatzen.«

»Aber ich wusste doch gar nicht …« Wieder kam ich nicht bis zum Ende meines Satzes.

»Was bildest du dir eigentlich ein, hier anzurufen? Du solltest dich schämen, weißt du das? Victoria möchte nicht mit dir reden. Sie will in Ruhe gelassen werden.«

»Aber ich habe … ich meine, sie war es doch, die sich …«

»Ich sage das jetzt zum letzten Mal: Verschwinde endlich aus Victorias Leben.« Dann legte sie auf.

Lange Zeit starrte ich den Hörer an. Ich konnte nicht glauben, was ich gerade gehört hatte. Ich war in einen Orkan geraten. Ich zweifelte an dem, was die Alte mir gesagt hatte, aber ich traute mich nicht, es noch einmal zu probieren. Welchen Sinn sollte es auch haben? Offenkundig war Victoria jetzt verheiratet. Ich legte den Hörer auf die Gabel und warf mich aufs Bett. Vielleicht hatte meine Mutter ja doch etwas falsch verstanden. Ihr Englisch war wirklich miserabel.

Ich hatte den Fernseher eingeschaltet und ihn auf lautlos gestellt, um mich weniger einsam zu fühlen. Auf CNN zeigten sie Bilder vom Brandenburger Tor und von der Kanzlerin in Wiesbaden. Am unteren Rand lief ein Nachrichtenband: *Unified Germany celebrates majority age*. Nun waren wir also volljährig.

Es klopfte erneut an der Zimmertür.

»Wer ist da?«, rief ich.

»Room Service.«

Das darf doch nicht wahr sein, dachte ich.

»Das ist sehr nett«, rief ich, »aber jetzt gerade passt es nicht so gut.« Kurz darauf steckte eine junge Frau mit slawischen

Wangenknochen ihren Kopf durch die Tür und fragte mich, ob sie mein Bett aufschlagen dürfe.

»Danke, aber das mache ich selbst.«

»Haben Sie sonst einen Wunsch?«

»Nein. Ich bräuchte nur ein wenig Ruhe.«

Da wolle sie nicht länger stören, sagte die Frau und schloss die Tür. Auf der anderen Seite des Flusses sah ich Busse und Autos um den viel zu knappen Platz auf der Straße ringen. Zwischen ihnen leuchteten bunte Haustüren aus dem Einheitsgrau der georgianischen Backsteinbauten.

Ich bin noch einmal nach Killarney gefahren. Victoria und ich hatten eine Verabredung für den 17. November 1999, eine Stunde bevor die Sonne versinken würde, auf unserem Felsen am See. Ich sah diesem Tag mit einer Mischung aus Angst und Neugierde entgegen. Nach dem Telefonat mit Victorias Mutter konnte ich nicht glauben, dass sie erscheinen würde, aber ein letzter Rest Hoffnung glomm in mir. Ich wollte endlich Gewissheit haben.

Bevor ich aufbrach, verbrachte ich Stunden, ja Tage damit, mir meine Chancen auszurechnen. Was, wenn sie genau auf diesen zehnten Jahrestag gewartet hatte, um die Zeit zurückzudrehen, um mir zu sagen, dass es ein Fehler gewesen war, Schluss zu machen?

Andererseits: Vielleicht hatte sie vor fünf Jahren tatsächlich bei meiner Mutter angerufen, und vielleicht hatte sie mich damals schon zurückhaben wollen. Wenn es so gewesen sein sollte, musste ich wiederum fragen, warum sie es kein zweites Mal probiert hatte? Wie ich es auch wendete, ich war zu keiner eindeutigen Antwort fähig. So flog ich nach Dublin, fuhr von dort mit dem Zug nach Killarney, die gleiche Route, der wir zehn Jahre zuvor schon gefolgt waren, mietete ein Fahrrad in Bahnhofsnähe und fuhr hinaus zum See. Den Tag meiner Rückreise hatte ich offengelassen. Ein offenes Ticket schafft Raum für Träume.

Ich saß im Versteck ihrer Kindheit, hörte das Wasser unter dem Felsvorsprung gurgeln und träumte von einem irischen Leben mit Victoria und unseren sieben Kindern.

Sie kam nicht.

Ich habe mich oft gefragt, wie mein Leben verlaufen wäre, wenn wir zusammengeblieben wären. Wenn ihr Vater sie nicht abgeholt hätte. Wenn sie später nicht Schluss gemacht hätte. Immer wieder habe ich mir vorgeworfen, nicht energischer protestiert zu haben. Ich hätte um sie kämpfen, sie besuchen, ihr einen Heiratsantrag machen können, es wäre vieles denkbar gewesen. Vielleicht würde Victoria mich heute durch die Welt begleiten, nicht nur meine Tasche von Tumi. Vielleicht würde ich auch gar nicht reisen, sondern ein kleineres, glückliches Leben führen wie Bruno und seine Frau. Könnte ich heute neu entscheiden, dann hätte ich damals um sie gekämpft. Das Ärgerliche am Leben ist, dass man seine schönsten Angebote oft erst dann erkennt, wenn sie verpasst sind.

Als die Sonne hinter Macgillycuddy's Reeks versunken war, stand ich auf und ging.

Noch am selben Abend nahm ich den Zug zurück nach Dublin. Für kurze Zeit fühlte es sich an, als hätte Victoria ein zweites Mal mit mir Schluss gemacht, nun für immer. Jetzt hatte ich Gewissheit, dass sie mich aus ihren Träumen getilgt hatte, in ihrer Vorstellung von einem anderen Leben spielte ich keine Rolle mehr. Als ich in Deutschland landete, war ich um eine Illusion leichter.

So viel glaube ich inzwischen über das Leben zu wissen, dass es einer grausamen Chronologie folgt, und dass in jenem Maße, wie die Falten sich mehren, die Illusionen und der Glaube an die eine große Liebe weichen. Es ist ein Schrumpfungsprozess, der sich an jedem Menschen aufs Neue vollzieht. Das Leben beginnt mit einem Meer an Möglichkeiten, mit jedem Ruck des Zeigers aber schwinden sie dahin, bis das Meer am Ende ein anderes ist, ein Meer aus Kompromissen.

Es mag sein, dass ich Victoria mit den Jahren ein wenig verklärt habe, dass sie mit jedem Jahr, das verstrich, ein wenig zauberhafter wurde; es mag sein, dass die Victoria von heute nichts mehr mit jenem Mädchen von damals zu tun hat. Vielleicht ist sie inzwischen dick geworden, verbiestert oder langweilig. Aber das macht es nicht besser. Es ist ernüchternd, wenn man sich eingestehen muss, dass einen der Glaube an die eine große Liebe verlassen hat, dass die Romantik aus dem eigenen Leben gewichen ist wie die Luft aus einem Ballon.

Vielleicht kann es große Lieben nur geben, solange sie nicht gelebt werden.

Ich öffnete den Umschlag, ohne den Brief gleich herauszuziehen. Ich tastete mich voran, ängstlich, wie man einen dunklen Raum betritt. Plötzlich fiel ein Foto aus dem Umschlag.

Als ich von meiner kurzen Reise am zehnten Jahrestag aus Killarney zurückgekehrt war, hatte ich mir vorgenommen, Victoria aus meinem Leben zu löschen. Ich sprach mit niemandem mehr über sie, sah mir keine Fotos mehr an, verstaute die blaue Mappe mit ihren Briefen, die ich in schwachen Momenten wieder und wieder gelesen hatte, in einer Kiste im Keller.

Ich dachte wirklich seltener an sie, aber das hieß nicht, dass ich sie vergessen hatte. Sie war nur ins Reich der Wehmut gewandert, das noch heute eine gewaltige Anziehungskraft auf mich hat, weshalb ich es gerne besuche. Ich fühle mich dann wie in einem Gemälde von Caspar David Friedrich, wie einer dieser Menschen, die versonnen hinaus aufs Meer blicken, wo gerade der Mond auf- oder untergeht. Es ist nicht schwer, in diesen Zustand zarter Traurigkeit zu gelangen und die schwere Süße der Erinnerung zu schmecken. Alles, was man braucht, ist ein wenig Vergangenheit, eine Liebe und eine Prise Fantasie. Das Gewesene liegt da wie ein Gabentisch, von dem man sich bedienen kann und auf dem man alles so verändern darf, wie es einem gefällt. Nichts ist mir köstlicher als die Wehmut und ihre Schwester, die Melancholie.

Meine wehmütigen Momente sind fast immer irische Momente, sie können jederzeit auftauchen, ohne Vorwarnung, ich muss nur an einem Irish Pub vorbeigehen oder die versoffene Stimme von Shane MacGowan von den Pogues hören, schon geht es los.

Besonders heftig hatte es mich während des Films *Lang lebe Ned Devine* erwischt. Bianca hatte ihn für uns ausgesucht, ohne etwas über seinen Inhalt zu wissen. Er handelte von einem alten Mann aus einem irischen Küstendorf, das von der Welt vergessen schien, bis der Alte den nationalen Lotto-Jackpot knackte. An mehr erinnere ich mich nicht mehr, denn bald trugen mich die Bilder, das Gekreische der Möwen und die Musik mit ihren jauchzenden Geigen und Querflöten fort, und dort, im Reich der Wehmut, blieb ich, bis der Abspann gelaufen und das Saallicht angegangen war und ich endlich bemerkte, wie Bianca auf jene Träne starrte, die meine Wange hinunterzuckte. Ich sei eingeschlafen, behauptete ich.

»Du schläfst mit offenen Augen?«

»Ja«, sagte ich. »Manchmal schon.«

»Interessant«, antwortete sie. »Man lernt nie aus.« Es wurde kein entspannter Abend mehr.

Ich musste mir eingestehen, dass ich nicht anders geworden war als die beiden Bölls, mit und ohne ö, die noch Jahrzehnte später gefangen waren von dem, was sie einst in Irland erlebt hatten. Das Land war auch für mich ein Ort der Sehnsucht geworden, eine Insel, auf der die unerfüllten Wünsche wuchern, voller Entwürfe für ein besseres, ein wahrhaftigeres Leben. Ich vermutete etwas in Irland, so wie Böll dort etwas vermutet hatte: ein irgendwie besseres Leben.

Heinrich Böll kannte Leute wie Edward Davenport nicht. Wenn der Tod etwas Gütiges hat, dann ist es der Umstand, dass man gewisse Entwicklungen nicht mehr mitbekommen muss. So hatte Böll sein Bild von einem verschlafenen Land ohne Investmentbanker ins Grab retten können. Den Satz *Es gibt dieses Irland: Wer aber hinfährt und es nicht findet, hat keine Ersatzansprüche an den Autor,* hatte er seinem *Irischen Tagebuch* nicht ohne Grund vorausgeschickt.

Mein Irland war gewiss nicht mehr das Irland Heinrich Bölls, und auch nicht das Irland der siebziger Jahre, in das mein Lehrer sich verliebt hatte. Aber es war beiden noch ziemlich ähnlich. Erst danach, als es vom Armenhaus Europas zu seinem Tigerstaat heranwuchs, übersprang das Land wirklich ein paar Jahrhunderte. Als der Eiserne Vorhang fiel, war der Weg in die Globalisierung frei, erst sie sollte Irland zu einem anderen Land machen. Aus dem ärmsten wurde das wohlhabendste Land Europas, und aus dem katholischsten das kapitalistischste. An den irischen Küsten wimmelte es plötzlich von bunten Häusern, die in amerikanischen Vorabendserien hätten mitspielen können.

Jener Staat, der permanent zu verbluten drohte, der Millionen seiner Bewohner an fremde Länder verlor, jener Staat zog nun selbst Fremde an. Vor allem die Polen suchten in Irland nun jenes Glück, das die Iren einst in der Ferne gesucht hatten.

Wieder klopfte es.

»Kommen Sie rein!«, rief ich resigniert. »Kommen Sie alle herein, lassen Sie sich von mir nicht stören. Ich bin gar nicht da.«

Kurz darauf stand erneut eine junge Frau in der Tür, sie war ihrem Gesicht nach Südamerikanerin und hielt ein kleines graues Päckchen in der Hand.

»Sie haben ein Zahnpflegeset bestellt?«, fragte sie in makellosem Englisch.

»Das ist sehr aufmerksam, aber ich habe keins bestellt.«

»Wurde mir aber gesagt.«

»Schon gut, legen Sie's einfach da vorne hin.«

»Sie haben also doch eins bestellt?«

»Nein, das heißt, doch, vielen Dank. Einen schönen Abend noch.«

»Ihnen auch.«

Ich hatte im Herbst des Jahres 1989 in Irland den letzten Atemzug einer Epoche erleben können, ehe sich die Überbleibsel des Mittelalters aus ihrem Versteck im letzten Winkel Europas verzogen. Jahrzehntelang hatte die Kirche ihre irische Festung verteidigen können gegen den Ansturm der Moderne, viel länger als anderswo in Europa. Kurz darauf aber musste sie sich dem Wachwechsel fügen, musste ihre Festung übergeben an das Zeitalter der Aufklärung mit ihren eigenen Religionen. Bald hatten Konsum und Gier ihren Kreuzzug auch in Irland vollendet, bald hatte die Effizienz die Verschrobenheit besiegt.

Auf CNN zeigten sie jetzt wieder die Bilder von 89, die Pudelbilder. Feiernde Deutsche, tanzende Deutsche, Deutsche auf der Mauer. Tolle Bilder, leider abgestanden wie schales Bier. Ich habe seither oft in der Zeitung gelesen, dass ich nun zur »Generation Wiedervereinigung« gehöre. Ich muss dann immer lachen, weil es so groß und so bedeutsam klingt. In Wahrheit fehlt dem Begriff jeder Inhalt, genauso wie unseren Leben. Es stimmte zwar, dass wir ein großes Ereignis miterlebt hatten, aber es sollte uns nicht verändern, uns Wessis jedenfalls nicht. Wir sind furchtbar strebsam geworden, haben unser Glück dem Wettbewerb geopfert, haben maßgeschneiderte Anzüge und Lebensläufe, aber keine wirkliche Aufgabe. Zu anderen Zeiten hätte man uns vermutlich Mitläufer genannt. Die Euphorie von damals, als Victoria und ich uns liebten und die Menschen auf der Mauer tanzten, war schnell verflogen und der Ernüchterung gewichen. In diesem Sinne hatten das Schicksal meines Landes und mein eigenes dann doch etwas gemeinsam.

Die Sonne ging allmählich unter und tauchte die grauen

Häuser gegenüber in ein warmes rotes Gewand. Obwohl alle paar Minuten jemand in der Tür stand, obwohl der Fernseher lief und ständig Neuigkeiten aus aller Welt ausspuckte, und obwohl zu Hause gleich zwei Frauen auf mich warteten, fühlte ich mich unfassbar einsam. Früher war mir dieses Gefühl fremd gewesen, weil immer etwas los war in meinem Leben, und solange etwas los war, hatte ich gedacht, fehlte der Einsamkeit die Grundlage. In letzter Zeit aber brannte sie mir in der Kehle wie ein ziemlich starker Schnaps. Ich stand auf, holte mir einen Whiskey aus der Minibar und versank wieder im Sofa.

Das Foto, das dem Brief beilag, zeigte ein Mädchen mit blonden Haaren und einem wunderschönen Kinn. Stolz stand es da, ohne aufdringlich zu wirken. Es musste ein späteres Foto von Victoria sein, sie sah etwas älter aus als jenes Mädchen, das ich geliebt hatte. Ich faltete den Brief auseinander. Drei Seiten, handgeschrieben, zitterten in meinen Händen.

Lieber Benjamin
Du wirst dich fragen, warum ich dir schreibe, ausgerechnet ich, Victorias Mutter, die vor Jahren am Telefon so unfreundlich zu dir war.

Meine Zweifel vom Morgen, was die Schrift anging, waren berechtigt gewesen. Der Brief kam also nicht von Victoria. Enttäuschung sickerte in meinen Leib wie ein lähmendes Gift. Spätestens jetzt wusste ich, dass gar nichts abgeschlossen war. Dass ich all die Zeit auf etwas gewartet hatte. Auf ein Zeichen von ihr.

Nun, ich schreibe dir, um die Nachricht von Johns Tod zu überbringen, dem Tod von meinem Mann, Victorias Vater. Vor zwei Wochen ist er gestorben, vorige Woche haben wir ihn der Erde übergeben.
Du wirst dich jetzt fragen, was dich das angeht. Natürlich, sein Tod an sich muss dich nicht bestürzen, er kann dir egal sein. Aber dieser Tod gibt mir nach all den Jahren endlich die Möglichkeit, dir zu berichten, was wirklich geschehen ist, damals, im Herbst 1990. Du musst stark sein, Benjamin, wenn du die folgenden Zeilen liest.

Ich nahm einen Schluck von dem irischen Whiskey, er brannte im Hals.

Victoria weiß nicht, dass ich dir diesen Brief schreibe. Sie hat mir sogar verboten, ihn zu schreiben, sie schämt sich zu sehr, noch immer schämt sie sich. Aber ich möchte dir erzählen, warum Victoria eure Liebe so plötzlich zerstört hat, warum sie eure Beziehung einfach weggeworfen hat – so muss es dir zumindest vorgekommen sein. Aber so war es nicht. Sie hat nun zwanzig Jahre darunter gelitten, jetzt aber, da John – ich bin geneigt zu schreiben ›endlich‹ – tot ist, jetzt möchte ich, dass die Zeit des Leidens ein Ende findet. Ich möchte, dass du die Wahrheit erfährst.
Kurz nachdem Victoria im Herbst 1990 aus Deutschland zurückgekehrt war, begann ihr Bauch langsam zu wachsen. Du kannst dir vermutlich nicht vorstellen, welche Katastrophe diese Schwangerschaft für sie bedeutete. Sie hatte erlebt, wie grausam ihr Vater auf die Abtreibung ihrer Schwester reagiert hatte, und sie wusste, dass John gerade dich, lieber

Benjamin, zur Hölle wünschte. Er sah in dir einen Schuft, der seine Tochter nur ausnutze, so wie ein gewisser Christian aus Hamburg einst Victorias Schwester geschwängert und dann im Stich gelassen hatte. Für John wart ihr, die Schüler aus Deutschland, die Verkörperung des Bösen, Gesandte der Freizügigkeit, dem Hort der Unmoral. Mit euch halte die Unzucht Einzug in sein schönes Killarney, hat er oft genug am Abendbrottisch geflucht.

Als seine verlorene Tochter von ihrer Flucht zurückgekehrt war, dachte John allen Ernstes darüber nach, sie für immer zu verstoßen. Solange er sich noch in Deutschland befand, hatte er sich bemüht, liebevoll und verständnisvoll zu sein. Aber das war nur ein Schauspiel, es diente allein dem Zweck, Victoria heimzuholen. Kaum hatten die beiden irischen Boden erreicht, fing John an, sie zu verfluchen, er verspottete Victoria, er schlug sie auch, er konnte ihr nicht verzeihen, dass sie zu dir geflüchtet war. Es war die Schmach seines Lebens.

Dazu musst du wissen, dass Victorias Flucht hier in Killarney nicht lange geheim geblieben war. Die Leute tuschelten auf der Straße, in der Kirche, im Pub, bei Versammlungen. John spürte, wie die Bürger ihm, dem Herrn Bürgermeister, plötzlich anders begegneten, manche mitleidig, andere schadenfroh. Er spürte, wie sein Ruf ins Wanken kam. John fürchtete um seine Autorität, und er fürchtete um seine Wiederwahl. Um die sorgte er sich immer.

Dies war die Situation als Victoria bemerkte, dass sie schwanger war. Sie fürchtete um ihr Leben. Vermutlich zu Recht.

Die Zeilen verrutschten vor meinen Augen, ich zitterte am ganzen Körper, der Brief flatterte in meinen Händen.

In ihrer Panik kam Victoria zu mir und vertraute sich mir an. Ich liebe meine Töchter, mehr als alles in der Welt, viel mehr, als ich meinen Mann liebte, und doch wollte ich nicht, dass unsere Familie zerbrach, wollte bewahren, was ich für bewahrenswert hielt. So sannen wir über einen Ausweg nach. Eine Abtreibung kam nicht in Frage, da war Victoria entschieden. Dieser süße Krümel, so sprach sie und zeigte auf ihren Bauch, sei viel zu kostbar, um ihn wegzuschmeißen. Sie sprach davon, erneut zu flüchten, uns zu verlassen, diesmal für immer. Vermutlich wollte sie zurück zu dir, aber sie kam gar nicht dazu, es auszusprechen, ich ließ sie nicht zu Ende reden. Mir schwebte anderes vor.
Ich wusste, dass Seamus, ein Junge aus unserer Stadt, sich für unsere Tochter interessierte. Victoria selbst hatte mir, manchmal belustigt, manchmal genervt, von seinen Werbungsversuchen erzählt. Wir kannten seine Familie, Seamus' Vater war der Leiter unserer Gemeindebibliothek und ein hochgeachteter Berater unseres Erzbischofs. Mein Mann schätzte die Familie jedenfalls sehr.
Aber ich will es kurz machen: Die Idee, Seamus davon zu überzeugen, die Vaterschaft des Kindes zu übernehmen, stammte von mir. Wenn Victoria ihm im Gegenzug verspräche, ihn zu heiraten, so meine Überlegung, dann würde er sich vielleicht auf dieses Tauschgeschäft einlassen. Ich versichere dir, Benjamin, dass Victoria auf das Heftigste protestierte. Sie beschimpfte mich, verfluchte mich, erklärte mich für krank im Kopf, aber am Ende, was soll ich sagen, am Ende siegte der tiefe Wunsch einer Mutter, den Schein von heiler Welt zu wahren.
Victoria hatte immer wieder versucht, dir Bescheid zu sagen,

sie sprach unentwegt von dir, ich fürchtete bisweilen, sie könnte sterben vor Unglück und Sehnsucht. In einer ihrer schlimmsten Phasen der Verzweiflung hat sie versucht, dich anzurufen. Sie wollte dir alles beichten und dich bitten, sie aus ihrem Gefängnis herauszuholen. Als du kurz danach bei mir anriefst, war ich nicht bereit, meinen Plan aufzugeben. Deshalb habe ich dich am Telefon so unmöglich behandelt. Danach habe ich ein eindringliches Gespräch mit Victoria geführt. Sie bat mich inständig, ihr zu einer erneuten Flucht zu verhelfen, diesmal mit Kind, doch ich war nicht bereit dazu. Ich war wie besessen von meinem verlogenen Plan. Von da an hat sich Victoria endgültig in ihr Schicksal gefügt. Es war wohl zu viel für sie, sowohl gegen ihren Vater als auch ihre Mutter anzukämpfen.

Ich kann dir nicht sagen, wie oft ich diese Idee seither bereut habe, zumal Seamus sich ohne lange zu überlegen auf unser schmutziges Geschäft einließ. Er hätte sich vermutlich sogar seine Blumenkohlohren abgeschnitten, wenn er Victoria dafür bekommen hätte.

Glaube mir, Benjamin, ich schäme mich unendlich dafür, was ich getan habe. Dafür, dass ich die emotionale Macht, die eine Mutter über ihre Tochter hat, derart missbraucht habe, aus Angst, aus Egoismus. Ich weiß, dass du es nie verstehen wirst, niemand wird es verstehen, der die Strenge Johns, Gott habe ihn selig, nicht am eigenen Leibe erfahren hat.

Anfangs schien mein Plan sogar aufzugehen, es lief alles so, wie ich es mir ausgemalt hatte. Mein Mann bekam zwar einen Tobsuchtsanfall, als er erfuhr, dass seine Tochter ein Kind von Seamus bekomme, dann aber begriff er den Ernst der Lage, vor allem seiner Lage, und mühte sich, die »Modalitäten«, so

drückte er sich aus, »möglichst geräuschfrei« zu klären. Gemeinsam mit Seamus' Vater, der nicht fassen konnte, wie sein Sohn eine »so respektable Partie« abbekommen hatte, arrangierte er eine Hochzeitsfeier, über die die Lokalpresse schrieb, es habe sich um eine Traumhochzeit gehandelt. Seither glaube ich nicht mehr, was in der Zeitung steht.
Von jenem Tag an, als der Erzbischof persönlich den beiden das Jawort abnahm, habe ich Victoria nicht mehr fröhlich erlebt. Unwiederbringlich scheint die Zeit, als ich mich an ihrem Übermut erfrischen konnte. Sie hat sich Mühe gegeben, das muss ich ihr lassen, hat ihr Schicksal ertragen, wie man so sagt, es geduldet, aber am Ende, am Ende war es nichts als Elend. zwanzig Jahre Elend.

Jede Zeile tat mir weh. Es war, wie über einen Pfad aus Dornen zu laufen, jedes Wort ein Schritt, jeder Schritt ein Schmerz.

Seamus kam mit der Situation noch schlechter zurecht als meine Victoria. Er konnte nicht verwinden, dass ein anderer Mann der Vater ihrer Tochter war. Weitere Kinder blieben aus, Victoria wollte es so. Seamus gab sich nun ganz dem Alkohol hin. Er hat Victoria geschlagen, und wenn ich die Zeichen richtig gedeutet habe, hat er ihr noch Schlimmeres zugefügt. Sie hat mir nie erzählt von der Dunkelheit ihrer Nächte.
Das Grausamste ist, dass ich Seamus im Grunde nicht mal böse sein darf. Ich selbst war es ja, die einen jungen Menschen in jene Situation gelockt hatte, die ihn heillos überforderte. Als Seamus vor ein paar Jahren im Suff gegen eine Eiche

raste, waren wir erleichtert. Selbst John dankte dem Herrn, dass die Ehe seiner Tochter auf diese, nun ja, natürliche, in jedem Fall aber sündenfreie Weise geschieden wurde.
Das Ziel seines Lebens hat mein Mann trotzdem nie erreicht. John wurde nicht Rekordbürgermeister von Killarney. Sein Kontrahent hat noch einige Zeit durchgehalten, und irgendwann, als Wachstum und Wohlstand auch uns in Killarney besuchten, hatten die Bürger der Stadt plötzlich das Gefühl, dass es an der Zeit sei, einen jüngeren, dynamischeren Kandidaten zum Bürgermeister zu küren, einen, der den Herausforderungen der Moderne besser gewachsen sei als John.
Er hat diese Zurückweisung nie verkraftet. Nun beginne das Zeitalter der Beliebigkeit, hat er oft geschimpft, und über seinem Schimpfen ist er schließlich krank geworden. Darmkrebs. Es ging ihm schon seit einiger Zeit nicht mehr gut, aber dann raubte ihm die Nachricht, dass gegen seinen Freund, den Bischof, ein Ermittlungsverfahren eingeleitet wurde, die letzten Kräfte. Eine unabhängige Kommission sollte dem Vorwurf nachgehen, dass sich der Erzbischof in der Vergangenheit an kleinen Jungen vergangen habe.
Johns Weltbild drohte nun endgültig zusammenzubrechen. Mit aller ihm verbliebenen Kraft stemmte er sich gegen die Vorstellung, dass jener Mann Gottes, mit dem er sich als Bürgermeister und Familienoberhaupt in allen wichtigen Fragen beraten hatte, so schwer gesündigt haben könnte. Ich glaube, diese Kraft fehlte ihm am Ende im Kampf gegen den Krebs. Bis zum Schluss hat John an die Unschuld seines Bischofs glauben wollen. Irgendwann in diesen Tagen will die Kommission das Ergebnis vorlegen. John wird es nun nicht mehr erfahren. Vielleicht ist es gut so.

Die neuen Freiheiten, welche die Globalisierung mit sich bringe, würden die Menschen verkümmern lassen zu unglücklichen Kreaturen, klagte John noch an der Schwelle des Todes, als sich die Familie bereits an seinem Bett eingefunden hatte.
Für uns, seine Familie, gelten die neuen Freiheiten erst seit seinem Tod, und ich muss gestehen, dass es sich gut anfühlt, selbst für mich, eine Frau von 61 Jahren. Zu diesen Freiheiten gehört auch, diesen Brief schreiben zu können.
Ich schreibe dir, weil ich das Bedürfnis hatte, eine große Lebenslüge zu beenden. Es tut mir leid, dass ich, solange John lebte, nicht die Kraft dazu hatte.

Mit der Bitte um Vergebung
Siobhan O'Grady

Der Brief glitt aus meinen Händen und rutschte über das Parkett der Suite. Ich starrte aus dem Fenster. Im Dunkeln sah die Liffey viel festlicher aus als im grauen Licht des Tages. Das dunkle, ins Rötliche reichende Gelb der Straßenlaternen spiegelte sich auf der gewellten Haut des Flusses, unter den weiten, flachen Bögen der Brücke flackerte grünes Licht von Strahlern, die dort eigens für diesen Effekt montiert worden waren. Es hatte zu regnen begonnen, ein leichter Nieselregen, der das Pflaster auf der gegenüberliegenden Straßenseite glänzen ließ. Das Geheimnisvolle dieses Anblicks erinnerte mich an meine erste Nacht in Dublin, an das schummrige Licht der nassen Gasse, in der unser Hotel gelegen hatte, als Bruno mich gefragt hatte, ob ich schon mal eine Muschi berührt hätte. Das Hotel konnte nicht weit von hier sein, irgendwo dort hinter den grauen Häusern mit den bunten Holztüren auf der anderen Seite des Flusses.

Nun saß ich hier, neunzehn Jahre danach, und drohte zu versinken. Wären wir zehn oder fünfzehn Jahre später geboren, wäre die Geschichte von Victoria und mir glücklicher verlaufen. Irland wäre ein moderneres, offeneres Land gewesen, kein Refugium für katholische Despoten wie John O'Grady. Ich beklagte nicht weniger als den Lauf der Zeit, ohne zu merken, wie müßig das ist.

Nach einer Weile stand ich auf, schaltete den Fernseher aus und zog meinen Mantel an. In der Tasche spürte ich meinen Blackberry, ich hatte ihn im Mantel vergessen. Das Display zeigte acht Anrufe in Abwesenheit, alle von Edzatt. Ich überlegte kurz, schaltete den Blackberry aus, ließ ihn auf der Kommode liegen und lief hinaus in die irische Nacht.

Frau O'Grady hatte ihrem Brief noch ein PS angefügt, das scheint in der Familie zu liegen. Sie bat mich, sie zu besuchen, sie selbst, Victoria und ihre Enkelin, die, wie das Foto hoffentlich beweise, inzwischen eine schöne junge Dame sei, welche die Burschen Killarneys um den Verstand bringe.

Ich lief auf die Halfpenny Bridge, blieb auf ihrer höchsten Stelle stehen und sah hinab auf den Fluss, der langsam vorankroch Richtung Meer. Der Regen nässte mein Gesicht. Wie sie heute wohl aussah? Sie musste jetzt 36 sein, eine Frau mit Narben des Lebens auf ihrer Haut, und ich fragte mich, wie es wohl wäre, wenn ich sie wiedertreffen würde? Ob ich sie immer noch lieben würde?

Vielleicht werde ich morgen nicht zum Flughafen fahren, sondern zum Bahnhof. Es wäre schon interessant zu sehen, ob sich die Iren vor dem Bahngleis nach wie vor in langer Schlange anstellen und ob Gott auch seine trinkenden Schäfchen nach wie vor liebt.

Sie finde, schreibt Frau O'Grady noch, dass man Laura nun lange genug belogen habe.